Blue

Danielle STEEL

Blue

Traducción de
Inés Belaustegui Trías

PLAZA ⦿ JANÉS

A mis queridos hijos:
Beatie, Trevor, Todd, Nick,
Samantha, Victoria, Vanessa,
Maxx y Zara.
La vida se compone de momentos especiales,
momentos de dicha o de dolor,
golpes de suerte fabulosos,
gestos de una amabilidad increíble,
momentos inolvidables cuyo efecto se deja sentir
a lo largo de toda la vida, momentos valiosísimos.
Que todos vuestros momentos especiales sean
valiosos y felices, que os afecten de la mejor manera
y sean una bendición.
Que dejéis una huella positiva en los demás,
que la de ellos en vosotros sea siempre afectuosa,
y que siempre, siempre, sepáis y recordéis
que os quiero con un amor infinito,
con toda mi alma, ahora y siempre.

Con todo mi amor,

MAMÁ/D. S.

1

Habían tardado siete horas en todoterreno desde la aldea de las inmediaciones de Luena hasta Malanje; a partir de allí el viaje continuaba en tren hasta Luanda, la capital de Angola, en el sudoeste de África. El trayecto desde Luena era largo y dificultoso debido a las minas terrestres que quedaban sin explotar en la región, lo que requería extremar las precauciones durante el camino para evitarlas. Después de cuarenta años de conflictos y una guerra civil, el país estaba asolado y necesitaba con urgencia toda la ayuda exterior posible. Por eso se encontraba allí Ginny Carter, como enviada de SOS Human Rights, una fundación privada con sede en Nueva York que enviaba a trabajadores humanitarios por todo el mundo. En general las misiones duraban entre dos y tres meses, puntualmente más. Formaba parte de un equipo de apoyo cuyo objetivo era defender los derechos humanos que estuvieran vulnerándose o en peligro; ella solía asistir a mujeres y a niños, pero a veces también se ocupaba de las necesidades físicas más urgentes de un foco problemático en algún rincón del mundo, como la falta de alimento, agua, medicamentos o refugio. A menudo intervenía en cuestiones legales, como cuando visitaba a presas, hablaba con abogados o intentaba que aquellas mujeres tuvieran un juicio justo. Aunque la organización cuidaba mucho a sus trabajadores y actuaba con responsabilidad, en ocasiones el trabajo entrañaba peligro. Antes de su primera misión, Ginny había recibido un curso muy completo en el que le habían enseñado de todo, desde cavar zanjas y potabilizar agua, hasta primeros auxilios. Sin embargo, nadie la había preparado para lo que verían sus ojos. Desde que empezó a trabajar para SOS/HR había aprendido muchísimo acerca de la crueldad de los hombres y las dificultades a las que se enfrentaba la gente en los países emergentes o en vías de desarrollo.

Cuando dejó atrás el control de aduanas del aeropuerto JFK de Nueva York, llevaba veintisiete horas de viaje a sus espaldas, contando el vuelo de Luanda a Londres, las cuatro horas de escala en Heathrow y el vuelo hasta Nueva York. Vestía vaqueros, botas de montaña y una pesada parca de algún excedente militar; el pelo, largo y rubio, lo llevaba recogido en un moño sin orden ni concierto que se había hecho al despertarse en el asiento del avión, justo antes de aterrizar. Había estado en África desde agosto, cuatro meses, más de lo habitual, y llegaba a Nueva York el 22 de diciembre. Había abrigado la esperanza de que estaría de nuevo en alguna misión en el extranjero para esas fechas, pero iba a tener que enfrentarse a unas Navidades sola en la gran ciudad.

Podría haberse marchado a Los Ángeles para pasar las fiestas con su padre y su hermana, pero eso le parecía aún peor. Había dejado Los Ángeles hacía casi tres años y no sentía el menor deseo de regresar a la ciudad en la que se había criado. Desde que se marchara de allí, vivía como una nómada, como decía ella, trabajando para SOS Human Rights. Le encantaba su trabajo, y el hecho de que fuera tan absorbente que prácticamente le impedía pensar en su vida personal, una vida que nunca, ni en sus sueños más disparatados, había imaginado que llevaría, trabajando en esos países que ya conocía tan bien. Había ayudado a comadronas a traer niños al mundo o, cuando no había nadie más a mano, ella misma había hecho de partera. Había sostenido en sus brazos a niños moribundos, había consolado a sus madres y había cuidado de huérfanos en campamentos de desplazados. Había estado en zonas desgarradas por la guerra, había vivido dos levantamientos populares y una revolución, había sido testigo de una angustia, una pobreza y una devastación que de otro modo no habría conocido jamás. Todo aquello le permitía relativizar el resto de las cosas. En SOS/HR agradecían su disposición a viajar a algunas de las peores zonas en las que proporcionaba asistencia, por muy inhóspitas o peligrosas que fueran, por muy duras que resultasen las condiciones de vida. Cuanto más duras eran y cuanto más ardua su labor, más le gustaba.

No le importaban nada los peligros a los que se exponía. De hecho, había desaparecido durante tres semanas en Afganistán, y la oficina central creyó que la habían matado. En Los Ángeles, su familia también temió que hubiera corrido esa suerte. Pero regresó al campamento, débil y enferma, después de que la acogiera una familia local, que la había cuidado hasta que le bajó la fiebre. Parecía aceptar lo peor que SOS/HR tenía para ofrecer con los brazos abiertos y de buen grado. Siempre podían contar con ella cuando necesitaban a alguien que se ofreciese voluntario y aguantase hasta el final sobre el terreno. Había estado en Afganistán, en distintas partes de África y en Pakistán. Sus informes eran precisos, perspicaces y útiles, y en dos ocasiones presentó su trabajo en la sede del Alto Comisionado de las Naciones Unidas para los Derechos Humanos, y una, ante el Comisionado para los Derechos Humanos en persona, en Ginebra. Su forma de describir el sufrimiento de las personas a las que ayudaba, sin restar un ápice de crudeza y patetismo, resultaba impactante.

Cuando aterrizó en Nueva York, estaba cansada física y mentalmente. Le había dado pena despedirse de las mujeres y los niños que había tenido a su cargo en un campamento de refugiados de Luena, Angola. Los cooperantes habían estado tratando de realojarlos, a pesar de las cortapisas que planteaba la maraña de trámites burocráticos. Le habría gustado quedarse seis meses o un año más. Los tres meses que solían durar las misiones le resultaban siempre demasiado cortos. Apenas tenían tiempo de familiarizarse con las condiciones del país antes de que los reemplazasen, aun cuando su cometido consistía tanto en informar con precisión acerca de las condiciones de vida como en cambiarlas. Hacían lo que podían mientras estaban allí, pero era como vaciar el mar con una cuchara. Había tantas personas con necesidades desesperadas, y tantas mujeres y niños viviendo en circunstancias extremas...

Aun así, Ginny era capaz de hallar motivos de alegría en lo que hacía y siempre aguardaba con impaciencia cada nuevo destino. Deseaba pasar el menor tiempo posible en Nueva York, y la perspectiva de las vacaciones la aterraba. Habría preferido pasarlas trabajando hasta la extenuación en algún lugar donde no existiera la Navidad, como no existía para ella en esos momentos. Qué mala suerte que hubiera aterrizado en Nueva York a tres días de las fiestas, las peores fechas del año para ella. Lo único que deseaba hacer era dormirse nada más llegar a su apartamento y despertarse cuando hubiera terminado todo. Las vacaciones, en su caso, eran sinónimo de sufrimiento.

Aparte de las figurillas de madera que le habían tallado los niños del campamento de refugiados, no tenía ningún objeto que declarar en el control de aduanas. Sus tesoros en esos momentos eran los recuerdos que llevaba consigo allá adonde iba, de las personas a las que había conocido por el camino. Las posesiones materiales no le interesaban y lo único con lo que viajaba era una maleta pequeña y ajada y la mochila que acarreaba a la espalda. Nunca tenía tiempo para mirarse en el espejo mientras trabajaba, y tampoco le importaba. Una ducha caliente era su mayor lujo y placer, cuando podía darse una; el resto del tiempo se duchaba con agua fría, con el jabón que llevaba consigo. La ropa que tenía, es decir, los vaqueros, sudaderas y camisetas, estaba siempre limpia, pero nunca planchada. Le bastaba con tener ropa que ponerse, lo cual ya era más de lo que poseía mucha de la gente con la que trabajaba. Y con frecuencia regalaba su ropa a personas que la necesitaban más que ella. Salvo por una intervención en el Senado en la que habló con elocuencia, hacía tres años que no se ponía un vestido, zapatos de tacón o maquillaje. Cuando había presentado sus informes ante las Naciones Unidas o la Comisión de Derechos Humanos, había ido con unos viejos pantalones negros, jersey y zapatos planos. Lo único que le parecía importante era lo que tenía que decir, el mensaje que debían oír y las atrocidades que había presenciado a diario en el desempeño de su trabajo. Ginny observaba desde primera fila las crueldades y los crímenes cometidos contra mujeres y niños a lo largo y ancho del planeta. Y a ellos debía hablarles en su nombre cuando, al regresar a casa, le pedían que hablase. Sus palabras eran siempre contundentes, bien escogidas, y hacían que se les saltaran las lágrimas a quienes las escuchaban.

Salió de la terminal y se llenó los pulmones del aire frío de la noche. La gente, los viajeros que habían llegado para pasar las vacaciones, se apresuraba a tomar los diferentes autobuses o subir a los taxis, o saludaba a sus familiares en el exterior de la terminal. Ginny, con sus ojos azul oscuro, casi marino, los observaba en silencio. Se puso seria un instante, mientras se debatía entre tomar el autobús lanzadera o bien ir en taxi. Estaba molida, le dolía todo el cuerpo después de un viaje tan largo y de haber tenido que dormir apretujada en el autocar. Aunque se sentía culpable por gastar dinero en sí misma después de todo lo que había visto a lo largo de sus misiones, acabó optando por darse ese gusto. Se acercó al bordillo y llamó a un taxi, que dio un volantazo y se acercó a recogerla al instante.

Ginny abrió la portezuela, metió la maleta y la mochila en el asiento trasero, subió y cerró. El conductor, un joven paquistaní, la miró de arriba abajo y le preguntó adónde iba. Ella vio el nombre del taxista en la licencia expuesta en la mampara que dividía el vehículo. Le indicó la dirección y se lanzaron a toda pastilla en medio del tráfico del aeropuerto, en dirección a la autopista. Se le hacía raro encontrarse de vuelta en el mundo civilizado después de la inhóspita región en la que había estado destinada los últimos cuatro meses. Pero así era como se sentía cada vez que regresaba. Y cuando conseguía acostumbrarse, ya tenía que partir de nuevo. Siempre pedía que la reasignaran sin dilación, y solían hacerlo. Al cabo de casi tres años, era una de las trabajadoras más valiosas sobre el terreno, tanto por su buena disposición como por su experiencia.

—¿De qué parte de Pakistán eres? —preguntó cuando se incorporaban al tráfico que fluía hacia la ciudad, y el taxista le sonrió por el retrovisor.

Era joven y pareció complacido por que hubiese adivinado su procedencia.

—¿Cómo sabes que soy de allí? —le preguntó él a su vez, y ella sonrió también.

—Estuve en Pakistán hace un año. —Entonces acertó de qué región provenía, y el joven la miró asombrado. Pocos americanos sabían algo sobre su país—. Pasé tres meses en Baluchistán.

—¿Qué hacías allí? —inquirió intrigado, mientras el tráfico los obligaba a aminorar.

Iban a tardar en llegar a la ciudad por culpa del tráfico, lento, propio de las vacaciones, y hablar con el conductor la ayudaría a mantenerse despierta. Y le parecía menos extraño que la gente a la que vería en Nueva York, que en ese momento serían como extranjeros para ella.

—Trabajar —respondió en voz baja, mientras echaba una ojeada por la ventanilla a un paisaje que debería haberle resultado familiar pero que ya no lo era.

Se sentía como una mujer sin hogar, y así era como se había sentido desde que se marchó de los Ángeles. Tenía la impresión de que aquella ciudad sería el último hogar de verdad que tendría en la vida, y lo prefería de esa forma. Ya no necesitaba ninguno, le bastaba con la tienda o el campamento en el que estuviera viviendo.

—¿Es médica? —Había picado la curiosidad del taxista.

—No, trabajo para una organización de derechos humanos —respondió vagamente, luchando contra el cansancio que la invadía en oleadas, sentada en el cómodo asiento, en el interior caldeado del taxi. No quería quedarse dormida antes de llegar a su apartamento, darse una ducha y meterse en la cama. Sabía que la nevera estaría vacía, pero le daba igual, había comido algo en el avión. Esa noche no le apetecía nada más y al día siguiente podría comprar lo que necesitase.

Continuaron en silencio. Ella contempló los edificios de Nueva York que empezaban a perfilarse ante sus ojos. No podía negarse que la imagen era preciosa, pero le parecía un decorado de cine, no un lugar donde vivía gente real. La gente que ella conocía vivía en viejos barracones militares, campamentos de refugiados y tiendas de campaña, no en ciudades muy iluminadas sembradas de rascacielos y torres de apartamentos. A medida que pasaban los años, cada vez que regresaba se sentía más alejada de esa forma de vida. La organización para la que trabajaba, no obstante, tenía su sede central en Nueva York y por esa razón le parecía lógico seguir disponiendo de un apartamento en la ciudad. Era un caparazón hasta el que se arrastraba temporalmente, cada pocos meses, como un cangrejo ermitaño que necesitase un rincón en el que quedarse. Sin embargo, no le tenía el menor apego, nunca lo había considerado su hogar. Los únicos objetos personales que poseía seguían guardados en cajas que no se había molestado en desembalar. Esas cajas las había preparado su hermana, Rebecca, cuando Ginny vendió su casa y se marchó de Los Ángeles, y se las había enviado a Nueva York. Ni siquiera sabía qué contenían, y tampoco le importaba.

Tardaron algo más de una hora en llegar a su apartamento, y le dejó una buena propina al taxista. El hombre volvió a sonreírle y le dio las gracias mientras ella rebuscaba las llaves de la casa en un bolsillo de la mochila. Luego salió al aire gélido. Parecía a punto de nevar. Depositó los bártulos en la acera, a su lado, y tuvo que pelearse un momento con la cerradura del portal. La fachada del edificio estaba un tanto estropeada. Soplaba un viento helado que subía del East River, a una manzana de distancia. Ella vivía en el número ochenta y tantos, cerca del East End; había alquilado aquel piso porque le gustaba pasear por la orilla del río cuando hacía más calor y ver pasar las embarcaciones. Después de residir durante años en una casa de Los Ángeles, un apartamento le resultaba menos agobiante y más impersonal, y eso era lo que prefería.

Entró en el portal y, ya en el ascensor, pulsó el botón de la sexta planta. El edificio entero tenía cierto aire deprimente. Reparó en que varios vecinos habían colgado coronas de Navidad en las puertas. Ella ya no se molestaba en poner adornos navideños; desde que se había mudado a Nueva York, era la segunda vez que estaba en su apartamento por esas fechas. Había muchas cosas más importantes en el mundo en las que pensar que montar el árbol o colgar una corona en la puerta. Estaba deseando presentarse en las oficinas, pero sabía que los días siguientes estarían cerradas. Tenía pensado leer un poco, trabajar en su último informe, hacer recapitulación de la misión y recuperar horas de sueño. El informe la mantendría ocupada toda la semana y no tenía más que fingir que las fiestas no existían.

Cuando entró en el piso y encendió las luces, vio que todo estaba tal y como lo había dejado. El viejo sofá raído que había adquirido en un rastrillo de Brooklyn parecía tan gastado como siempre. También había comprado un sillón reclinable de segunda mano, muy usado. que era el asiento más cómodo que había tenido en su vida. Con frecuencia se quedaba dormida en él con un libro en las manos. Frente al sofá había otro sillón grande, por si iba alguien a verla, cosa que no pasaba nunca. Pero estaba preparada por si acaso. Su mesa de centro consistía en un vetusto baúl metálico con pegatinas de viajes que había comprado al mismo tiempo que el sofá. También tenía una mesa pequeña de comedor con cuatro sillas completamente distintas, y una planta muerta en la repisa de la ventana, que en julio había decidido tirar a la basura pero había olvidado hacerlo y al final se había convertido en un elemento más de la decoración. La mujer que le limpiaba el piso no se había atrevido a tirarla. Aparte de eso, tenía unas cuantas lámparas viejas que iluminaban el salón con luz tenue, y un televisor que casi nunca encendía. Prefería leer las noticias en internet. En cuanto al mobiliario de su cuarto, se componía de una cama, una cómoda que también había comprado de segunda mano y una silla. Las paredes estaban desnudas. No era un lugar acogedor al que regresar, sino un sitio en el que dormir y en el que guardar la ropa. Cuando estaba fuera, una señora de la limpieza acudía una vez al mes, y cuando estaba en la ciudad, una vez a la semana.

Dejó la maleta y la mochila en su habitación, y regresó al salón. Se sentó en el cómodo sofá y apoyó la cabeza en el respaldo, pensando en la larga distancia que había recorrido en las últimas veintiocho horas. Era como si hubiese estado en otro planeta y acabase de regresar a la Tierra. En eso estaba pensando aún cuando le sonó el móvil. No podía imaginar quién sería, teniendo en cuenta que las oficinas de SOS/HR estaban cerradas y que eran las diez de la noche. Se sacó el teléfono del bolsillo de la parka y contestó. Aunque lo había encendido al llegar al control de aduanas, no había nadie a quien quisiese llamar.

—¡Has vuelto! ¿O todavía estás de viaje? —dijo la voz, alegremente. Era su hermana Rebecca, desde Los Ángeles.

—Acabo de entrar por la puerta —respondió Ginny sonriendo.

Se mandaban mensajes de texto con regularidad, pero hacía un mes que no hablaban. Y se le había olvidado que le había dicho qué día llegaba.

—Debes de estar agotada —dijo Becky, como apiadándose de ella.

Ella era la cuidadora de la familia, la hermana mayor en quien Ginny se había apoyado durante toda la vida, la si bien en esos momentos hacía tres años que no se veían. Pero seguían muy unidas, gracias a las llamadas, el correo electrónico siempre que era posible y los mensajes de texto. Becky, que acababa de cumplir cuarenta años, le sacaba cuatro a Ginny. Estaba casada, tenía tres hijos y vivía en Pasadena, y su padre, cuyo Alzheimer avanzaba poco a poco pero sin cesar, se había instalado con ella hacía un par de años. El hombre ya no podía vivir solo, pero ni Becky ni Ginny deseaban ingresarlo en un asilo. La madre había fallecido hacía diez años. Él tenía setenta y dos, aunque Becky decía que aparentaba diez más desde que había enviudado. Había perdido las ganas de vivir.

—Estoy cansada —reconoció Ginny— y odio venir por Navidad. Esperaba haber vuelto más pronto y haberme marchado otra vez antes de las fiestas, pero mi sustituto apareció con retraso —explicó, cerrando los ojos y luchando contra el sueño mientras escuchaba a su hermana—. Cruzo los dedos para que me manden fuera otra vez dentro de poco, pero todavía no me han dicho nada. —La animaba la idea de que no pasaría mucho tiempo en Nueva York. Lo que la deprimía no era el piso, sino no tener nada que hacer entre misión y misión, y no ser de utilidad para nadie en Nueva York. Solo deseaba marcharse de nuevo.

—¿Y si te lo tomas con calma? Acabas de regresar a casa. ¿Por qué no vienes a vernos unos días antes de que vuelvan a mandarte lejos? —Le había pedido a Ginny que pasase las fiestas con ellos, pero ya le había contestado que no, para no variar.

—Sí —respondió sin mucho convencimiento, quitándose la goma del pelo y dejando que la larga melena rubia le cayese en cascada por la espalda. No sabía lo guapa que era, y tampoco le preocupaba lo más mínimo. Ya no daba ninguna importancia a su aspecto, a diferencia de tiempo atrás, en una vida remota que había dejado de existir hacía tres años.

—Deberías venir a vernos antes de que a papá se le vaya más la cabeza —le recordó Becky. Ginny no había sido testigo del deterioro lento pero implacable de su padre, y no se daba cuenta de cuánto había empeorado en los últimos meses—. El otro día se perdió a dos manzanas de casa. Lo trajo una vecina. No se acuerda de dónde vive. Los chicos procuran vigilarlo, pero a veces se les olvida y no podemos estar todo el día pendientes de él.

Becky no había vuelto a trabajar desde que nació su hija mediana. Tenía una carrera prometedora como relaciones públicas que había abandonado para criar a sus hijos. Ginny no estaba segura de que hubiese hecho bien, pero Becky no parecía arrepentirse de aquella decisión. Su hijo y sus dos hijas eran ya adolescentes, y estaba más ocupada que nunca con ellos, aunque Alan siempre estaba al pie del cañón ayudándola, y cuidando del padre de ambas. Él trabajaba en el sector de la electrónica, era ingeniero, y proporcionaba a Becky y a sus hijos una vida sólida y estable.

—¿Deberíamos contratar a una enfermera para papá, para que no cargues con tanto tú sola? —preguntó Ginny preocupada.

—Lo aborrecería. Quiere seguir sintiéndose independiente. Aunque ya no le dejo sacar al perro; lo ha perdido dos veces. Y supongo que la cosa se pondrá mucho peor, la medicación no está haciendo el efecto de antes.

Los médicos las habían advertido de que la medicación solo frenaría un poco el proceso, durante un tiempo, después ya no habría nada que hacer. Ginny intentó no pensarlo, cosa que le resultaba más fácil cuando estaba lejos. Becky se enfrentaba a diario a la realidad de su situación, y eso le producía cargo de conciencia, pero cuando hablaban por teléfono procuraba ponerse en su lugar. Ella no podía regresar a Los Ángeles. Mudarse allí de nuevo acabaría con ella. Ni siquiera había ido de visita desde que se marchó, y Becky se había mostrado increíblemente comprensiva al respecto, pese a tener que bregar con su padre sola. Lo único que quería Becky era que su hermana lo viese antes de que fuera demasiado tarde. Trató de transmitírselo sin crearle remordimientos ni asustarla. Pero el pronóstico para su padre no era esperanzador, la enfermedad iba avanzando de forma progresiva y Becky advertía los cambios cada día, sobre todo a lo largo del último año.

—Iré a veros uno de estos días —le prometió Ginny, y lo decía de corazón. Ambas sabían, sin embargo, que no sucedería antes de que se marchase a su siguiente misión—. Bueno, ¿y tú qué tal? ¿Estás bien? —preguntó.

Oía a los chicos de fondo. Becky no tenía un minuto al día para sí misma.

—Todo bien, sí. Esto es una locura antes de Navidad, con los chicos en casa. Queríamos llevarlos a esquiar, pero no quiero dejar solo a papá, así que las chicas se irán con unos amigos, y Charlie, que tiene novia nueva y no puede separarse ni un minuto de ella, está encantado con que no vayamos a ninguna parte. Además, tiene que acabar de preparar las solicitudes para la universidad, con lo que me tocará hacer de taxista con él durante todas las fiestas.

La idea de que su sobrino fuera a la universidad espabiló a Ginny y la hizo darse cuenta de lo rápido que había pasado el tiempo.

—No me lo puedo creer.

—Ni yo. Margie cumplirá dieciséis años en enero, y Lizzie va camino de los trece. ¿Adónde puñetas se fue mi vida mientras me turnaba para traer y llevar niños de un sitio para otro? En junio Alan y yo celebramos veinte años de casados. Da miedo, ¿eh?

Ginny asintió con la cabeza, pensándolo. Recordaba la boda como si hubiese sido el día anterior. Ella tenía dieciséis años y había sido dama de honor.

—Pues sí. No me puedo creer que tú tengas cuarenta años, y yo, treinta y seis. La última vez que lo pensé tú tenías catorce y llevabas aparato, y yo tenía diez años.

Las dos sonrieron con el recuerdo. Entonces volvió Alan de trabajar, y Becky dijo que tenía que colgar.

—Tengo que chamuscarle algo para la cena. Hay cosas que no cambian: sigo siendo negada para la cocina. Gracias a Dios, en Nochebuena cenamos en casa de la madre de Alan. No podría vérmelas otra vez con el pavo. Acción de Gracias casi acaba conmigo. —Eran la típica familia estadounidense, todo lo que Ginny nunca había sido.

Becky siempre había hecho lo que se esperaba de ella. Se casó con su novio del instituto cuando aún estaban en la universidad. Después de licenciarse, compraron una casa en Pasadena con ayuda de los padres de ambos. Tenían tres hijos increíbles, y ella era la madre perfecta. Había sido presidenta de la asociación de padres y participó en los programas de lobatos de los scouts con su hijo, llevaba a las niñas a todas sus actividades extraescolares y les echaba una mano con los deberes, tenía una casa preciosa y se compenetraba a la perfección con Alan, con quien formaba un matrimonio sólido. Y en esos momentos cuidaba de su padre mientras Ginny recorría el mundo, yendo de una zona en guerra a otra, de un lugar inhóspito al siguiente, tratando de curar los males del mundo.

El contraste entre las dos hermanas resultaba más marcado que nunca, aun así se querían y se respetaban. Con todo, a su hermana mayor le costaba comprender el camino que había elegido Ginny en los últimos años. Entendía sus motivos, pero no por ello dejaba de parecerle una reacción demasiado radical. Alan estaba de acuerdo con ella. Los dos esperaban que Ginny sentase la cabeza y volviese a llevar una vida normal. A pesar de todo lo que había ocurrido, consideraban que ya era suficiente, que aún estaba a tiempo de evitar volverse demasiado diferente, demasiado rara. Pese a que Becky admiraba lo que hacía Ginny, le daba miedo que estuviese llegando a ese punto. Tanto ella como su marido tenían la sensación de que debía renunciar a los viajes y los riesgos que corría a diario, no fuese a ser que acabaran matándola. Becky estaba convencida de que Ginny lo hacía para castigarse, pero ya era suficiente. Sin bien la causa era muy noble, dos años y medio viviendo en lugares agrestes como Afganistán era pasarse de la raya. A Alan y a ella les costaba imaginar lo que hacía allí. Y, aunque Becky nunca lo dijese de viva voz para no añadir presión a su hermana pequeña, lo cierto era que sí necesitaba ayuda para atender a su padre. Como Ginny pasaba tanto tiempo fuera y tan lejos, todos los momentos y las decisiones difíciles recaían sobre Becky. Ginny se había marchado antes de que comenzase el declive de su padre y, con el trabajo que tenía, nunca estaba cerca para arrimar el hombro.

—Te llamo mañana —prometió Becky antes de colgar.

Ambas sabían que sería un día horroroso. Como cada año. Era el aniversario del día en que la vida de Ginny había cambiado para siempre, el día en que todo aquello que más amaba había desaparecido de un plumazo. Un día que hubiese querido olvidar, o en el que habría preferido dormir hasta despertar al día siguiente, cada año. Pero nunca lo lograba. Esa noche se quedó tumbada en la cama sin pegar ojo, reproduciendo las escenas mentalmente una y otra vez, como siempre, pensando en todo lo que habría podido ser diferente, en por qué tuvo que ser como fue, en qué debería haber hecho ella y no hizo. Pero el resultado era siempre el mismo: ella estaba sola, y Mark y Chris habían muerto.

Había ido con su marido a una fiesta que daban unos amigos dos días antes de Navidad. Como habría niños y un Santa Claus, también habían llevado a Christopher. Ginny no llegó a ver las fotos de Chris sentado en el regazo de Santa Claus, pero cuando Becky las guardó con el resto de las pertenencias de su hermana, junto con todos los álbumes de fotos de Chris de bebé y las fotos de la boda con Mark, se le partió el corazón. Estaban en las cajas que Ginny no había abierto nunca, las que tenía apiladas en la otra habitación de su piso de Nueva York. No tenía ni idea de lo que Becky le había enviado como recuerdo de su vida anterior y nunca se había sentido con fuerzas para comprobarlo.

Ginny y Mark habían sido la pareja de oro, las estrellas de la cadena de televisión. Ella era reportera, y él, el presentador más famoso del sector. Los dos eran guapos, atractivos y estaban locamente enamorados. Se habían casado cuando Ginny tenía veintinueve años y su carrera en el mundo de la televisión empezaba a dar frutos. Mark, por su parte, ya era una estrella por aquel entonces. Al año siguiente nació Chris. Tenían una casa de ensueño en Beverly Hills y todo lo que siempre habían deseado, amén de un matrimonio y una vida que eran la envidia de sus amigos y conocidos.

Aquella noche salieron hacia la fiesta con Chris en el asiento trasero vestido con un trajecito de terciopelo rojo y pajarita de tela escocesa. El pequeño tenía entonces tres años y estaba impaciente por sentarse en el regazo de Santa Claus. Mientras Ginny lo vigilaba, Mark fue a la barra a tomarse una copa de vino en compañía de otros hombres. Había sido un largo día para él. Ginny también se tomó una copa. La mayoría de los padres tenían una copa de vino en la mano y reinaba un humor festivo. Por fin estaban de vacaciones. Nadie se emborrachó. Cuando se marcharon de la fiesta para llevar a Chris a la cama, a Ginny no le pareció que Mark no estuviera en condiciones. Eso había dicho una y mil veces después: que no le pareció que Mark estuviera ebrio. Como si a fuerza de decirlo pudiera cambiar las cosas. Pero no cambiaban. La autopsia reveló que sus niveles de alcohol en sangre superaban el límite, no de manera apabullante, pero sí lo suficiente para afectar sus reflejos y ralentizar sus reacciones. Evidentemente, había bebido más de una copa mientras ella vigilaba a Chris y charlaba con las otras madres. Y, sabiendo lo responsable que era Mark, Ginny tenía la certeza de que su marido no había sentido que hubiese bebido más de la cuenta esa noche. De lo contrario, le habría pedido que condujese ella o llamase a un taxi.

Regresaban a casa por la autopista. Había empezado a llover cuando el coche chocó con la mediana, volcó y se empotraron de frente contra un tráiler que aplastó su turismo. Mark y Chris fallecieron en el acto. Ginny pasó un mes ingresada con una vértebra del cuello rota y los dos brazos fracturados. Había hecho falta una grúa para sacarla del coche. Becky había acudido al hospital en cuanto la avisaron, pero no habían informado a Ginny sobre lo que había pasado con Mark y Chris. Becky se lo contó al día siguiente. En un abrir y cerrar de ojos, tres vidas habían quedado truncadas, incluida la de Ginny. Después de aquello, no volvió a la casa. Le pidió a Becky que se deshiciera de todo, salvo las cosas que embaló en cajas y que le envió más adelante a Nueva York.

Ginny se quedó en casa de Becky hasta que se recuperó de la lesión cervical. Había tenido muchísima suerte: aunque llevó collarín durante seis meses, la rotura se había producido en una zona lo bastante alta para no provocarle parálisis. Dimitió de su puesto en la cadena de televisión, rehuía a sus amistades, no soportaba ver a nadie. Estaba segura de que habían muerto porque ella dejó que Mark se sentara al volante aquella noche; que era culpa suya que hubiese conducido él. Había dado por hecho que los dos habían bebido sendas copas de vino, ya que Mark no solía beber más. Además, a ella no le hacía gracia conducir de noche por la autopista. En ningún momento se le ocurrió preguntarle cuántas copas se había tomado, puesto que le pareció que estaba sobrio. Si le hubiese preguntado, se decía después, habría conducido ella, y tal vez Chris y él seguirían vivos. Becky sabía que su hermana no se lo perdonaría nunca, le dijeran lo que le dijesen. Y que nada cambiaría el hecho de que el marido de Ginny y su hijo de tres años estaban muertos.

Sin llamar a nadie para despedirse, Ginny se mudó en abril a Nueva York, donde pasó un mes buscando trabajo en alguna organización humanitaria. Lo único que deseaba era alejarse todo lo posible de su vida anterior. En su fuero interno, Becky estaba segura de que su hermana no quería seguir viviendo y buscaba que la matasen en alguna de las misiones en las que se embarcaba, al menos durante el primer año. A Becky se le rompía el corazón al imaginar cómo se sentía y saber que nadie podía ayudarla. Tan solo esperaba que el tiempo aliviase las heridas de su hermana y la ayudase a vivir con lo ocurrido. Había dejado de ser esposa y madre, y había perdido a las dos personas a las que más quería del mundo. Además, había renunciado a una carrera profesional que se había labrado con mucho esfuerzo. Ginny había sido una buena periodista y las cosas le habían ido bien en la cadena de televisión. Había sido una mujer feliz, con éxito, plenamente realizada, y de la noche a la mañana su vida se había transformado en la peor pesadilla que pudiera imaginarse. Nunca hablaba de aquello, pero Becky entendía el martirio que suponía para ella, lo notaba. Por eso no insistía en lo relativo a su padre. Bastante tenía ya con las pérdidas y la tragedia que había sufrido. Becky no tenía valor para pedirle que se enfrentara a nada más. Por eso se hizo cargo de los cuidados del padre, mientras su hermana se jugaba la vida por todo el mundo.

No obstante, algún día tendría que parar y afrontar que por mucho que corriera, por muy lejos que viajara, las dos personas a las que había perdido estaban muertas y no volverían nunca. Becky solo esperaba que no la mataran antes; por eso siempre le suponía un alivio enterarse de que se encontraba de regreso en Nueva York, aunque solo fuese durante un breve paréntesis. Al menos allí estaba a salvo. Tanto a una como a la otra les costaba creer que hacía casi tres años que no se veían, pero el tiempo había pasado volando. Becky andaba atareada con su familia, y Ginny siempre se hallaba en algún país lejano sumido en alguna crisis, jugándose la piel y expiando sus pecados.

Alan se acercó para dar un beso a Becky y advirtió que parecía triste cuando colgó. Becky era una mujer bonita, pero nunca había sido tan espectacular como su hermana, sobre todo en los tiempos en que esta trabajaba en la cadena de televisión y le arreglaban el pelo y la maquillaban a diario. Pero, incluso sin todo eso, Ginny siempre había sido más guapa. Mientras que Ginny quitaba el hipo, Becky era del montón.

—¿Estás bien? —preguntó Alan con gesto preocupado.

—Acabo de hablar con Ginny. Está en Nueva York. Mañana es el aniversario. —Transmitió el resto con la mirada.

Él asintió.

—Si ha vuelto a Estados Unidos, debería venir a ver a su padre —dijo él con tono de desaprobación.

Estaba harto de ver a Becky cargando sola con todo el peso y a Ginny sin hacer absolutamente nada. Siempre había una excusa que explicaba por qué no podía. Becky era más comprensiva que él. A Alan le parecía injusto.

—Pues ha dicho que vendrá —respondió Becky en voz baja.

Alan no replicó. Se quitó la chaqueta, se sentó en su sillón favorito y encendió la tele para ver las noticias, mientras Becky se iba a la cocina para prepararle la cena, pensando en su hermana. Las dos habían tenido desde siempre objetivos muy distintos en la vida, pero en los últimos tres años las diferencias entre ambas se habían acentuado aún más. Ya no tenían nada en común, salvo sus padres y la historia de su infancia. Su vida y la de su hermana estaban a millones de kilómetros de distancia.

Ginny estaba pensando lo mismo cuando se metió en el cuarto de baño del apartamento de Nueva York, abrió el grifo de la ducha y se desvistió. Becky contaba con su marido, tres hijos adolescentes, una casa en Pasadena y una vida ordenada, mientras que ella carecía de posesiones materiales que le importasen, solo contaba con un apartamento amueblado con trastos de segunda mano, y no tenía a nadie en su vida, salvo a las personas para las que trabajaba en todo el mundo. En cuanto el agua salió lo bastante caliente, se metió en la ducha y dejó que le empapase el cuerpo, largo y esbelto, y que se llevase las lágrimas que le resbalaban por las mejillas. Era consciente de lo dolorosa que sería la jornada siguiente para ella. La superaría, como hacía todos los años. Pero a veces se preguntaba por qué. ¿Por qué luchaba para aguantar y seguir con vida? ¿Por quién lo hacía? ¿De verdad importaba? Cada vez le costaba más hallar la respuesta a esas preguntas, a medida que pasaba el tiempo y nada cambiaba, y Mark y Chris seguían muertos. Le resultaba muy difícil creer que hubiese logrado vivir sin ellos durante esos tres interminables años.

2

Al día siguiente, cuando Ginny se despertó, hacía una mañana clara y soleada y, por el frío que reinaba en la habitación, imaginó que la temperatura fuera sería gélida. Era el día antes de Nochebuena, el día que más aborrecía de todo el año, y estaba acusando los estragos del impacto cultural y del desfase horario de después del viaje. Se dio la vuelta y se quedó dormida de nuevo. Cuando despertó otra vez, cuatro horas más tarde, el día se había tornado gris y estaba nevando. En un armario de la cocina, encontró café instantáneo y una lata con cacahuetes rancios, que tiró a la basura. Le daba demasiada pereza salir al frío de la calle a por algo de comer. Además, tampoco tenía ni pizca de hambre, nunca tenía hambre ese día. Fue al salón, en pijama, y trató de no fijarse en la fotografía de Mark y Chris que tenía en el desvencijado escritorio, en un marco de plata. Solo había dos fotos de ellos en el apartamento. La que estaba tratando de no mirar era una de Mark con Chris en la fiesta de su segundo cumpleaños. Se sentó en el sillón reclinable y cerró los ojos, pensando inevitablemente en el día de hacía tres años en que habían asistido a aquella otra fiesta, Chris con su trajecito de terciopelo rojo, los pantalones cortos y la pajarita de tela escocesa. Intentó apartar la imagen de su mente, pero le resultó imposible. Los recuerdos eran demasiado fuertes, de la fiesta, del despertar en el hospital tras el accidente, de cuando Becky le contó lo que había ocurrido. Habían llorado las dos y, a partir de ahí, todo quedaba difuminado. Celebraron el funeral cuando salió del hospital, un mes después, pero había estado tan histérica que apenas recordaba nada. Luego, en casa de Becky, guardó cama durante semanas. La cadena de televisión se portó de maravilla y le pidió que, en lugar de presentar su dimisión, solicitase una excedencia, pero ella sabía que no podría volver sin Mark. Trabajar en los informativos sin él ya no tenía sentido, habría sufrido demasiado.

Vivía de sus ahorros, del seguro de vida de él y de lo que ganó con la venta de la casa. Pese al exiguo salario que cobraba de SOS/HR, disponía de lo suficiente para seguir desempeñando ese tipo de trabajo mucho tiempo. Apenas tenía gastos y no deseaba rodearse de todo lo que acompañaba una vida de opulencia. No tenía prácticamente ninguna necesidad, salvo botas de montaña cuando se le desgastaban las últimas. Ya solo necesitaba ropa resistente para los viajes. La traía al pairo lo que se ponía, cómo vestía, qué comía o cómo vivía. Todo lo que le había importado antes había desaparecido. Su vida sin Mark y sin Chris era como un cascarón vacío, salvo por la labor que hacía, que era lo único que daba sentido a su existencia. No toleraba las injusticias que veía que se cometían a diario, en culturas y países de todo el mundo. Se había convertido en una activista por la libertad que defendía a mujeres y niños; tal vez, había comprendido, para paliar su propio sentimiento de culpa por no haber estado más atenta aquella noche aciaga y por dejar que su marido los pusiera a los tres en peligro. Solo deseaba haber muerto con ellos, pero, cruelmente, ella había sobrevivido. Su castigo era pasar sin ellos el resto de su vida. Aquel pensamiento resultaba casi insoportable cuando se permitía contemplarlo, cosa que rara vez ocurría pero que nunca podía evitar en esa fecha. Los recuerdos la acosaban como fantasmas.

Cuando anocheció, se quedó mirando por la ventana los copos de nieve que caían con suavidad sobre las calles de Nueva York. La nieve había cuajado y ya había una capa de unos diez centímetros. Estaba precioso y, de pronto, le dieron ganas de salir a dar un paseo. Necesitaba tomar un poco el aire y alejarse de sus pensamientos. Las imágenes que se agolpaban en su mente le resultaban opresivas, y sabía que el frío y la nieve la distraerían y la despejarían. Podía comprar algo de comer en el camino de vuelta, dado que no había probado bocado en todo el día. Pese a que no tenía apetito, se daba cuenta de que debía comer. En esos momentos lo único que deseaba era salir del apartamento y de sí misma.

Se puso dos jerséis gruesos, unos vaqueros, las botas de montaña con calcetines de invierno, un gorro de punto y la parka. Se echó la capucha por encima del gorro y sacó un par de manoplas de un cajón. Todas las prendas que tenía en ese período de su vida eran sencillas y funcionales. Había guardado todas las joyas que Mark le había regalado en una caja de seguridad del banco, en California. No podía ni imaginar que volviera a ponérselas.

Se metió la cartera y las llaves en el bolsillo, apagó las luces y salió de casa. Cogió el ascensor y, segundos después, estaba andando en medio de la nevada por la calle Ochenta y nueve en dirección este, hacia el río, tomando profundas bocanadas de aire gélido mientras los copos de nieve seguían cayendo a su alrededor. Largas volutas de vaho ascendían por el aire cuando exhalaba. Cruzó por el paso elevado hasta el río y se asomó por la barandilla para ver pasar los barcos: un remolcador y dos barcazas, además de un yate de ocio totalmente iluminado en el que estaban celebrando una fiesta navideña; desde donde se encontraba, se oían música y risas, que flotaban en el aire frío y vigorizante de la noche.

En la autovía Franklin D. Roosevelt Drive apenas había tráfico mientras contemplaba el agua, a sus pies. Las imágenes de Chris y Mark volvieron a abrirse paso en su mente y reflexionó acerca de cómo había cambiado su vida desde el fallecimiento de ambos. Había pasado a ser una vida entregada a los demás, una vida que al menos tenía alguna utilidad para alguien, pero, tal como había adivinado su hermana, le daba igual vivir que morir, y por eso no le importaba exponerse a peligros brutales. La gente creía que era valiente, pero solo ella sabía lo cobarde que era, pues esperaba que la matasen para no tener que pasar el resto de sus días sin su marido ni su hijo.

Mientras observaba el agua que rielaba a sus pies, pensó en lo fácil que sería subirse a la barandilla y tirarse al río. Sería mucho más sencillo que vivir sin ellos. Con una extraña sensación de paz, se preguntó cuánto tardaría en ahogarse. Estaba segura de que en el río había corrientes que, con todas las capas de ropa que llevaba, la arrastrarían al fondo rápidamente. Y, de pronto, la idea le resultó irresistible. No pensó ni en su hermana ni en su padre. Becky tenía su vida y su familia, ya no se veían nunca, y su padre nunca sería consciente de que había muerto. Mientras cavilaba, le pareció que era el momento idóneo para hacer mutis.

Estaba planteándose encaramarse a la barandilla cuando percibió con el rabillo del ojo un movimiento brusco, a su izquierda, que la sobresaltó, y volvió la cabeza para ver qué era. La capucha de la parka le bloqueaba parcialmente la visión, de modo que lo único que acertó a ver fue un destello blanco que se metía a toda prisa en una caseta de obras públicas y la cerraba dando un portazo. Era evidente que alguien se había escondido dentro y se preguntó si, fuera quien fuese, pretendía atacarla. Tirarse al río para ahogarse le parecía un acto sencillo y lógico dado su estado de ánimo, pero que la asaltase un matón que se ocultaba en una caseta le pareció más desagradable y, además cabía pensar que, después seguiría viva. Pero prefería quedarse donde estaba. Tenía un plan, tirarse al río, estaba dispuesta a llevarlo a cabo y no quería esperar al día siguiente. Morir el mismo día que ellos, con tres años de diferencia, tenía un toque poético que la atraía. Su sentido del orden le dictaba que debía suicidarse esa noche. En ningún momento se le pasó por la cabeza que tenía las facultades afectadas, el juicio paralizado por el dolor. Ese plan le parecía perfectamente lógico. Y no pensaba tirar la toalla y echar a correr solo porque alguien se hubiese escondido en la caseta. De hecho, le molestaba que aquella persona no diese la cara, que siguiese escondiéndose. Se quedó esperando a que quien fuera saliera de la caseta, para que no la sobresaltara ni la atacara. Decidida a llevar a cabo su plan, se negaba a marcharse, no se movió de donde estaba. Haber tomado la decisión le procuraba alivio después de tanto dolor. Había escogido su vía de escape.

En la caseta no se oía un solo ruido, pero de pronto percibió movimiento y unas toses ahogadas. La curiosidad pudo con ella. Si quien se encontraba allí dentro tosía, quizá estuviera enfermo y necesitara ayuda. No se le había ocurrido antes. Se quedó mirando la caseta un buen rato, y a continuación le echó valor y se acercó. Llamó con los nudillos. Se preguntó si, después de todo, se trataría de una mujer, aunque creía haber visto a un hombre con el rabillo del ojo. En cualquier caso, fuera quien fuese, se había escabullido a toda velocidad y había cerrado la puerta.

Se quedó quieta un minuto delante de la caseta, luego llamó por segunda vez, con cautela. No quería abrir la puerta de golpe y dar un susto a nadie. Como no obtuvo respuesta, llamó por tercera vez. Tenía pensado ofrecer su ayuda si la persona en cuestión estaba enferma. Y, en cuanto hubiese atendido sus necesidades, se ocuparía de las propias. Lo tenía todo planificado. Era un caso clásico de suicidio. Sabía que no era nada original, y la idea ya no le resultaba extraña.

—¿Se encuentra bien? —preguntó con voz firme.

Siguió sin recibir respuesta. Se disponía a marcharse cuando una vocecilla contestó al fin:

—Sí, estoy bien.

Por la voz, parecía tratarse de alguien muy joven. Podría haber sido un hombre o una mujer, imposible distinguirlo. Entonces el instinto se impuso y se olvidó de sí misma.

—¿Tienes frío? ¿Quieres comer algo? —Siguió un silencio interminable, mientras el ocupante de la caseta se lo pensaba, hasta que al final respondió:

—No, estoy bien. —Esta vez sonó como un niño. Entonces añadió—: Gracias.

Ginny sonrió. Fuera quien fuese, era educado. Empezó a alejarse de nuevo, retomando su plan mentalmente. La interrupción, sin embargo, le había restado impulso y la había distraído. Ya no se sentía tan decidida como unos minutos antes. Aun así, se dirigió a la barandilla de nuevo, sin dejar de preguntarse quién estaría en aquella caseta y qué estaba haciendo allí. De pronto oyó una voz a lo lejos, a su espalda, que gritó: «¡Eh!». Sorprendida, dio media vuelta y vio a un muchacho de unos once o doce años, en camiseta y vaqueros raídos, zapatillas deportivas de caña alta y con el pelo alborotado y un tanto asilvestrado. La miraba con los ojos muy abiertos, e incluso desde lejos Ginny advirtió que eran azules, de un tono brillante casi eléctrico, que destacaba contra su tez, de color marrón claro.

—¿Tienes algo de comer? —le preguntó el chico, aprovechando que se había quedado atónita, sorprendida por lo poco abrigado que iba en plena nevada.

—Puedo conseguirlo —respondió ella. Sabía que había un McDonald's cerca. Ella misma se compraba allí el desayuno o la cena a menudo.

—Bah, es igual, no pasa nada —dijo él con cara de chasco, tiritando de frío junto a la caseta.

Se trataba de una construcción municipal, pero obviamente no la habían cerrado con llave, y el chico la estaba utilizando para resguardarse y dormir.

—Puedo traerte algo —insistió ella.

Él titubeó y a continuación negó con la cabeza y volvió a meterse en la caseta. Ginny regresó a la barandilla y bajó la vista para contemplar las aguas del río. A esas alturas estaba empezando a sentirse incómoda con la idea que, hacía apenas unos instantes, le había parecido tan acertada. Se disponía a volver a casa cuando el chico apareció de pronto a su lado con sus brillantes ojos azules y su pelo negrísimo.

—Podría ir contigo —propuso, en respuesta al ofrecimiento de ella de un poco antes—. Tengo dinero para pagar.

Mientras miraba al muchacho, que trataba de evitar que le castañetearan los dientes con todas sus fuerzas, pensó que era una señal evidente de que no debía tirarse al río para morir ahogada esa noche. Que lo que debía hacer, en cambio, era alimentar a ese chico. Fue a quitarse la parka para ofrecérsela, pero él la rechazó con valentía. Comenzaron a alejarse del río, caminando uno al lado de la otra. Poco antes, ella había querido quitarse la vida como vía de escape definitiva a su dolor, llevada por un arranque de cobardía raro en ella, y en ese momento se dirigía a cenar en compañía de un crío del que no sabía nada.

—Hay un McDonald's a un par de manzanas de aquí —le dijo mientras iban de camino.

Intentaba caminar rápido para que el chico no cogiera demasiado frío, pero cuando llegaron al establecimiento y lo vio bien gracias a la iluminación intensa del local, estaba tiritando visiblemente. Nunca había contemplado unos ojos tan azules; su cara era dulce, aún infantil, y su mirada rebosaba inocencia. Tuvo la sensación de que sus caminos estaban predestinados a cruzarse esa noche. La temperatura del local era muy agradable, y el chico se puso a dar saltitos para entrar en calor. A Ginny le dieron ganas de abrazarlo para ayudarlo un poco, pero no se atrevió.

—¿Qué vas a querer? —le preguntó amablemente. Él vaciló—. No te cortes —le animó—. Es casi Navidad, celebrémoslo.

Él sonrió y pidió dos Big Macs con patatas y una Coca-Cola grande, y ella una Big Mac y una Coca-Cola pequeña. Pagó y se dirigieron a una mesa para esperar a que saliera la comanda, que estuvo lista al cabo de unos minutos. Para entonces él ya había entrado en calor y había dejado de tiritar. Se lanzó a comer con ganas y no paró hasta que se hubo zampado una hamburguesa y media; en ese momento hizo un alto para darle las gracias.

—Podría habérmelo pagado yo —añadió, algo azorado, y ella asintió con la cabeza.

—No lo dudo en absoluto. Pero hoy invito yo.

El asintió a su vez.

Ginny lo observó, preguntándose cuántos años tendría, aún impactada por sus ojos azules.

—¿Cómo te llamas? —le preguntó con cautela.

—Blue Williams —respondió él—. Blue es mi auténtico nombre, no un mote. Mi madre me lo puso por mis ojos.

Ella movió la cabeza afirmativamente. Tenía todo el sentido del mundo.

—Yo soy Ginny Carter —dijo, y se estrecharon la mano—. ¿Cuántos años tienes?

Él la miró entonces con recelo, de repente asustado.

—Dieciséis —respondió de inmediato, y ella se dio cuenta de que era mentira. Saltaba a la vista que temía que avisara al Servicio de Protección de Menores. Si tenía dieciséis años, no podían hacerle nada.

—¿Quieres pasar la noche en un albergue? En la caseta debe de hacer frío. Yo podría acercarte, si quieres —ofreció.

Él negó con la cabeza con vehemencia y se bebió la mitad de la Coca-Cola, después de haberse comido ya las dos hamburguesas y casi todas las patatas. Estaba hambriento y comía como si no se hubiese llevado nada a la boca desde hacía tiempo.

—Estoy bien en la caseta. Tengo un saco de dormir. Está bastante caliente.

A Ginny le pareció que aquello era poco probable, pero no demostró sus dudas.

—¿Cuánto tiempo llevas solo en la calle? —Quería saber si se habría escapado de algún sitio y lo estarían buscando. Aunque, de ser así, el lugar del que se habría fugado tenía que ser peor que lo que estaba viviendo en las calles, porque de lo contrario habría vuelto a su casa.

—Unos meses —respondió con imprecisión—. No me gustan los albergues. Esos sitios están llenos de pirados. Te pegan una paliza o te roban, y muchos están enfermos —explicó, como con conocimiento de causa—. Estoy más seguro donde estoy. —Ella asintió. Quería creerlo. Había oído que en los centros de acogida se producían casos de violencia—. Gracias por la cena. —Le sonrió y, sin darse cuenta, puso cara de niño, una cara que desde luego no aparentaba dieciséis años.

Ginny se fijó en que aún no se afeitaba y, a pesar de la vida que llevaba, tenía el aspecto de crío, uno muy listo, sí, pero un crío al fin y al cabo.

—¿Te apetece algo más? —le ofreció. Él negó con la cabeza y se levantaron de la mesa. Ginny se detuvo en el mostrador para pedir otras dos Big Macs con patatas y una Coca-Cola, y cuando se lo entregaron, le tendió la bolsa al chico para que se la quedase—. Por si te entra hambre luego.

Él cogió la bolsa con gratitud, mirándola con los ojos muy abiertos. Salieron del establecimiento y regresaron por el mismo camino, apretando el paso en medio del frío. No había parado de nevar, pero había cesado el viento. Enseguida llegaron y, entonces, ella se abrió la cremallera de la parka, se la quitó y se la ofreció.

—No puedo aceptarla —objetó él, tratando de rechazar el abrigo en medio de la nevada.

Pero ella se quedó con los dos jerséis gruesos debajo y se la tendió igualmente. Hacía un frío helador y podía imaginar cómo estaría el chico con la camiseta fina y nada más.

—Tengo otra igual en casa —le aseguró.

Él se la puso lentamente, agradecido. Tenía un relleno grueso, aislante, y el chico la miró sonriendo.

—Gracias. Por la cena y por el abrigo.

—¿Qué vas a hacer mañana? —quiso saber, como si el chico tuviese una apretada agenda social en lugar de limitarse a intentar sobrevivir en aquella casetita. Se preguntó si de verdad tendría un saco de dormir, como había dicho—. ¿Puedo invitarte a desayunar? ¿O traerte algo?

—Andaré por ahí. Normalmente me largo durante el día para que no me encuentren aquí.

—Podría acercarme por la mañana, si quieres —le propuso.

Él asintió con la cabeza, perplejo.

—¿Por qué haces esto? ¿Por qué te importa? —inquirió, con aire receloso otra vez.

—¿Y por qué no? Hasta mañana, Blue. —Sonrió y le dijo adiós con la mano.

Ella se marchó en dirección a su apartamento, y él se metió en la caseta, con la parka de ella y la bolsa de reservas que le había regalado. Ginny se había olvidado por completo de la idea de tirarse al río. Y, al pensar en ello, dejó de tener sentido. Iba sonriendo para sí mientras pisaba la nieve. Menudo encuentro más extraño. Se preguntó si el chico estaría allí al día siguiente, cuando volviese. Se dio cuenta de que tal vez no, pero en cualquier caso él ya le había dado mucho más de lo que ella le había dado a él. Ella le había dado una parka y la cena, pero sabía con absoluta certeza que, de no haber sido porque Blue apareció de pronto de la nada, en esos momentos ella podría encontrarse en el lecho del río. Estaba entrando por la puerta de su apartamento cuando comprendió, con un estremecimiento, lo cerca que había estado de poner fin a su vida esa noche. Durante unos instantes, le había parecido facilísimo, algo de lo más sencillo, subirse a la barandilla, dejar que las aguas se cernieran sobre ella y desaparecer.

Pero, en lugar de eso, la había salvado un chavalín sin techo que respondía al nombre de Blue y que tenía unos brillantes ojos azules. Estaba pensando en él cuando se quedó dormida esa noche, y durmió apaciblemente por primera vez en meses. Gracias a él, había sobrevivido al día del aniversario. Le había salvado la vida.

3

Ginny se despertó temprano al día siguiente y vio que había dejado de nevar. Había una capa de nieve de más de un palmo de grosor, y el cielo seguía plomizo. Se duchó y se vistió rápidamente, y a las nueve en punto estaba de nuevo en la caseta. Llamó a la puerta con los nudillos, con educación, y respondió una voz somnolienta. Le dio la sensación de que lo había despertado. El chico asomó la cabeza a los pocos segundos, con su parka puesta y el saco de dormir en las manos.

—¿Te he despertado? —preguntó en tono de disculpa. Él asintió con la cabeza, sonriendo—. ¿Quieres que vayamos a desayunar?

Blue sonrió y enrolló el saco de dormir para llevárselo. No quería dejarlo en la caseta por si entraba alguien y se lo quitaba. También tenía una bolsa pequeña de deporte, de nailon, en la que guardaba todas sus posesiones terrenales. En un par de minutos estuvo listo, y se marcharon a pie al McDonald's otra vez. Nada más llegar, se fue derecho a los aseos, y cuando salió, Ginny advirtió que se había peinado y se había lavado la cara.

Pidieron el desayuno y volvieron a la mesa en la que habían cenado la noche anterior.

—Feliz Navidad, por cierto —dijo Ginny cuando empezaban a comer.

Había pedido un café y un muffin, y él tomó dos McMuffins con beicon y patatas fritas. Tenía un apetito voraz, como cualquier chico en estado de crecimiento.

—No me gusta la Navidad —respondió en voz baja mientras se tomaba un chocolate caliente con nata montada por encima.

—A mí tampoco —reconoció ella, con mirada ausente.

—¿Tienes hijos? —Ginny le producía curiosidad.

—No —respondió sin más. Si hubiese dicho «Tenía», habría desvelado más de lo que deseaba—. ¿Dónde están tus padres, Blue? —le preguntó a su vez, cuando terminaban de desayunar. Dio un sorbo a su café. No podía evitar querer saber cómo había acabado en la calle.

—Murieron —contestó él en voz baja—. Mi madre cuando yo tenía cinco años. Y mi padre después, pero hacía mucho que no lo veía. Era un hombre malo. Mi madre era una mujer muy buena. Enfermó. —Miró a Ginny con cautela—. Me fui a vivir con mi tía, pero ella tiene hijos y no le queda sitio para mí. Es enfermera. —Entonces volvió a observarla con recelo—. ¿Eres poli? —Ginny negó con la cabeza y él la creyó—. ¿Trabajadora social?

—No. Soy trabajadora humanitaria. Viajo a países que están muy lejos de aquí, para cuidar a la gente que vive en zonas en guerra o en lugares con problemas en los que necesitan ayuda. África, Afganistán, Pakistán, sitios así. Trabajo en campamentos de refugiados, o donde hay heridos o gente enferma, o donde los gobiernos los tratan mal. Estoy una temporada trabajando con ellos y luego me voy a otro sitio.

—¿Por qué lo haces? —Lo que le había contado lo había dejado intrigado. Le parecía que era un trabajo duro.

—Pues porque me parece algo bueno.

—¿Es peligroso?

—A veces. Pero creo que merece la pena. Acabo de volver de viaje, hace un par de días. He pasado cuatro meses en Angola. En el sudoeste de África.

—¿Y por qué has vuelto? —Aquel trabajo le parecía un misterio.

—Porque llegó otra persona para sustituirme, y me vine a casa. La fundación para la que trabajo nos cambia de destino cada pocos meses.

—¿Y te gusta lo que haces?

—La mayor parte del tiempo, sí. A veces no tanto, pero solo estoy unos meses en cada sitio. Además, aunque dé miedo o sea incómodo, acabas acostumbrándote.

—¿Y te pagan mucho dinero?

Se rio al oírlo.

—No, muy poco. Tienes que hacerlo porque quieres. La mayor parte del tiempo es bastante duro. Y a veces pasas miedo. ¿Y tú? ¿Vas al colegio?

Vaciló antes de responder.

—Últimamente no. Antes sí, cuando vivía con mi tía. Ahora no tengo tiempo. Hago trabajillos de vez en cuando.

Ella asintió, preguntándose cómo sobreviviría en la calle sin familia ni dinero. Y si era tan joven como sospechaba, tenía que evitar que alguien informase al Servicio de Protección de Menores si no quería que lo metieran en un correccional o en el sistema público de acogida. La apenó que no fuera al colegio y que estuviera buscándose la vida en la calle.

Hablaron un rato más y luego salieron del restaurante. Él dijo que volvería a la caseta más tarde, cuando hubiese oscurecido. A Ginny le parecía un lugar deprimente para pasar la Nochebuena y, mientras lo miraba, tomó una decisión.

—¿Quieres venir un rato a mi casa? Puedes quedarte todo el día allí, hasta que vuelvas a la caseta. Si quieres puedes ver la tele. Yo hoy no tengo nada que hacer.

Había pensado acercarse esa noche a un centro para personas sin techo, para echar una mano sirviendo la cena. Le pareció que sería una buena forma de pasar la velada, sirviendo a otros en lugar de compadecerse de sí misma mientras esperaba a que terminasen las fiestas.

Blue vaciló cuando se lo preguntó, como si todavía no las tuviera todas consigo y no acabara de fiarse de ella, de por qué estaba siendo amable con él, pero había algo en aquella mujer que le gustaba, y si todo lo que le había contado era verdad, era una buena persona.

—De acuerdo. Quizá vaya un rato —accedió, y se marcharon juntos por la acera.

—Vivo a una manzana de aquí —explicó Ginny.

Al cabo de unos minutos, estaban allí. Ginny abrió el portal con su llave, y el chico entró detrás de ella. Tomaron el ascensor. Ella abrió la puerta del apartamento y pasaron. Blue miró a su alrededor al entrar, vio los muebles gastados y las paredes desnudas, y entonces la miró con cara de sorpresa y una gran sonrisa.

—Pensé que vivirías en un sitio más bonito.

Ella se rio al oír aquello. El chico era educado pero sincero, con la sinceridad propia de los jóvenes.

—Ya ves, no he decorado demasiado desde que me mudé. Paso mucho tiempo fuera —aclaró, sonriendo avergonzada.

—Mi tía vive con sus tres niños en un piso de una sola habitación, más arriba. —Por «más arriba», Ginny supuso que se refería a Harlem—. Y el sitio tiene mejor pinta que este.

Los dos se rieron, Ginny con más ganas incluso que él. Era el colmo que un chaval de la calle opinase que su apartamento daba pena. Y, bien mirado, tampoco podía discrepar.

—Prueba el sillón reclinable, es bastante cómodo. —Lo señaló y le tendió el mando de la tele.

Ginny se sentía muy a gusto teniéndolo en casa. El chico no era en absoluto peligroso, y sentía una conexión con él. A su manera, los dos eran vagabundos. Antes de sentarse, Blue se paseó por el salón y reparó en la fotografía de Mark y Chris que había encima del escritorio. Se quedó mirándola un buen rato y luego se volvió hacia Ginny.

—¿Quiénes son? —Intuía que eran importantes para ella y que había una historia detrás de la foto.

La pregunta pilló a Ginny por sorpresa y contuvo la respiración durante un minuto antes de responder con toda la serenidad de que fue capaz.

—Mi marido y mi hijo. Murieron hace tres años. Ayer fue el aniversario. —Procuró que la voz le saliera lo más neutra posible.

Blue se quedó callado unos segundos. Movió la cabeza arriba y abajo, y dijo:

—Lo siento. Qué triste.

Pero no era más triste que perder a sus padres y acabar deambulando por las calles. Y la vida de ella, que no era oficialmente una sintecho, también había cambiado para siempre desde la muerte de Mark y Chris, un suceso que la había dejado de igual modo a la deriva.

—Sí, fue una desgracia. Un accidente de tráfico. Por eso ahora viajo tanto. No tengo a nadie que me espere. —No le hizo ninguna gracia ponerse tan patética—. Pero, bueno, me gusta mi trabajo, así que no hay problema.

No le contó que habían tenido una casa preciosa en Los Ángeles, en la que sí había muebles decentes; no le contó que había abandonado una gran carrera profesional ni que por aquel entonces se vestía a diario con ropa como era debido, no con excedentes del ejército. Ya nada de eso tenía importancia. Todas esas cosas formaban parte del pasado, eran historia. Había ido a vivir en ese apartamento diminuto, con muebles desvencijados y disparejos que se había encontrado abandonados en la acera o en alguna tienda de segunda mano, como para castigarse por lo que había ocurrido. Era su versión de ceñirse el cilicio. Pero el chico era demasiado joven para entenderlo, así que no dijo nada más mientras él encendía la tele y hacía zapping. Ginny también lo vio echar un vistazo a su portátil. Cualquier otra persona se habría preocupado y habría temido que quisiera robárselo. A ella, en cambio, ni se le pasó por la cabeza. Cuando llevaba cerca de una hora viendo la tele, el niño le pidió permiso para usar el ordenador.

Ginny vio que entraba en una serie de páginas para jóvenes sin hogar en las que podían abrir los mensajes que les dejaban otras personas. No escribió nada, pero, al verlo revisar la pantalla de arriba abajo, le pareció que buscaba algo concreto.

—¿Tus amigos te escriben ahí? —le preguntó con interés. Ginny no sabía nada de su mundo. El chico parecía manejarse por las páginas web tan bien como por las calles de la ciudad.

—A veces mi tía me deja algún mensaje —respondió con toda sinceridad—. Se preocupa por mí.

—¿La llamas alguna vez?

Él negó con la cabeza.

—Ya tiene bastantes cosas en las que pensar. Sus hijos, el trabajo. Trabaja de noche en un hospital y tiene que dejar solos a mis primos. Por la noche solía cuidarlos yo.

Por lo que le había contado, no debía de ser fácil que cuatro personas convivieran en un piso de una sola habitación. Por lo menos mantenía el contacto con ella por internet, pensó Ginny.

Blue se puso a ver la tele de nuevo, y ella consultó su correo electrónico. No tenía ningún mensaje. Un rato después, llamó su hermana, quien se deshizo en disculpas por no haberla telefoneado el día anterior, el día del aniversario. Tenía intención de hacerlo, pero le había sido imposible encontrar el momento.

—Lo siento mucho. Los chicos me trajeron todo el día de cabeza, y papá había pasado mala noche. No tuve ni un minuto para mí. Estuvo inquieto todo el día, quería salir, pero yo no tenía tiempo de llevarlo a ninguna parte. Se pone nervioso cuando vamos en el coche con los chicos. Ponen la música a todo volumen y no paran de hablar. Le va mejor cuando está todo más tranquilo y puede descansar. Pero le está costando dormir por las noches. Me da miedo que salga a la calle en plena madrugada. En cuanto anochece, empeora, está más confundido y a veces se enfada. Lo llaman «síndrome del ocaso». Durante el día está mejor.

Todo lo que le contaba su hermana la hizo darse cuenta de lo poco que sabía acerca de la enfermedad de su padre y del esfuerzo que tenía que hacer Becky para lidiar con ella. Se sintió culpable al oírla, aunque no tanto como para querer compartir el peso de los cuidados. Se agobiaba solo de escucharla.

—¿Qué vas a hacer esta noche? —le preguntó Becky. No soportaba que pasase la Nochebuena sola.

Ginny no le contó que había recogido a un chaval de la calle, que le había dado de comer dos veces y que se lo había llevado a casa a pasar el día. Lo había hecho por él, pero también para estar acompañada. No obstante, su hermana se moriría de miedo si se lo contaba. Imaginar que había metido en casa a un crío sin techo del que no sabía nada daría pie a una retahíla de advertencias, angustias y temores. Ginny, en cambio, confiaba y estaba segura de que el chico no le haría nada. A lo largo de los últimos años, después de sus numerosas experiencias en lugares desconocidos de otros países, se había vuelto mucho más valiente y lanzada. Hacía unos años ella tampoco lo habría hecho, pero en el contexto en que vivía en esos momentos estaba tranquila, y él había sido muy amable, respetuoso y educado.

Lo que sí le contó fue que tenía pensado ir a ayudar a servir la cena a un centro de acogida para personas sin hogar. Unos minutos después, se despidieron y colgaron. Hacia las tres de la tarde, tanto Ginny como Blue tenían hambre. Ella le preguntó qué le apetecía comer y, cuando le sugirió pedir comida china, al chico se le iluminaron los ojos. Ginny encargó un festín a domicilio, que llegó al cabo de una hora. Se sentaron a la mesa, en dos de las espantosas sillas desparejadas, y devoraron prácticamente toda la comida hasta que tuvieron que apoyar la espalda en los respaldos para descansar; estaban tan llenos que no podían ni moverse. Blue fue entonces a sentarse otra vez en el sillón, se puso a ver la tele y se quedó dormido. Ginny aprovechó para deshacer las maletas sin hacer ruido. El chico se despertó a las seis y vio que había anochecido. Se levantó del sillón dirigiéndole una mirada agradecida. Habían pasado juntos un día de lo más agradable, y ella había disfrutado mucho con él en casa. Le había dado un toque cálido al apartamento, que normalmente resultaba frío e impersonal. Y para él había sido como un regalo del cielo. No había tenido que rondar por la estación de autobuses o por Penn Station, en busca de un rincón caliente en el que sentarse y dejar que transcurriera el día, para regresar después a pasar una noche más en la caseta de obra, que llevaba siendo su hogar hacía ya unas cuantas semanas. Sabía que tarde o temprano tendría que renunciar a ella, cuando lo descubriese algún trabajador municipal. Pero de momento estaba a salvo en la caseta en la que pernoctaba.

—Tengo que irme —dijo al ponerse en pie—. Gracias por toda la comida y por un día tan agradable. —Parecía sincero y apenado por tener que marcharse.

—¿Has quedado con alguna chica? —bromeó Ginny con una sonrisa nostálgica. A ella también le daba pena que se marchara.

—No, pero debería volver ya. No quiero que me quiten el techo —respondió, como quien teme que se le cuelen unos okupas en la casa palaciega. El chico sabía que los sitios seguros y cómodos como ese, donde podía pasar la noche sin que lo molestasen ni lo descubriesen, no abundaban en la ciudad.

Se puso la parka que Ginny le había regalado. Ella lo miró en silencio mientras se la abrochaba y, cuando el chico dio media vuelta para ir al cuarto de baño, se le partió el corazón. Blue regresó con el saco de dormir.

—¿Volveremos a vernos? —preguntó con tristeza.

La mayoría de la gente a la que conocía desaparecía de su vida enseguida. Era la vez que más horas había pasado con alguien en meses, desde que vivía en la calle. La gente se esfumaba, se iba a vivir a un albergue, cambiaba de ciudad o conseguía quedarse en casa de algún conocido. No era frecuente volver a encontrarse con nadie.

—¿Seguro que no quieres pasar la noche en un albergue? —Mientras el chico dormía, ella había estado buscando en internet y había averiguado que había unos cuantos sitios para jóvenes que ofrecían cama y comida gratis, y hasta bolsa de empleo, además de reunificación con sus familias, si lo deseaban, aunque sabía que no era el caso de Blue. Al menos podría dormir en una cama de verdad, en un sitio con calefacción. Sin embargo, se negaba en redondo a ir a un centro.

—Estoy bien donde estoy. ¿Tú qué vas a hacer esta noche? —le preguntó como si fuesen amigos.

—Pues iré como voluntaria a un albergue de gente sin hogar para servir la cena. Lo he hecho más veces, cuando me ha pillado en Nueva York. Pensé que sería una buena manera de pasar la Nochebuena. ¿Quieres venir conmigo? —Él negó con la cabeza—. Los platos están bastante bien. —Había dado cuenta de un montón de comida china y dijo que no tenía hambre—. ¿Nos vemos mañana para desayunar juntos? —propuso, y él asintió y se dirigió a la puerta.

Le dio las gracias de nuevo y se marchó.

Ginny pensó en él mientras se vestía. Sabía que la esperaba un trabajo duro acarreando las cazuelas llenas y sirviendo cientos de platos. Aquel albergue repartía miles de cenas todas las noches, y ella agradecía la oportunidad de acabar exhausta y no pensar en cómo solía ser antes esa noche.

Cogió un taxi para ir al West Side y, una vez allí, se apuntó como voluntaria. La asignaron a las cocinas durante las dos primeras horas, donde le tocó llevar de un lado a otro las pesadas cazuelas llenas de verduras, puré de patata y sopa.

Hacía calor, y los trabajadores se deslomaban. Luego la mandaron a primera línea, a ayudar a servir las cenas. Esa noche los comensales eran sobre todo hombres, solo había un puñado de mujeres, y estaban de buen humor y se deseaban feliz Navidad unos a otros. Mientras trabajaba, solo podía pensar en Blue, en el frío que estaría pasando en la caseta. Era casi medianoche cuando terminó y firmó la salida. Para entonces, los más rezagados se habían ido ya, y los voluntarios se quedaron preparando las largas mesas para el desayuno. Deseó felices fiestas a todos y se marchó. De camino a casa, entró en una iglesia, donde escuchó la misa del gallo, que ya había empezado, y encendió unas velas por Mark, Chris, Becky y su familia, y por su padre. A la una de la madrugada, cogió un taxi para el resto del trayecto. Sin embargo, tan pronto como llegó a su dirección, tuvo claro lo que deseaba hacer.

Recorrió a pie la corta distancia que la separaba de la caseta. No había ni un alma e iba atenta por si la asaltaban. Era tarde, pero no se veía a nadie. Había empezado a soplar viento otra vez y hacía un frío que pelaba. El taxista le había dicho que con el viento la sensación térmica era de menos doce grados. Vio la barandilla donde había intentado reunir el valor necesario para tirarse al río, la noche anterior, y se fue a la caseta directamente. Llamó a la puerta con suavidad, pero con fuerza suficiente para despertarlo, ya que era probable que estuviese dormido. Tuvo que insistir varias veces hasta que contestó, con voz soñolienta.

—¿Sí? ¿Qué?

—Quiero hablar contigo —contestó Ginny, lo bastante alto para que la oyera.

El chico asomó enseguida la cabeza por la puerta e hizo una mueca ante el viento gélido.

—Mierda, qué frío —dijo, mirándola con los ojos entornados, medio dormido todavía.

—Sí, mucho. ¿Por qué no vienes a pasar la noche a mi sofá? Es Navidad. Y en mi apartamento hace más calor que aquí.

—No, estoy bien —replicó.

En ningún momento se había planteado quedarse en su apartamento, y no quería abusar, ya se había portado fenomenal con él. Ginny, no obstante, lo miró con gesto de determinación.

—Sé que estás bien. Pero quiero que vengas conmigo a mi casa. Solo esta noche. Dicen que mañana va a hacer más frío todavía. No quiero que acabes convertido en un cubito. Vas a ponerte malo.

Él titubeó y, entonces, como si le faltasen las fuerzas para oponerse, abrió la puerta del todo, se levantó del suelo con la ropa y las zapatillas puestas, enrolló el saco de dormir y la siguió. Estaba demasiado cansado para discutir, y tampoco quería hacerlo. No pudo resistirse a la idea de dormir en un sitio caliente, y ella parecía una buena persona, con buenas intenciones.

Regresaron al apartamento, y ella preparó el sofá para que durmiera en él, con un par de almohadas, sábanas y una manta. Para Blue, era lo más parecido a una cama que había tenido en meses. También le prestó un pijama viejo suyo y le dijo que podía cambiarse en el cuarto de baño. Cuando salió y se quedó mirando la cama que le había hecho en el sofá, parecía un niño pequeño con el pijama de su padre.

—¿No te importa dormir aquí? —le preguntó, preocupada, y él sonrió de oreja a oreja.

—¿Me tomas el pelo? Es mucho mejor que mi saco de dormir. —No comprendía qué le había pasado a ella ni por qué actuaba como si quisiera colmarlo de favores. Superaba todo lo imaginable. Aun así, tenía intención de disfrutarlo mientras durase.

Ginny esperó a que se metiera entre las sábanas y a continuación apagó las luces y se fue a su habitación, a ponerse el pijama a su vez y leer un rato en la cama. Se le hacía extraño lo agradable que le resultaba saber que había alguien más en el apartamento con ella, otra presencia humana; aunque no lo viera desde su cuarto, sabía que el chico estaba allí. Se asomó una vez y vio que se había quedado profundamente dormido. Entonces se acostó, sonriendo para sí. Después de todo, había resultado ser una Nochebuena muy agradable, la mejor en años. Y para él también.

4

A la mañana siguiente, Ginny estaba preparándose una taza de café cuando Blue entró en la cocina, algo despistado, todavía con el pijama puesto. Parecía uno de los Niños Perdidos de *Peter Pan*. Ginny se volvió y sonrió al verlo.

—¿Has dormido bien? —preguntó.

—Sí, como un bebé. ¿Te has levantado muy temprano?

Ella asintió con la cabeza.

—Todavía estoy en otro huso horario. ¿Tienes hambre? —No había dejado de darle de comer desde que se habían conocido, pero lo cierto era que el chico parecía necesitarlo. Además, estaba en etapa de crecimiento.

Con gesto avergonzado, respondió:

—Eres muy amable. Pero estoy bien. Normalmente solo como una vez al día.

—¿Por necesidad o elección?

—Las dos cosas.

—Las tortitas me salen bastante bien y tengo por aquí un paquete con la mezcla ya hecha. ¿Quieres? —Lo había comprado un día, llevada por un arrebato de nostalgia, pero no había llegado a abrirlo. Procuraba no pensar en las tortitas de Mickey Mouse que solía prepararle a Chris. La última vez también habían sido para él. Sabía que las de Mickey no volvería a hacerlas.

—Estaría muy bien —reconoció Blue.

Ginny sacó el paquete con la mezcla preparada y se puso a cocinarlas. Tenía mantequilla en el congelador y sirope de arce en el armario. Cuando se las hubieron tomado todas, llamó a Becky a Pasadena para felicitarle la Navidad. Respondió Alan y charló con él unos minutos, tras lo cual se puso al teléfono Becky.

—¿Debería hablar con papá o lo confundiría? —le preguntó Ginny. No estaba segura de si su padre sabría quién era y, si la reconocía, no quería que se pusiera triste y le pidiera que fuera a verlos.

—Pues está un tanto despistado hoy. No para de pensar en mamá, y cree que Margie y Lizzie somos tú y yo. No sabría quién eres si habla contigo por teléfono, ni siquiera si te viera.

—Debe de ser muy duro enfrentarte a eso —comentó Ginny, que enseguida se sintió culpable por no estar allí.

—Sí —respondió Becky con sinceridad—. ¿Qué me cuentas tú? ¿Qué vas a hacer hoy? —Podía imaginar lo difícil que era el día de Navidad para su hermana, sin nadie con quien pasarlo y con los fantasmas de las Navidades anteriores.

—Creo que pasaré el día con un amigo —contestó Ginny, pensativa.

Le había dicho a Blue que se diese una ducha si quería, y en ese momento lo oyó en el baño. Iba a meterle la ropa en la lavadora y en la secadora del edificio, para que pudiera ponérsela limpia.

—Pensaba que no tenías amigos en Nueva York —dijo Becky, extrañada.

Había renunciado a tratar de convencer a Ginny para que conociera a gente, nunca lo hacía ni quería hacerlo. Su respuesta era que ya conocía a bastante gente en sus misiones y que no necesitaba conocer a nadie en Nueva York, ya que estaba allí muy poco tiempo, apenas unas semanas. Además, siempre le resultaba demasiado complicado explicar su situación personal. No quería ni compartir su historia ni dar pena.

No le importaba a nadie, pero no lograría hacer amistades si no estaba dispuesta a abrirse a los demás, y no era su caso. Se cerraba como una ostra. Le había contado más cosas sobre Chris y Mark a Blue que a nadie en los últimos años.

—Y no tengo. Acabo de conocerlo —respondió Ginny, sin entrar en detalles.

—¿Un tío? —Becky se quedó unos segundos impactada.

—Un hombre no, un chico —le explicó Ginny, y se preguntó si no habría sido mejor que no hubiese dicho nada.

—¿Cómo que un chico?

—Es un chico sin hogar. He dejado que pasara la noche aquí.

Nada más decirlo, supo que no debería haberlo hecho. Hacía años que Becky y ella estaban en ondas distintas. Becky tenía su vida, su familia y su casa, y mucho que perder. Ginny, por su parte, no tenía nada y no le importaba.

—¿Has dejado que un sintecho pase la noche ahí? —dijo Becky horrorizada—. ¿Has dormido con él?

—Pues claro que no. Es un crío. Ha dormido en el sofá. Vivía en una caseta de obra que hay cerca de mi casa y estamos teniendo temperaturas de muchos grados bajo cero. En noches así, puedes morir de hipotermia. —No era que pensase que iba a ocurrir, Blue era joven y fuerte, pero todo era posible.

—¿Estás loca? ¿Y si te mata mientras duermes?

—No va a hacer nada de eso. Tiene once o doce años, y es un chico encantador.

—No tienes ni idea de quién es ni de dónde ha salido, quizá sea mayor de lo que dice, y un delincuente de algún tipo. —La imagen de Blue como delincuente, con el pijama demasiado grande, resultaba absurda. Ni siquiera se había tomado la molestia de cerrar con pestillo la puerta de su cuarto la noche anterior. Se lo había planteado, pero había desechado la idea. No había nada en él que la hiciera temer.

—Fíate de mí, es un cielo de chico. No va a hacerme nada.

Voy a intentar convencerle para que vaya a un albergue para menores. No puede quedarse en la calle con este tiempo.

—¿Y por qué iba a querer ir, si tú vas y le abres la puerta de tu apartamento?

—Para empezar, porque me marcho otra vez dentro de unas semanas y no puede quedarse aquí. —Blue había aparecido en el vano de la puerta, con el enorme pijama puesto otra vez, y la ropa en las manos para que se la lavara, tal como le había propuesto Ginny—. En todo caso, ahora mismo no puedo hablar de eso. Tengo que hacer la colada. Solo llamaba para felicitaros la Navidad. Dales un abrazo a Alan y a los niños, y a papá.

—¡Ginny, echa a ese chaval de tu apartamento! —Becky casi le gritó—. ¡Te va a matar!

—Te digo que no. Confía en mí. Hablamos mañana. Dale un beso a papá de mi parte.

Un instante después colgó, y en Pasadena Becky se volvió hacia su marido con cara de espanto.

—Mi hermana se ha vuelto loca —dijo casi llorando—. Ha dejado dormir en su apartamento a un chico vagabundo.

—Santo Dios, no está en su sano juicio. —Él se quedó tan preocupado como su mujer y le pareció que lo que había hecho su cuñada era totalmente inadmisible—. Tiene que empezar a vivir con algo de normalidad o conseguirá que la maten.

—Ya, pero ¿qué puedo hacer yo? Estoy aquí, tratando de evitar que papá se extravíe o lo atropelle un camión cuando cruza la calle. ¿También se supone que tengo que salvar a mi hermana para que no la maten chicos vagabundos a los que deja dormir en su casa? Habría que encerrarla en algún sitio.

—Pues podría pasar —comentó Alan, apesadumbrado. Siempre había temido que su cuñada acabase perdiendo la cabeza como consecuencia de la muerte de su hijo y de su marido. Pero Becky tenía razón, ¿qué podían hacer ellos?

Entretanto, en Nueva York, Blue daba también muestras de preocupación.

—¿Quién era?

—Mi hermana, desde California —respondió Ginny, al tiempo que cogía la ropa sucia del chico para llevarla a la lavadora del sótano—. Yo antes vivía en Los Ángeles —le explicó.

Él la miraba con tristeza.

—¿Vas a marcharte dentro de poco? —preguntó con cara de pena. Había oído lo que le decía a Becky. Acababa de conocerla y ya estaba a punto de perderla, a ella también.

—Dentro de un tiempo —respondió Ginny, serena. El semblante del chico y sus intensos ojos azules reflejaban su miedo al abandono. Se sentaron en el sofá. Con el pelo recién lavado y vestido con el pijama de ella, Blue tenía un aspecto limpio—. Puede que tenga que irme en enero, pero aún no lo sé. Aunque luego volveré. Siempre vuelvo. —Le sonrió.

—¿Y si te matan?

Ginny estuvo a punto de responder que nadie la echaría de menos, pero vio en su mirada que, a pesar de que casi no se conocían, él sí la extrañaría. Parecía que le aterraba la idea de que se marchase.

—No me van a matar. Llevo dos años y medio con todo esto. Se me da bien. Y tendré cuidado. No te preocupes. Y ahora hablemos de lo que vamos a hacer hoy. Tanto tú como yo odiamos la Navidad, así que hagamos algo que no tenga nada que ver. ¿Qué te gustaría hacer? ¿Ir al cine? ¿A jugar a los bolos? ¿Sabes patinar sobre hielo?

Él negó con la cabeza. Seguía angustiado.

—Solía ir a jugar a los bolos con mi tía Charlene, antes de que... antes de que estuviera tan liada.

Si bien Ginny notó que había algo que no le contaba, no quiso meterse donde no la llamaban.

—¿Te apetece que probemos?

—Vale —contestó él, sonriendo poco a poco.

—Y después podemos ir al cine y a cenar fuera.

A Blue le sonó como si le regalasen un pedacito de cielo. Ginny quería que el chico disfrutara del tiempo que estuviera con ella. No sabía lo que ocurriría después. Solo tenían que dejar que transcurriera el día y conseguir pasar una Navidad aceptable para los dos. Ella había previsto quedarse en la cama, leer y terminar el informe, pero ya no iba a ser así. Eso podría esperar.

La ropa de Blue salió limpia y seca al cabo de una hora, y se marcharon juntos a una bolera del centro, a la que Ginny llamó por teléfono para asegurarse de que estuviera abierta. Los dos eran bastante malos a los bolos, pero se lo pasaron genial. Luego fueron al cine. Ella escogió una peli de acción en 3D que pensó que le gustaría, y a Blue le encantó. Nunca había visto una película en tres dimensiones y salió fascinado. Después cenaron perritos calientes en un *deli* y pararon en una tiendecita de alimentación para comprar algunas cosas antes de regresar al apartamento. Cuando llegaron, era noche cerrada y se había puesto a nevar otra vez. Ginny le preguntó si quería quedarse a dormir en el sofá, de nuevo, en lugar de volver a la caseta, y él dijo que sí con la cabeza. Le preparó la cama y allí lo dejó, viendo la tele, mientras ella se iba a su cuarto. Nada más tumbarse en la cama, llamó Becky.

—¿Sigues viva? ¿Todavía no te ha matado? —Lo decía medio en broma. Llevaba todo el día enferma de preocupación, por ella, por su salud mental y por su falta de criterio para haber hecho algo tan peligroso.

—No, ni lo va a hacer. Becky, es Navidad, dale un respiro. —Ella se lo había dado. Más que eso: gracias a ella, el chico lo había pasado en grande y los dos habían disfrutado mucho.

—¿Mañana le dirás que se vaya?

—Ya veré. Quiero buscarle el sitio adecuado. Los albergues le dan miedo.

—Por el amor de Dios. Y a mí me da miedo que corra peligro tu vida. ¿A quién le importa que le asusten los albergues? ¿Dónde está su familia?

—Todavía no lo sé. Sus padres murieron. Antes vivía con una tía, pero debió de pasar algo.

—No es problema tuyo, Ginny. Hay millones de personas sin hogar en este mundo. No puedes acogerlos a todos. No puedes curar a todas las almas rotas y heridas del mundo. Tienes que cuidar de ti misma. ¿Por qué no buscas un empleo en Nueva York? Yo creo que todo ese trabajo humanitario que haces te ha creado complejo de Madre Teresa. En lugar de recoger huérfanos de la calle, ven a ver a tu padre.

Ginny hizo oídos sordos al áspero comentario. Becky sonaba cansada.

—Becky, a mí no me esperan en casa al salir del trabajo —le recordó—. Gracias a eso puedo dedicar mi vida al prójimo.

—Nos tienes a nosotros. Vente a vivir a Los Ángeles.

—No puedo. Me moriría —dijo Ginny con tristeza—. Y no quiero un trabajo de oficina en Nueva York. Me gusta lo que hago. Me llena.

—Pero no puedes pasarte el resto de la vida dando vueltas por el mundo. Y si quieres tener una familia que te espere en casa al salir de trabajar, tendrás que permanecer más de diez minutos en algún sitio, dejar de viajar a zonas en guerra y de trabajar en campamentos de refugiados. Gin, necesitas una vida real, mientras puedas tenerla. Si sigues dedicándote a eso, llegará un momento en que ya no podrás volver a sentar la cabeza.

—Es que a lo mejor no quiero hacerlo —replicó ella con toda sinceridad.

Becky dijo entonces que tenía que llevar a su hija pequeña a ver a una amiga y, gracias a Dios, cortó. Ginny se quedó leyendo mientras Blue veía la tele en el salón. A las diez fue a ver cómo estaba y se lo encontró profundamente dormido en el sofá, con el mando a distancia todavía en la mano. Se lo quitó con delicadeza, lo dejó encima del baúl, delante de él, tapó al chico con la manta y apagó la luz. Entonces volvió a su habitación, cerró la puerta y siguió leyendo hasta las doce. Pensó en lo que le había dicho Becky y se dio cuenta de que estaban convencidos de que estaba loca por haber acogido a Blue, pero a ella le parecía una decisión acertada, al menos por el momento. Más adelante ya vería qué hacía. Quería convencerlo de que contactase con su tía, para que supiera que estaba bien. Y después quería llevarlo a un buen albergue en el que pudieran ayudarlo. De momento, él era su misión. Y quería cerciorarse de que quedara en buenas manos cuando tuviera que marcharse de nuevo de viaje. Estaba segura de que sus caminos se habían cruzado por algo, no le cabía duda de que se trataba de eso. Ella era la persona que debía llevarlo a un puerto seguro. Se prometió que lo haría. Apagó la luz y, al cabo de dos minutos, estaba profundamente dormida.

Mientras Ginny le hacía el desayuno al día siguiente, Blue volvió a entrar en internet y abrió sesión en varias páginas. Ginny advirtió que consultaba de nuevo una serie de sitios dedicados a gente joven y a personas sin hogar, donde se intercambiaban mensajes. Y vio que, al leer uno con más atención que los demás, el chico arrugaba la frente. Cuando le dejó al lado del ordenador un plato de huevos revueltos, descubrió que era un mensaje de una tal Charlene, que le pedía que la llamase. Era obvio que se trataba de su tía, pues Blue había mencionado ese nombre. Disimuladamente Ginny se fijó en el sitio web con atención, para poder visitarlo después si él salía. Ginny quería contactar con Charlene para saber más del chico y para decidir qué hacer con él cuando tuviera que irse de Nueva York.

Después de desayunar, sacó el tema de dónde iba a quedarse Blue en el futuro.

—No puedes volver a la caseta, Blue. Hace demasiado frío. Y tarde o temprano alguien de los servicios municipales echará el candado otra vez.

—Hay más sitios en los que puedo quedarme —repuso él, levantando el mentón con actitud desafiante. Entonces la miró y la expresión de sus ojos se suavizó—. Pero no tan agradables como este.

—Puedes quedarte conmigo todo el tiempo que esté aquí —le ofreció ella con generosidad. No se daba cuenta de lo terriblemente sola que había vivido hasta que apareció él. Ahora era consciente—. Pero el mes que viene tengo que volver a trabajar y estaré fuera una temporada. Busquemos un buen sitio en el que puedas alojarte antes de que me vaya.

—Un albergue no —replicó él con terquedad de nuevo.

—Existen lugares para menores sin casa en los que puedes quedarte mucho tiempo. Algunos tienen bastante buena pinta, y puedes entrar y salir si quieres. —Había estado mirándolos en internet. No sería la situación ideal, pero de esa manera podría dormir bajo techo, tener alojamiento, comida y orientación psicológica.

—En los albergues te desvalijan y la mayoría de los chicos se drogan.

Ginny sabía que no era su caso, lo cual, teniendo en cuenta lo dura que era su vida, resultaba sorprendente.

—Bueno, tendremos que pensar en algo. Yo no puedo llevarte conmigo.

Era como si lo hubiese adoptado, y estaba decidida a solucionar el tema del alojamiento, cuando en realidad Blue era un pajarillo que se había posado en su rama y que de momento permanecía quieto a su lado. La única opción que tenía, sin embargo, era alzar de nuevo el vuelo cuando ella se marchase. Y Ginny quería dejarlo en algún lugar donde estuviera a salvo después de su partida.

—Yo solo quiero una habitación en alguna parte y un trabajo —respondió.

Era mucho pedir para un chaval de su edad, por muy brillante que fuera. Nadie contrataba a chicos de once o doce años, salvo como camellos en barrios deprimidos y, por lo que se veía, Blue se había mantenido apartado de esas cosas.

—¿Cuántos años tienes, Blue? Esta vez dime la verdad —le pidió con gesto serio, y él tardó en contestar un rato, durante el cual aprovechó, obviamente, para decidir si se lo decía o no.

Y entonces habló.

—Trece —gruñó—, pero sé hacer un montón de cosas, se me dan bien los ordenadores y soy fuerte. —Aunque estaba delgado por falta de alimento, se lo veía dispuesto.

—¿Cuándo fue la última vez que pisaste la escuela? —Le dio miedo que tal vez llevase años sin ir.

—En septiembre. Estoy en octavo.

—Eso quiere decir que podrías ir al instituto a partir de enero. —Se quedó pensando un momento y lo miró a los ojos. Si Christopher hubiese estado vivo, habría tenido seis años. Ella no tenía experiencia con adolescentes, aparte de su sobrino, y había estado demasiado ocupada para prestarle mucha atención durante su niñez y su pubertad. Su hermana sabía mucho más de niños que ella, pero no podía consultarle acerca de Blue—. Te propongo un trato —dijo en voz baja—: si vuelves a estudiar, te pagaré los trabajillos que puedas hacer para mí.

—¿Qué tipo de trabajillos? —El chico se mostró receloso.

—Hay un montón de cosas que puedes hacer por mí. Hay que limpiar el apartamento con regularidad. Quiero cambiar algunas cosas de sitio. Supongo que podría deshacerme de mis preciosos muebles y modernizarlo un poquito. —Echó un vistazo a su alrededor.

—Sí, quizá podríamos quemarlos —bromeó él, y los dos se echaron a reír.

—No nos pongamos tan radicales. Puedes hacerme recados. Ya veremos.

—¿Cuánto pagas? —preguntó él, muy serio, y ella se rio de nuevo.

—Pues depende del trabajo. ¿Qué te parece el salario mínimo?

Él reflexionó y asintió. Le parecía bien.

—¿Por qué tengo que ir al colegio? Siempre me aburro.

—Pues, si no te sacas el graduado, te vas a aburrir el resto de tu vida. Eres un chico inteligente, necesitas ir a la escuela. Es imposible que consigas un trabajo decente si no vas, como mínimo, al instituto. Y a lo mejor algún día puedes ir a la universidad.

—¿Y luego qué?

—Eso depende de ti. Pero si no vas a la escuela, acabarás dedicándote a sacar patatas fritas de la freidora en un McDonald's. Te mereces algo mejor —dijo, convencida.

—¿Y tú cómo lo sabes?

—Créeme, lo sé.

—Si ni siquiera me conoces —la retó él.

—Eso es verdad, pero sé que eres listo y podrías llegar lejos si quisieras. —Se daba cuenta de que era un buen chico, un chaval con recursos e iniciativa. Solo necesitaba que le echasen una mano para empezar—. ¿Lo harás? Quiero decir que si volverás a estudiar. Yo te ayudaré con la inscripción en el colegio público que hay cerca de aquí. Podemos decir que has estado un tiempo fuera. —Transcurrió una eternidad hasta que Blue respondió, y entonces lo hizo moviendo la cabeza afirmativamente, despacio, mirándola. No se lo veía muy contento, pero aceptó el trato.

—Lo intentaré —se comprometió—. Pero como sea un tostón y esté lleno de idiotas, o los profes sean mala gente, me largo.

—No. Con idiotas o sin ellos, aguantarás hasta junio y después del verano empezarás el instituto. Ese es el trato.

Ginny levantó la mano para que le chocase los cinco y al final él alzó la suya.

—Vale. ¿Y cuándo empiezo a trabajar para ti?

—¿Qué te parece ahora mismo? Puedes fregar los platos y pasar la aspiradora. Y vamos a necesitar hacer algo de compra. —Blue se había acabado la leche que habían comprado la tarde anterior y a Ginny se le había olvidado ir a por fruta—. ¿Y si bajas tú a la tienda? Te preparará una lista. ¿Qué comida te gusta?

Cogió papel y bolígrafo de su escritorio y anotó varias cosas básicas, a las que él añadió una particular lista de los deseos compuesta por cereales superazucarados, chucherías picapica, patatas fritas, galletas, tiras de beicon, crema de cacahuete... todos esos aperitivos que les encanta comer entre horas a los chavales y refrescos de toda clase.

—Tu dentista me va a adorar —comentó Ginny, mirando al techo con desmayo mientras él iba dictándole. Pero entonces cayó en que el chico seguramente no tendría dentista. De momento no quiso preguntar. Lo primero era lo primero, y su prioridad era que retomase los estudios. Se contentaría si conseguía sacarlo de las calles, llevarlo un sitio seguro y lograr que volviese al colegio.

Unos minutos más tarde, lo mandó a la tienda con tres billetes de veinte dólares y la lista de la compra. Y tan pronto como oyó que se cerraban las puertas del ascensor, se fue a mirar la página que había estado consultando Blue en el portátil y encontró el mensaje de Charlene. Llevaba fecha del día anterior. Ginny respondió con rapidez.

«Tengo información sobre Blue. Está sano y salvo y en buenas manos. Llámeme, por favor. Virginia Carter.» Y a continuación añadió su número de móvil.

Ginny estaba sentada en el sofá, leyendo una revista tranquilamente, cuando Blue volvió con la bolsa de la compra. Le devolvió el cambio con diligencia. Acto seguido, comenzó a anotar las horas que dedicaba a hacer los recados, para que ella pudiera pagarle por el tiempo que invertía. Cuando lo vio escribiendo, Ginny sonrió y asintió con la cabeza.

—Qué profesional —dijo, complacida. Y se llevó una sorpresa al ver su letra: pulcra y legible.

Blue dedicó parte del día a pasar la aspiradora y a limpiar el apartamento, la ayudó a mover los muebles y tiró a la basura la planta muerta con cara de asco. Por la tarde salieron a dar una vuelta. Pasaron por delante del colegio público que Ginny tenía en mente para él; no quedaba lejos, si bien todavía no sabían dónde se iba a alojar, y el chico hizo una mueca. También pasaron por delante de una iglesia y la cara que puso fue aún peor. Parecía enojado y cargado de veneno.

—¿Tampoco te gustan las iglesias?

La sorprendía. Blue tenía las ideas muy claras. Ella no era profundamente religiosa, pero sí tenía una sensación constante de comunicación con Dios, entendida de una manera laxa que a ella le funcionaba bien.

—Odio a los curas —afirmó, casi enseñando los dientes.

—¿Y eso?

Quería saber más de Blue, pero él se mostraba muy reservado acerca de su vida. Como si se tratase de una flor, Ginny debía esperar a que los pétalos se abriesen solos. No quería forzar nada. Pero lo que dijo sobre el clero la dejó intrigada.

—Los odio y punto. Son unos gilipollas. Y unos farsantes. Van de buenos y no lo son.

—Algunos sí son buenos —dijo ella en voz baja—. No son todos malos o buenos. Son simples personas.

—Ya, pero les gusta fingir que son Dios. —Lo dijo agitado.

Ginny no quería disgustarlo y no se lo discutió. Era evidente que Blue sentía un desprecio absoluto hacia todos ellos.

Después de cenar, fueron otra vez al cine, en esta ocasión no vieron ninguna proyección en 3D, pero igualmente lo disfrutaron mucho y, durante el paseo de vuelta al apartamento, fueron hablando de la película. Empezaba a convertirse en costumbre eso de andar y charlar con él; casi parecía que se conocieran desde hacía mucho más tiempo del que realmente se conocían. Blue tenía un gran sentido del humor y se expresaba de maravilla, y en cuanto llegaron al apartamento le preguntó cuánto había ganado ese día ayudándola con los quehaceres de la casa. Sumaron las horas y se alegró de ver la cantidad resultante. Sonrió, contento, y encendió el televisor. Ella comprobó una y otra vez si tenía algún mensaje en su móvil, de Charlene, pero de momento no había recibido ninguno. Se preguntó si se pondría en contacto con ella. Confiaba en que lo hiciera.

Esa noche trabajó un poco en el portátil y vio que Blue había entrado de nuevo en la página para menores sin techo. ¿Estaría esperando un mensaje de alguien en concreto?

Por la mañana, cuando estaba aún en la cama, Charlene la llamó al móvil. En efecto, era la tía de Blue.

—¿Quién es usted? —le preguntó a Ginny de inmediato—. ¿Una asistente social, de alguna institución para chicos? ¿Policía? —Se la oía desconfiada y a la vez aliviada.

Ginny le explicó cómo se habían conocido y que Blue dormía en su sofá.

—¿Hace cuánto que no lo ve? —preguntó ella a su vez, intrigada por la tía y por lo que habría ocurrido.

Se preguntó si la mujer le diría la verdad. Tenía una voz agradable, que denotaba inteligencia.

—Desde septiembre. En casa era imposible. Yo tengo tres niños, vivimos en un piso minúsculo, de un solo dormitorio y sin espacio para movernos. Mis hijos duermen en la habitación, y yo, en el sofá. Blue tenía que dormir en el suelo y un chico no puede vivir así. Si su madre supiera que no tiene casa, se le partiría el corazón. —Comprendía que la situación con Ginny era temporal, tal como lo veía ella también—. Además, no le gusta mi novio —añadió con tiento, una vez que supo que Ginny no desempeñaba ningún cargo oficial—. Bebe un poco, y se pasan el día discutiendo. A Blue no le gusta cómo me habla. Es un chico muy protector, a veces demasiado. Tuvieron una trifulca y mi novio le pegó. Blue se fue de casa a raíz de aquello. La verdad es que los dos juntos no pueden estar, y Harold se queda en casa de vez en cuando. Blue dormía en la bañera cuando venía. Y solo hay un cuarto de baño. El padre de Blue se parecía mucho a Harold, pegó a Blue unas cuantas veces, y a su madre también. Era tan buena... y quería a ese crío con locura. No había nada que no hiciera por él, era lo único que la preocupaba cuando falleció. Yo me hice cargo de él, le prometí que lo cuidaría. Pero es que en aquel entonces yo solo tenía un bebé. Con tres, ya no puedo. No tengo dinero ni sitio ni tiempo. Debería entrar en el programa de acogida y encontrar una casa decente.

—Pues me parece que no quiere, y quizá sea demasiado mayor para que quieran acogerlo en una familia. A los trece años, los críos pueden ser complicados.

—Pero él es un buen chico, y muy inteligente —dijo su tía con afecto—. El pobre tuvo la mala suerte de que se muriera su madre. Y su padre nunca estaba en casa. Lo arrestaron por tráfico de drogas y murió en la cárcel, hace tres años, aunque de todos modos Blue no lo veía casi nunca. Yo soy la única familia directa que le queda.

Ginny encontró la situación lamentable y sintió pena por él. Sabía que había miles de chicos en su mismo caso, pero Blue tenía algo especial, algo que le había llegado al alma.

—Me gustaría que fuese a un albergue para adolescentes sin hogar, y ha aceptado volver al colegio —dijo Ginny con esperanza.

—No durará mucho en ninguno de los dos —replicó la tía, sabiendo de lo que hablaba. Ella lo conocía muy bien, mucho mejor que Ginny—. Siempre acaba escapándose, de todo. También se irá de su casa. En estos momentos es como un pájaro silvestre: si se acerca demasiado a él, saldrá volando. Yo creo que tiene miedo, o a lo mejor cree que nos vamos a morir todos, como sus padres. —Aquel dato le resultó valioso—. Pero es buen chico —añadió de nuevo.

—¿Quiere que intente llevarlo a verla? —se ofreció Ginny.

—No va a querer. Y si aparece Harold, se armará una buena. Solo dígame dónde está. Yo personalmente no puedo hacer nada por él.

En resumidas cuentas, la mujer había tirado la toalla: era una boca más que alimentar, amén de un problema del que no quería ocuparse, sobre todo si su presencia alteraba al novio. Su lealtad era hacia Harold, no hacia Blue. Era evidente que no deseaba verlo. Realmente, el chico no tenía a nadie en el mundo. Era huérfano en el sentido más amplio de la palabra.

—La informaré si consigo llevarlo a un albergue. Dentro de unas semanas me marcho de la ciudad y estaré varios meses fuera. Me gustaría dejarlo instalado antes de irme —dijo Ginny. Aunque en esos momentos estaba más preocupada que antes incluso. Blue no tenía a nadie a quien acudir, ningún sistema de apoyo ni un amigo en el mundo aparte de ella.

—Lo lleve a donde lo lleve, no aguantará. Volverá a la calle. Sabe buscarse la vida. Y no creo que vuelva a la escuela. —A Ginny le pareció un destino funesto que su tía estaba más que dispuesta a aceptar—. Trabajo como auxiliar sanitaria en el hospital Mount Sinai. Durante un tiempo traté de inculcarle interés en la enfermería. Según él, era una asquerosidad. Es muy soñador y cree que algún día conseguirá un buen trabajo solo porque es listo. Usted y yo sabemos que con eso no basta.

—Por eso quiero que vuelva al colegio —insistió Ginny con obstinación—. De momento está de acuerdo.

—Siempre dice lo mismo —repuso su tía, resignada—. Que no le parta el corazón —la advirtió—. Desde lo de su madre, no se encariña con nadie. Creo que era demasiado pequeño cuando murió.

A Ginny la sorprendía que la tía de Blue estuviera dispuesta a aceptar que el chico había quedado tocado para siempre, y que dejase que se buscase la vida en las calles, él solo, sin intentar cambiar un poco las cosas siquiera. Ginny sí estaba dispuesta a intentarlo, del mismo modo que lo hacía con las personas que vivían en las zonas del mundo en las que trabajaba, precisamente para tratar de que cambiara su situación. Y Blue era un muchacho brillante de trece años que vivía en un país y en una ciudad civilizados. Ella quería darle una oportunidad. Se la merecía.

—La informaré de dónde está y de lo que está haciendo antes de irme —prometió.

Su tía, sin embargo, no parecía tan preocupada como ella. Charlene conocía bien al chico, así como su fuerte tendencia a no conectar emocionalmente con nadie y a escapar.

Ginny estaba dándole vueltas al asunto mientras preparaba el desayuno para los dos esa mañana. Quería contarle a Blue que había hablado con su tía, pero no se atrevía. No quería que pensase que estaban conspirando contra él.

—¿Qué tal si hoy echamos un vistazo a esos albergues para jóvenes? —le sugirió después de desayunar, y vio que su mirada se tornaba fría y pétrea.

—Prefiero trabajar para ti y sacarme algo de dinero —respondió él, eludiendo el tema.

No quería enfrentarse al hecho de que Ginny no tardaría en marcharse. Ella se dio cuenta de que la perspectiva lo entristecía. No obstante, estaba decidida a encontrarle un lugar seguro en el que vivir y a matricularlo en la escuela antes de irse. En esos momentos solo podía pensar en eso.

Sin decirle nada, le compró unas carpetas, cuadernos, bolígrafos, lápices, una calculadora y todo el material necesario para las clases. Lo guardó todo en una bolsa, dentro del armario, en secreto.

Pasaron la noche de Fin de Año delante de la tele. Vieron descender la bola de Times Square y a la muchedumbre que se había reunido en la plaza. Él parecía emocionado, y lo pasaron fenomenal juntos.

El lunes siguiente, fueron al colegio que le había enseñado. Tuvieron una reunión con el subdirector para hablar de la matrícula. Ginny les dio su dirección y no mencionó que vivía con ella de forma temporal; deseaba que tuviese todas las bazas posibles para inscribirse en el centro. Le preguntaron cuál había sido su última escuela, y él explicó que antes vivía con su tía. En ese colegio estaban acostumbrados a que los alumnos cambiasen de domicilio y no hacían preguntas.

—¿Es usted su tutora legal? —preguntó el subdirector, y Ginny tardó unos segundos en contestar.

—No. La tutora sigue siendo su tía, pero no vive con ella.

—Entonces necesitaremos que la tía firme los impresos. —Se los tendió—. En cuanto lo haga, lo inscribiremos en octavo. Tendrá que ponerse al día, si no asiste a clase desde septiembre.

Blue se quedó taciturno al oír eso, y poco después salieron del centro. El chico miró a Ginny con desesperación.

—¿De verdad tengo que venir?

—Sí, de verdad. Y necesitamos que tu tía firme los papeles. ¿Me dejas que la llame?

Él vaciló un buen rato, y al final dijo que sí.

—Bueno, supongo. A ella no le importa si voy al colegio o no.

—Seguro que sí le importa —replicó Ginny con firmeza. Sabía que el chico estaba en lo cierto, pero no podía decirlo, dado que él no sabía que había hablado con su tía—. Y a mí también me importa. Blue, no tienes alternativa, salvo que quieras pasarte la vida encadenando los peores empleos. Es imposible que consigas un trabajo decente si ni siquiera terminas la escuela.

Blue sabía que tenía razón y le daba mucha rabia oírselo

decir. Esa noche llamaron a su tía. La mujer no tuvo ningún reparo en firmar los papeles. Pero volvió a advertir a Ginny de que su sobrino acabaría dejando los estudios y se largaría. Accedió a firmar los impresos si se los acercaba esa noche al hospital, cosa que Ginny dijo que haría. El turno de Charlene empezaba a las once. Antes de salir de casa, Ginny preguntó a Blue si quería acompañarla y él negó con la cabeza sin moverse del sofá.

—Te espero aquí —respondió en voz baja.

Daba la impresión de que no tenía ningún vínculo importante. Lo habían dejado a la deriva y nadaba solo. Ginny no quería que se ahogara en el proceso y, aunque apenas se conocían, se había comprometido a ayudarlo y tenía la firme intención de cumplir con su propósito. Por eso se le daba bien su trabajo actual, porque nunca se daba por vencida con nadie y porque siempre estaba dispuesta a seguir batallando hasta obtener resultados. Su lema era «Nada es imposible», como ya le había dicho varias veces a Blue. Y le dolía en el alma que se sintiera tan solo y tan desconectado de los demás que ni siquiera tuviera ganas de ver a su tía. Sospechaba que estaba tan reacio a verla porque el último capítulo con Harold habría sido horroroso, peor de lo que le había contado Charlene.

Ginny se encontró con Charlene en el Mount Sinai tal como habían acordado. La mujer iba vestida con el uniforme de asistente sanitaria. Era afroamericana, muy guapa y más o menos de la edad de Ginny, es decir, mediada la treintena. Mientras hablaban, Charlene mencionó de pasada que el padre de Blue era blanco y que tenía sus mismos ojos azules e impresionantes. La combinación de sus padres explicaba el tono café con leche de su piel. Las dos coincidieron en que era un chico muy guapo.

—Le agradezco lo que está haciendo por él —dijo Charlene con un suspiro, después de firmar los impresos de la escuela—. Espero que no la decepcione.

—Entra dentro de lo posible —respondió Ginny, pragmática—, y si deja el colegio, lo arrastraré de la oreja de vuelta personalmente. No pienso perder esta batalla.

—¿Por qué? ¿Por qué se preocupa tanto por él?

Charlene la miraba extrañada. Ginny era una mujer blanca, vivía en un buen barrio, parecía tener un buen empleo y, antes de conocerlo a él, debía de tener asuntos de los que ocuparse. No podía comprender por qué se preocupaba tanto por su sobrino.

—Merece que le den una oportunidad como es debido en esta vida —respondió Ginny con determinación—. Todos lo merecemos. Unos tenemos más suerte que otros. Blue está en su derecho a llevar una vida alucinante, igual que todo el mundo. Aún es joven. Aún es posible. Necesita que le echen un cable, y que crean en él. Usted tiene hijos propios de los que preocuparse. Yo solo me tengo a mí misma, así que puedo pasar tiempo con Blue.

La mirada de Ginny reflejaba algo que intrigaba a Charlene, un poso de tristeza, pero no quiso preguntar más. Se limitó a decir que Blue era un chico con suerte. Sin embargo, Ginny sabía que hasta ese momento no lo había sido y, al igual que había hecho con otras personas, quería propiciar que la suerte lo acompañase y darle la oportunidad de luchar por una vida mejor que la que tenía durmiendo en un saco de dormir en una caseta de obreros, en la calle, sin nadie que se preocupase por él.

Charlene le dio las gracias de nuevo, y Ginny se marchó. Paró un taxi en el extremo norte de la Quinta Avenida para regresar al apartamento, donde la esperaba Blue.

Mientras iba en el taxi, le sonó el móvil. Pensó que sería Blue, pero cuando miró en la pantalla, vio que se trataba de Becky.

—¿Dónde estás? —Becky tenía voz de cansada. En su huso horario eran las nueve de la noche, lo cual quería decir que había pasado un largo día andando tras su familia.

—Volviendo al piso. Tenía que ver a alguien para que me firmara unos documentos.

—¿Para qué? —Becky sentía curiosidad y preocupación a partes iguales.

—Para Blue. Hoy ha retomado los estudios. Todo indica que empezará mañana mismo. —Su tono de voz era triunfal.

—Pero ¿qué pasa entre ese niño y tú? —inquirió Becky en tono irritado. El chaval llevaba exactamente dos semanas en la vida de Ginny y de pronto todo giraba en torno a él.

—Becky, todo el mundo merece una oportunidad. A veces hace falta una aldea entera para conseguirla. En su caso, yo formo parte de esa aldea. De hecho, aparte de una tía que no dispone de tiempo ni de sitio para él, de momento soy la única persona que tiene en la vida. Estoy acostumbrada a bregar con la burocracia y a luchar contra molinos de viento. Este niño necesita que alguien crea en él y ahora mismo esa persona soy yo.

—Pues es afortunado por tenerte en su equipo. Lo que no acabo de entender es por qué te metes tú. ¿Para qué? En un par de semanas estarás en un campamento de refugiados en la otra punta del mundo, esquivando balas de alguna facción rebelde, y lo más probable es que él haya vuelto a la calle. Siempre escoges todas las causas perdidas —remató en tono algo cortante. Deseaba que Ginny volviese a llevar una vida normal.

—Es verdad —respondió Ginny en voz baja, sin llevarle la contraria a su hermana—. Alguien tiene que hacerlo, y a veces se gana.

Para entonces el taxi había llegado a su casa, y Ginny interrumpió la llamada. Nada más cruzar la puerta del apartamento, Blue se volvió para mirarla con toda una vida de angustias en la mirada.

—¿Qué? ¿Ha firmado? —preguntó.

Ginny respondió que sí con la cabeza y colgó el abrigo.

—Ha firmado y te manda un beso. —Lo cual no era del todo

cierto. En realidad, Charlene no le había dicho eso en ningún momento—. Empiezas las clases mañana —anunció con firmeza, y Blue puso los ojos en blanco y la miró con cara de pocos amigos.

—¿Tengo que ir?

Ginny lo fulminó con la mirada, a su vez, y dijo que sí, que tenía que ir. Él se fue de malos modos al cuarto de baño, a lavarse los dientes, como el crío de trece años que era.

La mañana siguiente todo fue ligeramente frenético. Mientras le hacía el desayuno, Blue se preparó para ir a clase. Le entregó el material que le había comprado y lo acompañó a la escuela. Él no dijo ni pío. Ginny se preguntó si estaría nervioso. Cuando llegaron a la esquina de la calle donde estaba el colegio, se despidió de él deseándole un buen día y esperó hasta que lo vio entrar en el edificio. Sabía que cabía la posibilidad de que saliese por la puerta en cuanto ella diese media vuelta. Pero había hecho todo lo que estaba en su mano para encarrilarlo en la dirección adecuada. A partir de ahí, era cosa suya, igual que como los chavales a los que ayudaba en los campamentos de refugiados. Aunque en ese caso era diferente. Por alguna razón que ni ella misma entendía, ese chico le importaba muchísimo. Desde la noche en que lo había visto escabullirse en el interior de la caseta hasta esa misma mañana, le había llegado a lo más profundo del corazón. Tres años antes, se había jurado que nunca volvería a querer a nadie. Y percibía que Blue había tomado la misma decisión, de niño, cuando murió su madre. Y ahí estaban, como dos almas perdidas que se hubiesen encontrado mientras nadaban hacia la orilla, juntos, uno al lado del otro. Era una sensación extraña. Así regresó andando al apartamento y se puso a trabajar en el portátil. Últimamente había dejado de lado su trabajo y al día siguiente tenía que presentarse en las oficinas. En breve estaría viajando de nuevo. Pero al menos Blue estaba en el buen camino y había vuelto a clase. Antes de marcharse, a Ginny ya solo le quedaba encontrarle un sitio en el que vivir.

5

Cuando Ginny se presentó en las oficinas de SOS/HR, le comunicaron que estaban considerando dos destinos posibles para ella. Uno era una zona del norte de la India en la que los padres vendían a sus hijas como esclavas, donde la organización contaba con un centro que brindaba refugio a las que lograban escapar. Muchas habían sufrido vejaciones terribles, y ninguna tenía más de quince años. El otro destino posible eran las montañas de Afganistán, un campamento de refugiados en el que ya había trabajado antes. Conocía la zona, y su labor allí había sido peligrosa, extenuante y gratificante a la vez. Se sentía más inclinada a ir al último, pues era una misión más parecida a las que ya había llevado a cabo. Los peligros eran evidentes. SOS/HR protegía muy bien a sus enviados, organizaba los campamentos y los programas de actuación con precisión castrense, y además trabajaba en regiones en las que también estaban presentes Cruz Roja y otros organismos internacionales. Por eso, Ginny sabía que, especialmente en zonas en conflicto, no estaría sola sobre el terreno. Asimismo, en la mayoría de los casos, incluso los propios países en los que estaban destinados respetaban tanto el trabajo humanitario que realizaban como la ayuda eficaz que prestaban a las poblaciones locales. Ginny rara vez había advertido rechazo hacia ella en los países a los que viajaba. A pesar de lo duras que eran las condiciones, a veces peligrosas, la organización humanitaria para la que trabajaba era de las mejores, motivo por el cual se había enrolado con ellos.

—Aún no estás lista para renunciar a las misiones más difíciles, ¿eh? —Su supervisora, Ellen Warberg, la miró con intensidad—. La mayoría de la gente acaba quemada al cabo de un año. Tú llevas casi tres decantándote por las misiones más duras.

—Me van los retos —reconoció Ginny en voz baja.

Siempre, sin excepción, había aceptado que la enviasen a misiones que entrañaban condiciones de vida muy difíciles, y en la sede de Nueva York la conocían por eso. Hasta la fecha, su labor había sido impecable y digna de encomio. Y Ginny no daba muestras de aflojar. Al final de la conversación habían decidido que iría a Afganistán, y la organización le pedía que partiese en un plazo de dos semanas. Cuando salió de las oficinas, pensó en el poco tiempo de que disponía para encontrar un sitio para Blue.

Una vez en casa, volvió a mirar en internet y encontró tres posibilidades. Antes de que el chico regresase del colegio, pidió cita en las tres instituciones esa misma semana. Quería dejar atados todos los cabos sueltos antes del viaje. Si lo lograba, podría considerar su breve paso por Nueva York como un éxito rotundo. No habría sido una pérdida de tiempo.

Blue iba bien en los estudios. Solo llevaba dos días en el colegio y por la noche dedicaba una hora a hacer los deberes, en la mesa de comedor. Decía que las clases y los profesores eran aburridos, pero no daba señales de tirar la toalla, contra el pronóstico de su tía. De todos modos, aún era pronto. Ginny tenía miedo de que dejase colgados los estudios cuando ella se marchase. Pensó que, mientras ella estuviera allí, el chico seguiría, al menos de momento. Pero nada de lo que hacía en clase lo motivaba. Decía que ya lo había oído todo antes, y ella sospechaba que podía ser verdad. Era listo y a la vez maduro para su edad, y su abanico de intereses era más amplio que el de la mayoría de los chavales. Al parecer, estaba bastante bien informado acerca de la actualidad del mundo y le interesaba la música. El sistema público de enseñanza no estaba organizado, ni disponía de los medios, para añadir nada al currículo escolar general. Estaba pensado para suplir las necesidades del mínimo común denominador en las aulas, no las del máximo. A finales de semana iban a hacerle un test de cualificación para el programa de alumnos con altas capacidades y lo habían incluido en el plan de clases especiales.

Ginny aún no le había dicho nada del viaje a Afganistán, pero pensaba contárselo en algún momento de los días siguientes. Antes quería ver los albergues para adolescentes. Al llegar el fin de semana, ya había visitado los tres, y uno en particular le pareció idóneo para él. Ofrecía plazas para chicos de entre once y veintitrés años. Algunos volvían con sus familias tras un período de orientación psicológica, aunque no era lo habitual. Casi todos los residentes se hallaban en alguna situación parecida a la de Blue: chicos procedentes de hogares desestructurados, cuyos padres o habían muerto, desaparecido o acabado en la cárcel. La dirección animaba a todos los chicos a seguir estudiando, los ayudaba a encontrar empleo a tiempo parcial o a tiempo completo, ofrecía servicio de orientación, asistencia médica y alojamiento temporal, de hasta seis meses de estancia como máximo. Seguía el modelo de intervención de reducción del daño, lo cual implicaba que algunos de los residentes aún consumían drogas, pero debían cumplir una serie de requisitos de comportamiento, seguir unas pautas de reducción del consumo y no drogarse nunca dentro de la residencia. El planteamiento era práctico y realista. Además, había plaza para Blue. Pero él tenía que querer alojarse allí, nadie iba a obligarlo. Se instalaría en un dormitorio de seis plazas, con otros cinco chicos más o menos de su edad, y comería gratis todos los días. Todo el programa era gratuito, financiado por varias fundaciones privadas y mediante subvenciones del gobierno. Parecía hecho a la medida de Blue.

Ginny explicó a la directora, Ann Owen, la situación del

muchacho y cómo lo había conocido. La mujer, de la edad de Ginny, comentó que había tenido suerte de encontrar en ella a una mentora.

—Voy a estar fuera tres meses. Puede volver conmigo cuando regrese, pero realmente quiero que se quede aquí mientras estoy fuera de viaje —dijo, esperanzada.

—Eso depende de él —respondió Ann Owen en tono filosófico—. Todo en estas instalaciones es de carácter voluntario y hay muchos otros jóvenes que querrán la plaza si él no lo hace.

Ginny asintió. Esperaba que Blue aceptase quedarse, que no optase por volver a buscarse la vida en las calles. Siempre cabía esa posibilidad, y su tía decía que él la prefería a vivir acatando normas y amoldándose a una estructura. Llevaba demasiado tiempo viviendo solo, igual que la mayoría de los chavales de Houston Street, que era como llamaban coloquialmente al centro.

Después de la visita, Ginny habló con Blue, que se quedó cabizbajo.

—Pero es que yo no quiero ir —dijo con hosquedad.

—No puedes volver a la caseta. En ese sitio te darán comida, un techo y una cama. Habrá otros chicos, de tu edad y mayores, con los que pasar el tiempo. Si te pones malo, allí cuidarán de ti. No seas tonto, Blue. No te la juegues en la calle. Es una forma penosa de vivir, y lo sabes.

—En la calle puedo hacer lo que me dé la gana —replicó, terco.

—Sí, claro. Como helarte de frío y morirte de hambre, o que te atraquen y te desplumen. Una opción magnífica, si quieres conocer mi opinión. —Sabía tan bien como él lo que tendría que afrontar viviendo en la calle—. Yo volveré a finales de abril, y entonces podrás quedarte aquí otra vez, si tú quieres. Pero tienes que aguantar hasta entonces. —A los dos les parecía una eternidad. Y él seguía angustiado temiendo que ella no volviese nunca—. Al menos ven conmigo el sábado a echarle un vistazo y luego decides. La última palabra la tienes tú —le recordó.

En última instancia, quien decidía era él, nadie podía obligarlo. Y aunque no iba a estar tan cómodo como en su apartamento, en el fondo había pasado muy poco tiempo allí, y era mucho mejor que la caseta de obreros y los demás sitios en los que se había cobijado cuando tenía que apañárselas solo. Ginny no pudo evitar preguntarse si el chico sería capaz de adaptarse a una estructura a largo plazo y si lo había hecho alguna vez. Su vida hasta entonces había sido independiente y sin pautas de ningún tipo.

El sábado, cuando fueron a ver Houston Street, Blue parecía llevar plomo en las zapatillas. Subió los desportillados escalones del edificio principal prácticamente a rastras. El centro constaba de tres unidades en el mismo bloque: una para mujeres y dos para hombres, como se referían a sus jóvenes residentes. Blue no abrió la boca en toda la visita. Algunos chicos los saludaron con la mano, pero él hizo caso omiso. Y cuando hablaron con el orientador, Julio Fernández, un hombre afectuoso y amable que tenía mucha información que darles, Blue se mantuvo imperturbable. Lo escuchó todo en silencio y parecía estar a punto de echarse a llorar.

—¿Cuándo querrías entrar, Blue? —le preguntó Julio directamente.

—No quiero —repuso él sin rodeos, rozando la mala educación.

—Pues es una pena. Ahora mismo contamos con una cama para ti, pero no seguirá libre mucho tiempo. Estamos bastante completos.

También había una parada de metro cerca, con lo que tardaría apenas unos minutos en llegar al colegio. Y mientras Julio y Ginny hablaban de las instalaciones del centro, Blue se alejó distraído. Al poco ella se dio cuenta de que habían puesto música clásica, cosa que pensó que era un tanto ambiciosa. No prestó más atención hasta que Julio guardó silencio, mirando algo detrás de ella. Ginny se dio la vuelta para ver de qué se trataba y se quedó boquiabierta cuando vio que era Blue tocando el piano, con gesto concentrado. Mientras lo observaban, cambió al jazz y continuó tocando sin mirarlos, muy pendiente de la música, como si estuviera en otro mundo.

—Menudo talento —señaló Julio en voz baja a Ginny, que ni pestañeaba.

Blue no le había contado que supiera tocar el piano. Tampoco su tía. Se había limitado a comentar que le gustaba la música. Pero tocaba el teclado de manera magistral. Un puñado de residentes se detuvo a escuchar también, y varias personas aplaudieron cuando terminó, cerró el piano (uno viejo, de pared) y volvió junto a Julio y a Ginny con cara de no haber hecho nada del otro mundo. Al contrario que él, estaban todos impresionados.

—Bueno, ¿y cuándo tengo que mudarme? —preguntó a Ginny.

—No tienes que mudarte —respondió Julio—. No tienes que hacer nada que no quieras. Esto no es una cárcel. Es un hogar para muchos jóvenes como tú que quieren estar aquí, pero siempre por propia elección. Nadie viene asignado por los juzgados. —Tenían capacidad para alojar a cuatrocientos cuarenta jóvenes en total, cualquier día o noche, y prácticamente siempre estaban al completo.

—¿Cuándo te vas? —preguntó Blue a Ginny con semblante acongojado.

—Dentro de diez días. Tal vez deberías mudarte la semana que viene, antes de que me vaya, así sabré qué tal te va los primeros días. Podemos seguir viéndonos una vez que estés aquí. —Procuró transmitirle ánimos, pero el chico parecía tremendamente desgraciado.

—Vale, vendré la semana que viene —accedió con la mirada perdida. De repente era como si no sintiese nada en absoluto.

A continuación dieron las gracias a Julio y se marcharon tras confirmar la plaza para Blue, que se trasladaría la semana siguiente. Al salir del edificio, Ginny lo miró asombrada.

—No me habías contado que tocabas el piano —le dijo, perpleja aún por lo bien que había tocado. Lo hacía de un modo prodigioso, como si fuese un don natural. Ginny no alcanzaba a imaginar cómo ni dónde habría aprendido.

—En realidad no toco, solo hago el tonto con las teclas —contestó él, encogiéndose de hombros.

—Eso no es hacer el tonto con las teclas, Blue. Tienes verdadero talento. ¿Sabes leer partituras? —El chico era una caja de sorpresas.

—Más o menos. Aprendí solo. Me sale sin más.

—Vaya, pues para salirte sin más, tocas increíblemente bien. Nos has dejado a todos con cara de pasmo.

Blue sonrió al oír aquello. Y Ginny no le preguntó qué le había parecido el sitio, ya lo veía por sí misma. Además, dado que había aceptado ir, no merecía la pena darle más vueltas. Sin embargo, lo que acababa de oírle hacer al piano sí que le había llamado poderosamente la atención. Blue tenía un talento que no podía desdeñarse, menos aún si el chico era autodidacta. Era un muchacho polifacético, como estaba empezando a descubrir Ginny.

—¿Dónde aprendiste a tocar? —le preguntó cuando volvían en metro a la zona alta de la ciudad.

—Había un piano en el sótano de la iglesia a la que va mi tía. El cura me dejaba tocar. —Se le tensaron los músculos de la cara al decirlo, y Ginny detectó una mirada extraña en sus ojos—. Pero era un gilipollas, así que lo dejé. Ahora solo toco cuando me encuentro un piano. A veces me meto en una tienda de instrumentos musicales, hasta que me echan. —Ginny se preguntó por qué Charlene no le había comentado nada al respecto; desde luego, era digno de mención. Un instante después, Blue explicó el silencio de su tía al respecto—: Ella no lo sabe.

—¿Por qué no le contaste que tocabas así? ¿No te ha oído tocar nunca?

—El cura decía que se metería en un lío si se enteraban de que me dejaba tocar allí, así que debíamos mantenerlo en secreto. Y eso hice. —Al cabo de unos segundos, agregó—: Mi madre cantaba en un coro y tocaba el órgano en la iglesia. Yo me sentaba a su lado durante la misa, pero nunca me enseñó a tocar. Solo la miraba. Supongo que también sabría tocar el órgano.

Ginny se dio cuenta de que debió de tratarse de una mujer con mucho talento, para tener un hijo con semejante don para la música.

Y esa noche, después de cenar, se le ocurrió una idea.

—¿Qué te parece si para el curso que viene te presentas a un instituto que ofrezca estudios de música y arte? LaGuardia Arts es público. Podría echar un vistazo, si quieres.

—¿Y por qué iban a aceptarme? —dijo él, apenado. Aún estaba deprimido tras la visita al albergue al que iba a mudarse, pese a que a ella no le había parecido mal sitio.

—Porque tienes un talento inmenso —le aseguró—. ¿Sabes lo raro que es que alguien aprenda a tocar así sin ayuda? —La había dejado anonadada.

—También toco la guitarra —añadió él, como quien no quiere la cosa.

Ella se rio.

—¿Alguna otra habilidad oculta, Blue Williams?

—No, eso es todo —respondió, y volvió a parecer un niño—. Aunque estoy seguro de que podría aprender a tocar la batería. No lo he probado, pero me encantaría.

Ginny sonrió. El chico fue animándose a medida que transcurría la tarde. Luego le dio una pulcra lista con el desglose del dinero que le debía por los recados que había hecho para ella. Había ido anotándolo todo religiosamente. Ella le pagó, y el chico quedó encantado. Pero, sobre todo, Ginny percibió lo triste que estaba porque ella se fuera y lo mucho que se preocupaba por ella.

—¿Y si no vuelves más? —le preguntó aterrado.

—Volveré —respondió ella en voz queda—. Confía en mí. Nunca me han herido, y siempre vuelvo.

No era la primera vez que lo tranquilizaba con esas palabras, pero él seguía angustiado por ella. En su mundo, uno perdía a la gente para siempre.

—Más te vale —contestó con gesto sombrío, y esa noche ella le dio un abrazo antes de que se fuese a dormir.

Había momentos en que realmente le parecía un niño pequeño, mientras que en otros era mucho más espabilado de lo que le correspondía por edad. A sus años, había visto demasiadas cosas.

El día acordado para que se trasladase a Houston Street llegó demasiado pronto para los dos. Un día antes, Blue le compró flores con su propio dinero en la tienda de ultramarinos. Ginny lo ayudó con la mudanza, apesadumbrada pero sabiendo que era lo más apropiado para él. Aun así, por primera vez le dio pena marcharse de Nueva York por una misión humanitaria. Hasta entonces siempre se había ido de buena gana.

Blue fue muy callado en el taxi, camino del albergue. Ella le había comprado unas cuantas cosas, varias camisetas, unos vaqueros nuevos, además del material escolar y una bolsa para llevarlo todo. Subió los escalones de la entrada como un alma en pena. Y cuando se disponía a dejarlo en su dormitorio, Ginny lo sorprendió regalándole un portátil. Al chico casi se le salen los ojos de las órbitas.

—Más te vale escribirme y mantener el contacto —dijo muy seria—. Quiero saber que estás bien.

Él asintió, momentáneamente mudo, y a continuación le rodeó el cuello con los brazos y la estrechó. Ginny vio que tenía lágrimas en los ojos. Nadie le había regalado nada parecido en su vida, pero ella había querido hacerlo. El ordenador era una herramienta importante para él. Y Ginny ya no tenía a nadie a quien malcriar. Prometió que iría a verlo el fin de semana antes de marcharse y que lo llevaría a cenar fuera.

Sin embargo, cuando lo vio ese último día, Blue estaba por los suelos. Los dos habían extrañado la compañía del otro toda la semana y se habían comunicado varias veces por Skype, algo que a él le encantaba y que ella también disfrutaba. Pero para el chico perder a alguien, aunque no fuera más que durante unos meses, era una experiencia demasiado cercana, y por mucho que ella tratara de tranquilizarlo, nada lograba convencerlo de que volvería. Estaba tan asustado como consecuencia de las pérdidas que había sufrido en su vida, así como por la muerte de su madre cuando tenía cinco años, que no confiaba en volver a ver a Ginny. Hasta entonces todos lo habían abandonado: sus padres a causa de la muerte, y su tía por voluntad propia.

Lo abrazó con fuerza cuando se despidió de él en los escalones de la entrada de Houston Street, el domingo por la noche, antes de irse a casa para terminar de hacer el equipaje. A la mañana siguiente volaba a Kabul. Le prometió que le escribiría por correo electrónico siempre que le fuera posible. En los lugares más remotos no solía tener acceso a internet, pero sí cuando viajaba a zonas menos aisladas. Le dijo que estaría en contacto con él, y dos lágrimas agónicas rodaron por las mejillas del muchacho cuando la vio marcharse. Ella lloró durante todo el trayecto en metro a casa.

Becky la telefoneó esa noche para despedirse, y estuvo especialmente hábil para decir todo lo que no debería haber dicho. Ginny ya estaba destrozada tras despedirse de Blue. El tiempo que habían pasado juntos y la relación que habían forjado de un modo tan inesperado habían sido un regalo insólito para ambos, y Ginny tenía intención de seguir adelante con ella a su regreso. Además, había estado indagando acerca del instituto LaGuardia Arts y, cuando volviese, quería convencerlo para que se matriculase.

Había llamado al instituto y le habían dicho que los alumnos debían inscribirse en otoño e invierno para ingresar el curso siguiente, que las pruebas de admisión se celebraban entre noviembre y diciembre y que, por lo tanto, él iba ya con dos meses de retraso respecto del plazo de presentación de solicitudes. Las cartas de admisión estaban enviándose ese mismo mes. Ginny describió las circunstancias singulares del chico y le dijeron que quizá podrían estudiar su situación como algo especial, como un caso de alumno con dificultades socioeconómicas, sobre todo si tenía tanto talento. Se comprometieron a contemplar la posibilidad de hacer una excepción con él, mientras ella se encontraba fuera, y a ponerse en contacto con ella. Como no quería que Blue se llevase una decepción, había preferido no decirle nada por el momento.

—Gracias a Dios que por fin has sacado a ese crío de tu casa —dijo Becky cuando Ginny le contó que estaba en un albergue para jóvenes—. Creí que no ibas a librarte de él. Tienes suerte de que no te haya matado.

—No sabes de qué estás hablando —replicó Ginny en un tono irritado con el que ocultó la pena que le había dado despedirse de él unas horas antes. Perder a la gente también era peliagudo para ella.

—No, tienes que dejar de cometer locuras como esa. Cualquier día alguien acabará contigo y a nadie le sorprenderá. Y no has venido a ver a papá —añadió con reproche evidente en la voz.

—Iré la próxima vez, te lo prometo —aseguró Ginny con tristeza, bajando la guardia por un instante, a pesar de los comentarios acerbos de su hermana—. Es que se me hace duro, eso es todo.

—Más duro se me hace a mí cuidarlo —repuso Becky sin miramientos—, y va a peor. La próxima vez quizá sea demasiado tarde, puede que no te reconozca en absoluto. A veces no me reconoce ni a mí, y eso que me ve a diario. Esta semana ha vuelto a perderse, y ayer salió a la calle desnudo después del baño. Yo no puedo hacer esto eternamente, Gin. Tenemos que pensar en algo para el futuro cercano. Está siendo difícil para Alan y para los niños. —Lo que decía era cierto y Ginny se sintió más culpable que nunca por no echarle una mano.

—Hablaremos a la vuelta.

—¿Cuándo? ¿Dentro de tres meses? ¿Me estás tomando el pelo? Cada día que pasa empeora más rápido. Y si se muere antes de que vengas, te vas a sentir fatal. —Las palabras de su hermana golpearon a Ginny como un puñetazo en el estómago.

—Esperemos que no —dijo esta muy triste, sintiéndose como la peor hija y hermana del planeta.

Ya se sentía la peor mujer y madre por haber permitido que Mark condujese, tras haber bebido más de la cuenta sin que ella se diese cuenta. Y entonces iba a quedarse sin la oportunidad de despedirse de su padre. Pero no podía soportar una dosis infinita de pérdidas y adioses. Después de perder a Chris y a Mark, Ginny era un poco como Blue en ese sentido.

—Bueno, por lo menos espero que no volvamos a oír hablar de ese crío sin hogar. Solo te faltaba ese quebradero de cabeza.

Ginny no dijo nada, Becky había hablado más que suficiente. Cuando colgó, estaba deprimida y ya echaba de menos a Blue. Esperaba que estuviera bien mientras ella se encontraba fuera. Había hecho todo lo que había estado en su mano al conseguir que retomase las clases y se instalara en Houston Street. A partir de ahí, dependía de él seguir esa senda y aguantar hasta que ella volviese. Entonces podrían pensar en su futuro y en que fuese al instituto en otoño.

Esa noche casi no pegó ojo pensando en él, y a la mañana siguiente, antes de marcharse, hablaron por Skype. Blue parecía tan triste como ella. Le dio las gracias de nuevo por el fantástico ordenador portátil. Dormía con él debajo de la almohada, una noche incluso lo había escondido entre las piernas, para que no se lo quitase nadie. No lo perdía de vista ni lo dejaba fuera del alcance de la mano en ningún momento, ni siquiera en clase.

—Nos vemos pronto, Blue —dijo Ginny con dulzura, mientras se miraban el uno al otro en la pantalla.

—¡Tú asegúrate de volver! —respondió él con ceño, y a continuación poco a poco fue esbozando una sonrisa. Era una sonrisa que Ginny estaba segura que recordaría cada instante hasta su regreso. Entonces, mientras lo miraba, sin añadir una palabra más, él dio al icono de desconectar Skype y desapareció.

6

Como era habitual, para llegar al destino que le habían asignado, Ginny voló primero de Nueva York a Londres, donde hacía escala. Las dimensiones mastodónticas y el caos de Heathrow la sacaban de sus casillas, pero conocía bien el aeropuerto. Y mientras aguardaba, habló con Blue por Skype. Él estaba en el recreo, así que charlaron unos minutos. Después durmió varias horas en un asiento y a continuación embarcó en el avión a Kabul. Durmió también la mayor parte del vuelo, y luego cogió otro avión a Jalalabad, en el este de Afganistán, donde otro enviado de SOS/HR la recogería para llevarla en coche a través del macizo del Hindukush, cruzarían la ciudad de Asadabad, en la frontera con Pakistán, y finalmente llegarían a una aldea a orillas del Kunar, donde se levantaba el campamento.

Las condiciones de vida allí eran más severas de lo que recordaba. Habían funcionado durante cinco años sin la ayuda de Médicos Sin Fronteras, pero la organización había empezado a trabajar allí de nuevo, gracias a lo cual contaban con buena asistencia médica. El lugar, sin embargo, estaba más masificado que la última vez que Ginny había estado allí. Los suministros eran limitados, carecían de cualquier clase de comodidad y, al tratar de satisfacer las necesidades de todos, el ambiente en el campamento resultaba estresante para los trabajadores humanitarios. SOS/HR actuaba con el máximo de eficacia posible, en medio de lo que básicamente era una zona de guerra desde hacía más de tres décadas.

El conductor que llevó a Ginny era un hombre joven de poco más de veinte años que estaba haciendo su tesis en el campamento al que había sido asignada. Se llamaba Phillip y había estudiado en Princeton, y estaba lleno de teorías nuevas e innovadoras, y de ideales ingenuos sobre lo que deberían hacer y no estaban haciendo. Ella lo escuchó pacientemente mientras peroraba, pero lo cierto era que tenía más experiencia que el joven y era más realista en cuanto a lo que cabía lograr. Aunque no quería desanimarlo, sabía que harían falta otros veinte años, si acaso, para poder ver hechas realidad la mayoría de sus propuestas. La situación en Afganistán era muy dura, y había sido así desde hacía muchos años. Las mujeres sufrían abusos brutales, y moría uno de cada diez niños.

Cuando se acercaban al campamento, Ginny oyó disparos a lo lejos. El conductor le contó que en los campamentos de la propia Jalalabad las cosas estaban aún peor. En la ciudad había más de cuarenta asentamientos, en su mayoría formados por casuchas de adobe y chabolas de barro, donde la gente moría por falta de alimento. Los peor parados parecían ser los niños, y muchas familias habían llegado allí huyendo de los combates en las provincias para acabar muriendo por culpa de la escasez de comida y de la atención médica deficiente en los campamentos de refugiados de la ciudad. Costaba saber qué era peor.

Después de casi tres años sobre el terreno, Ginny sabía que a veces era simplemente cuestión de ayudar a los lugareños a sobrevivir a las adversidades a las que se enfrentaban, no de darles lecciones sobre cómo vivir la vida de un modo nuevo ni de cambiar el mundo. Estaba acostumbrada a tratar con mujeres que arrastraban lesiones gravísimas, niños con miembros amputados o a punto de morir de enfermedades espantosas o de dolencias leves para las que no disponían de medicamentos. Y en ocasiones la gente simplemente fallecía por haber pasado demasiadas calamidades. Su labor consistía en apoyarlos de cualquier manera que estuviera a su alcance, y en hacer lo que fuese preciso en cada situación.

Cuando Ginny se bajó de la camioneta, notó que la invadía una inmensa oleada de alivio. Estar allí, en un lugar como aquel, en el que no importaban nada más que la vida humana y la capacidad más elemental de supervivencia, hacía que todo se redujese al valor de la dignidad y la vida humanas. Y todo lo demás que había experimentado se esfumó en cuanto pisó el suelo. Se sentía necesitada, útil, y al menos allí podía intentar aportar su granito de arena para mejorar de algún modo la vida de esas personas, aunque el resultado estuviese por debajo de lo esperado.

Por el campamento merodeaban niños vestidos con poco más que harapos, descalzos o con sandalias de plástico a pesar del frío helador. Las mujeres llevaban burkas. Ella misma se había puesto uno al aterrizar en Jalalabad para no ofender a nadie ni causar problemas en el campamento. No era la primera vez que vivía y trabajaba con un burka o con la cabeza cubierta. En los largos vuelos había pensado en varias ocasiones en Blue, pero ante lo que tenía que hacer allí, casi se olvidó de él. Había hecho lo que había podido por él, pero en ese momento tenía cosas más importantes entre manos y necesitaba centrar toda su atención en su trabajo. El país se hallaba en estado de guerra civil constante. Y sabía por Phillip que muchos insurgentes vivían en las cuevas de los alrededores, cosa que tampoco la sorprendió.

Había un puesto médico en el borde del campamento, al que habitualmente trasladaban a los civiles heridos. Por desgracia, muchos no lograban sobrevivir, pues llegaban demasiado graves y en muchos casos con heridas infectadas que hasta entonces habían recibido poco o ningún tratamiento médico. Todo era de lo más básico y rudimentario. Una vez al mes, recibían suministros por helicóptero y tenían que arreglárselas con lo que tenían hasta el envío aéreo siguiente. Médicos Sin Fronteras acudía con regularidad para proporcionar asistencia a los pacientes más graves, y el resto del tiempo los trabajadores humanitarios hacían lo que buenamente podían con el material disponible.

Ginny y Phillip eran de los pocos cooperantes sin formación médico-sanitaria del campamento. En el pasado, en misiones similares, Ginny había tenido que entrar en la tienda de operaciones para sostener palanganas llenas de vendajes nauseabundos y trapos sanguinolentos. Había que tener estómago para trabajar allí, así como una espalda fuerte para el trabajo pesado como el de ayudar a descargar camiones llenos de suministros y equipamiento; pero, sobre todo, había que demostrar buena voluntad y amar al prójimo. Ella no tenía poder para cambiar las condiciones de vida de esas personas, ni el estado en que se hallaba el país, pero sí podía facilitarles de algún modo las cosas y ofrecerles consuelo y esperanza. El hecho de estar dispuesta a vivir con ellos en el campamento y a experimentar los mismos peligros, les transmitía, a través de sus actos, lo importantes que eran para ella.

Dos niñas cogidas de la mano la miraron fijamente y sonrieron cuando cruzaba el campamento en dirección a la tienda principal. El equipamiento y los suministros eran en su mayor parte excedentes militares viejos pero funcionales, pues les proporcionaban el servicio que necesitaban. Ella misma vestía pesadas prendas militares, botas recias y una parka de hombre. Hacía muchísimo frío, ese día a primera hora había nevado. Por encima de las bastas prendas, llevaba el burka y, cuando se lo quitaba, se le veía el brazalete que indicaba que era una cooperante, como señalaba el logotipo de SOS/HR impreso a lo largo de la banda. En el campamento había dos hombres que llevaban el brazalete de Cruz Roja. SOS/HR trabajaba codo con codo con ellos.

Ginny fue a informar de su llegada y a presentarse a un inglés fornido y pelirrojo, con un enorme bigote. Estaba sentado a un escritorio improvisado en la tienda principal, rodeado de estufas de butano. Por las noches dormían o en las tiendas o en los camiones. El máximo responsable del campamento se llamaba Rubert MacIntosh y había servido en el ejército británico. Aunque para ella era nuevo en el puesto, desde la última vez que había estado allí, MacIntosh llevaba ya años trabajando sobre el terreno y era famoso por su competencia. Ginny estaba encantada de conocerlo en persona.

—He oído hablar de ti —le señaló él cuando se saludaron con un apretón de manos—. Te has labrado la fama de temeraria, por así decirlo. Te advierto que aquí no quiero accidentes. Hacemos todo lo posible por evitarlos. Y me gustaría que continuara siendo así. —La miró con severidad pero a continuación sonrió—. Un atuendo muy favorecedor, he de decir.

Ginny, con el burka encima de la ropa basta y las botas de marcha, se rio con la ocurrencia, al igual que él. Le habían dicho también que era una mujer muy guapa, pero costaba saberlo viéndola con todo lo que llevaba encima. Incluso se había encasquetado un gorro de lana debajo del burka. Allí uno se vestía de acuerdo con la climatología y con la ardua faena, y nada más.

El hombre describió las misiones en las que habían estado centrándose hasta entonces. Un buen número de mujeres y niños había logrado llegar al campamento, y a los lugareños no les hacía gracia que se resistieran a marcharse de vuelta a sus lugares de origen, donde sufrirían de nuevo un trato vejatorio. Pero tarde o temprano tendrían que regresar. Informó a Ginny de que hacía dos días se había producido una lapidación en una aldea cercana; la víctima había sido una mujer a la que habían violado y culpado de la violación por «tentar» a su atacante. La habían matado. El violador quedó en libertad y se marchó a su casa. Era una más de las situaciones típicas a las que todos ellos se habían enfrentado en numerosas ocasiones.

—¿Sabes montar a caballo? —le preguntó, y ella respondió que sí.

Ginny se había fijado en los caballos y las mulas que tenían maneados en un cercado hecho con cuerdas, para cuando se trasladaban a zonas de las montañas en las que no había senderos. Ginny había montado en otras misiones en lugares parecidos.

—Me defiendo.

—Será suficiente.

Cuando conoció al resto del personal en la tienda en la que habían instalado el comedor, se fijó en la cantidad de nacionalidades distintas que lo componían: había franceses, británicos, italianos, canadienses, alemanes, estadounidenses, todos trabajadores humanitarios de las organizaciones que actuaban en la región coordinando sus esfuerzos. Semejante combinación de nacionalidades hacía más interesante estar en el campamento, si bien todos se entendían en inglés y además ella sabía algo de francés.

La comida era tan mala y escasa como esperaba. Estaba tan cansada por el largo viaje que, al terminar de comer, prácticamente se estaba quedando dormida encima del plato.

—Ve a dormir un poco —le dijo Rupert, dándole unas palmaditas en el hombro.

Una alemana la acompañó a la tienda, en la que le habían reservado un catre de los seis que había; como Blue en Houston Street. A Ginny la agradó volver a lo esencial, vivir de un modo tan básico y rudimentario. Era una manera de relativizar todas las cosas. Los problemas personales dejaban de existir. Lo había aprendido la primera vez que estuvo allí, durante su primera misión humanitaria. Esa noche estaba tan rendida que ni siquiera se quitó la ropa y se quedó dormida en cuanto se metió dentro del grueso saco de dormir, en el camastro. No despertó hasta el amanecer.

Al día siguiente se presentó en la tienda a la que la habían asignado, donde tomó nota de la situación personal de cada niño con ayuda de un intérprete. Siguiendo órdenes estrictas, nunca se implicaban en asuntos de política local, de modo que durante el año anterior los insurgentes no los habían molestado. Sin embargo, todos sabían que eso podía cambiar en cualquier momento.

Una semana después de su llegada, los cooperantes subieron a las montañas en mulas, por los caminos estrechos y serpenteantes que bordeaban un despeñadero, para ver si alguien necesitaba su ayuda o precisaba que lo bajasen al campamento para recibir cuidados médicos. Llevaban un par de mulas libres con ese fin. A su regreso, las utilizaron para bajar a un crío de seis años y a su madre, de diecinueve. El niño se había quemado de gravedad con una hoguera y estaba desfigurado, pero había sobrevivido. La joven dejaba en su casucha, junto a su propia madre, a otras cinco criaturas. Aunque el marido y padre de los niños no quería que se marchase del pueblo, al final la había dejado partir por el bien del niño. Ella, con la cara cubierta por un velo tupido, viajó con la mirada gacha y sin cruzar palabra con nadie en todo el camino. Cuando llegaron al campamento, desapareció enseguida entre las mujeres del lugar.

Ginny trabajaba sin descanso desde el amanecer hasta prácticamente la medianoche, pero no tuvo sensación de peligro en ningún momento. La gente de la zona no era hostil con ellos. Además, cada vez había más mujeres y niños en el campamento. Pasó otro mes, aproximadamente, hasta que fue a Asadabad, la capital de la provincia de Kunar. Viajó en uno de los camiones con una de las alemanas, un italiano y una monja francesa. Dado que en el campamento no disponían de conexión a internet, Rubert le había pedido que enviase una serie de e-mails desde Asadabad, donde sí había. En la ciudad tenían permiso para utilizar la sede local de Cruz Roja. Allí entró, con la lista de comunicaciones y de informes que tenía que enviar. Le dejaron una mesa y un ordenador para trabajar mientras los demás se iban a dar una vuelta por la ciudad. Una vez que hubo enviado los mensajes de Rupert, decidió consultar su propio correo, en lugar de irse a comer con el resto del grupo.

Tenía tres mensajes de Becky, en los que la informaba sobre el deterioro de su padre y le pedía que la llamase. En ese momento llevaba seis semanas en Afganistán, y el último mensaje de su hermana era de hacía dos. Había terminado por renunciar a contactar con Ginny y parecía exasperada por su silencio debido a que Ginny no podía recibir e-mails, cosa de la que ya la había advertido antes de partir. También tenía un mensaje de Julio Fernández, de Houston Street, y otro de Blue de hacía solo tres días. Decidió leer primero el de Blue, que abrió a toda prisa. Aunque había pensado en él desde su llegada, había tenido asuntos más acuciantes en la cabeza casi todo el tiempo. Sus jornadas eran muy ajetreadas.

El mensaje de Blue comenzaba con una disculpa y, nada más verla, imaginó el resto. Decía que la gente de Houston Street era muy amable, pero que no soportaba todas aquellas normas. Tampoco estaba precisamente entusiasmado con los demás chicos. Algunos eran pasables, pero uno de sus compañeros de cuarto había intentado robarle el ordenador, y por las noches había tanto ruido que no pegaba ojo. Decía que era como vivir en un zoo, y que por eso le escribía para contarle que se había marchado. No sabía adónde iba a ir, pero le aseguraba que estaría bien y que esperaba que ella estuviera fuera de peligro y que volviese pronto y de una pieza.

Después de leerlo, vio que tenía otro de la escuela de Blue, en el que la avisaban de que el chico había abandonado las clases dos semanas después de que ella se fuera. Y el último, el de Julio Fernández, decía que habían intentado convencerlo para que se quedara, pero que Blue estaba empeñado en irse. Le explicaba que no se había adaptado bien a la rutina del centro y que estaba demasiado acostumbrado a hacer lo que quería en las calles. También le decía que, si bien no era infrecuente, resultaba incompatible con lo que esperaban de sus residentes. En definitiva, Blue había hecho justo lo que había vaticinado Charlene: se había escapado de la residencia y había dejado colgados los estudios. Y Ginny no tenía ni idea de dónde estaba ni podía hacer nada. Aún le quedaban seis semanas de trabajo allí. Con tan pocas vías de comunicación disponibles, y sin absolutamente ninguna en el campamento, era como estar atada de pies y manos. Además, desde allí le resultaba imposible localizarlo.

Respondió en primer lugar el mensaje de Blue, para decirle que esperaba que se encontrara bien. Se aseguró de decirle también que ella estaba bien. Y le rogó que volviese al albergue y a las clases. Le recordó que tenía pensado regresar a finales de abril y le dijo que esperaba verlo en el apartamento en cuanto regresase. Trató de tranquilizarse recordándose a sí misma que se las había arreglado sin ella durante trece años; no le cabía duda de que sobreviviría seis semanas más en las calles, pese a que no le hacía ninguna gracia lo que había hecho. Se había llevado una enorme decepción al ver que el chico no había logrado cumplir su compromiso, sobre todo en lo relativo a los estudios. Pero vería qué podía hacer cuando volviese a casa. Entretanto, Blue estaría solo y tendría que ingeniárselas, como había hecho antes. Y Ginny sabía que conocía a la perfección la vida de la calle.

Después dio las gracias a Julio Fernández por sus esfuerzos y le aseguró que se pondría en contacto con él a la vuelta. También escribió al colegio de Blue, les pidió que lo consideraran como una especie de excedencia y les prometió que el chico se pondría al día con las tareas pendientes en cuanto volviese a las clases. Eran todo artificios, pero de momento no podía hacer otra cosa. Por último escribió a Becky para informarla de que en el campamento no disponían de ningún medio de comunicación, a excepción de las radios, que utilizaban únicamente en caso de emergencia y no eran de largo alcance. No quiso extenderse con este último correo para su hermana, y una vez enviado, la llamó directamente al móvil desde la oficina de Cruz Roja. Becky respondió al segundo tono de llamada.

—¿Dónde demonios estás? —dijo. Parecía preocupada.

—En Afganistán. Ya lo sabes. No tenemos acceso al correo electrónico desde el campamento. Es la primera vez que vengo a la ciudad desde que llegué, y lo más seguro es que no vuelva. ¿Qué tal papá? —La aterraba que le dijese que había muerto.

—Pues, a decir verdad, mejor. Querían probar una medicación nueva con él y parece que da resultado. Está un poco más lúcido, al menos por las mañanas. Por las noches siempre está hecho un lío. Pero ahora le damos un somnífero y ya no estoy tan angustiada por que se levante de madrugada y salga de casa mientras todos dormimos. —Ese temor no la había dejado conciliar el sueño desde hacía meses.

—Vaya, es un alivio. —Ginny había sentido pánico durante unos instantes, pero al oír las noticias de Becky se tranquilizó un poco.

—No sabes cuánto deseo que vuelvas y lleves una vida más razonable. Todo esto es una locura, sobre todo ahora, con papá. No tengo modo de comunicarme contigo si se pone malo de verdad, o si se muere.

—Tienes el número al que puedes llamarme si hay alguna emergencia, es el de la oficina de Cruz Roja de aquí. Te lo di antes de irme —le recordó—. Si pasa cualquier cosa, enviarán a alguien al campamento para avisarme. Si no, volveré dentro de seis semanas.

—No puedes seguir así, Ginny. Tienes treinta y seis años. No eres una cría sin responsabilidades del Cuerpo de Paz, y yo no puedo tomar todas las decisiones sola en todo momento. Tienes que formar parte de esto también.

—Ya te lo dije, iré a Los Ángeles cuando vuelva.

—Llevas casi tres años diciendo eso.

Ginny no le explicó a su hermana que era mucho más útil allí que si hubiera ido a Los Ángeles. Y sentía que era donde debía estar, al menos de momento.

—No puedo hablar mucho. Es el teléfono de Cruz Roja. Dale un beso a papá de mi parte.

—Cuídate, Gin. Haznos un favor a todos: evita que te disparen o te maten.

—Lo intentaré. Tienes más probabilidades de llevarte un disparo tú en Los Ángeles que yo aquí. El campamento está muy tranquilo.

—Bien. Te quiero.

—Yo también te quiero —respondió Ginny, pese a que a veces su hermana la crispaba.

No se imaginaba llevando una vida como la de Becky o, incluso, como la suya de antes. Es decir, casada, con niños, residiendo en Pasadena. Tiempo atrás, durante su matrimonio con Mark, Becky pensaba que la vida de ellos era superficial, de relumbrón. En ese momento, opinaba que su hermana estaba loca. Sus vidas nunca habían corrido en paralelo ni se habían parecido en nada, ni por asomo, y Becky jamás había visto con buenos ojos nada de lo que hacía. Esa certidumbre mitigaba en parte el escozor que le producían sus palabras. Pero en su mente, Becky siempre era la hermana mayor censuradora, lo había sido desde que eran niñas.

Después de la llamada, Ginny imprimió los mensajes que habían llegado para Rupert y salió al encuentro de sus compañeros, que estaban terminando de almorzar en un restaurante cercano. La comida tenía una pinta horrible y olía fatal, por lo que se alegró de habérsela perdido por ocuparse de su correo desde la sede de Cruz Roja.

—¿Qué habéis pedido, el especial fiebre tifoidea? —Ginny arrugó la nariz e hizo una mueca ante lo que fuera que estaban comiendo.

Se tomó un té con ellos cuando se terminaron los platos y después fueron a dar un paseo por la ciudad. Finalmente regresaron al camión para que los llevase de vuelta al campamento.

Entregó a Rupert sus mensajes y pasaron un rato conversando, sentados en su tienda. El tiempo aún era frío, gélido por las noches, como el día que había llegado. Estaban a primeros de marzo y seguía siendo invierno. Rupert y ella hablaron sobre algunos problemas de orden médico a los que se enfrentaban, y él le explicó que volverían a subir a las montañas al cabo de unos días. Le pidió que lo acompañase, pues le gustaba su forma de relacionarse con los lugareños; además, tenía muy buena mano con los niños, a los que trataba de una manera afectuosa y amable.

—Deberías tener hijos —comentó él con una sonrisa cariñosa.

Si bien estaba casado, tenía cierta fama de mujeriego. A su mujer, que vivía en Inglaterra, apenas la veía. Él no sabía nada de la historia personal de Ginny, por eso se quedó desconcertado ante la mirada pétrea que le lanzó en respuesta a su comentario.

—Pues... en realidad tuve un hijo —contestó vacilante—. Falleció con mi marido en un accidente de tráfico. —«Por mi culpa», añadió para sus adentros, aunque no lo dijo en voz alta.

—Lo siento muchísimo —repuso él, muy avergonzado—. Ha sido una estupidez por mi parte. No tenía ni idea. Pensé que eras una de esas americanas solteras que van posponiendo el matrimonio y la maternidad hasta que cumplen los cuarenta. Al parecer abundan hoy en día.

—No pasa nada.

Ginny le sonrió con simpatía. Siempre resultaba difícil decirlo y no le gustaba nada la imagen patética que esa confesión daba de ella ni la implicación trágica que contenía. Pero no le parecía bien guardarse que Mark y Chris habían existido. Y les recordó, tanto a ella como a Rupert, lo poco que sabían los cooperantes acerca de la vida de sus compañeros y de los motivos que los llevaban a elegir ese tipo de trabajo. En el caso de él, había abandonado la carrera de Medicina y estaba casado con una mujer a la que no le importaba ver a su marido solo un puñado de veces al año.

—Entiendo que no tienes más hijos.

Su gesto fue de compasión sincera cuando ella negó con la cabeza.

—Por eso me metí en esto. Puedo ser útil a los demás, en lugar de quedarme de brazos cruzados en mi casa, compadeciéndome de mí misma.

—Eres una mujer valiente —dijo él con admiración.

De pronto le vino a la mente, como un fogonazo, el recuerdo de las aguas del East River el día del aniversario de la muerte de Mark y Chris. Lo único que había impedido que saltara al río esa noche fue conocer a Blue. Desde aquel encuentro, se había sentido de una manera totalmente diferente respecto a su vida. Por primera vez en mucho tiempo, se sentía más útil, y además quería ayudarlo a él también.

—No siempre —reconoció con franqueza—. He pasado momentos duros. Pero aquí no hay tiempo de pensar en eso.

Él asintió y la acompañó hasta el centro del asentamiento. Era muy consciente de que, incluso con el burka y todas aquellas capas de ropa de abrigo, Ginny era una mujer hermosa. Se había fijado en ella desde el instante en que llegó. Ella, sin embargo, después de enterarse de la fama de Rupert, por boca de sus compañeros, había procurado no darle alas, ya que era un hombre casado y no quería complicarse la vida. Estaba allí para trabajar.

Gracias a las idas y venidas en el campamento, siempre pasaban cosas interesantes. De vez en cuando aparecía gente nueva, como una delegación de la oficina del Alto Comisionado para los Derechos Humanos en Ginebra o un grupo de médicos alemanes a los que acogieron con los brazos abiertos durante el tiempo que pasaron allí. Con ellos subieron Ginny y otros compañeros a las montañas, a lomos de los caballos. Ayudaron en un parto y pasaron consulta a unos cuantos niños enfermos. A dos se los llevaron al campamento, junto con sus madres, para proporcionarles tratamiento médico.

Dos semanas antes de su fecha de regreso, Ginny subió de nuevo a las montañas junto con parte del equipo médico del campamento. Hasta ese momento, todo había transcurrido con tranquilidad, y estaba previsto que su sustituto llegase de la sede de Nueva York una semana más tarde. Estaba relajada, conversando con Enzo, un joven italiano con formación médica que había llegado hacía una semana. Mientras ascendían con los caballos y las mulas por el empinado sendero sembrado de piedras, Enzo y ella iban hablando de todo lo que pensaban comer cuando volviesen a casa; los alimentos en el campamento eran escasos y a duras penas comibles. Dejaron atrás un recodo complicado y pasaron por delante de una de las cuevas en las que siempre les habían dicho que se escondían milicianos rebeldes. Enzo y ella iban riéndose por algo que había dicho él cuando restalló un disparo, cerca, y la montura de Ginny se levantó sobre los cuartos traseros.

Ginny se agarró con fuerza a las crines del caballo, al tiempo que rezaba para que no echase a correr por el borde del sendero y se lanzase barranco abajo. Se las ingenió para calmarlo y apartarlo del borde del despeñadero. Aunque estaba asustado. El italiano fue a coger la brida para echarle una mano, pero de pronto se oyó otro disparo, más cerca todavía. Ginny miró inmediatamente al jefe de la partida, que les hizo a todos una seña para que volviesen por donde habían subido. En ese momento, Enzo cayó de bruces sobre su caballo con un balazo en la nuca y el cerebro estallándole por el orificio. En cuanto ella lo vio, supo que estaba muerto.

Uno de los alemanes del grupo asió rápidamente las riendas del caballo y encabezó el descenso por el sendero de montaña, con todos los demás siguiéndolo de forma apresurada.

No se produjeron más disparos. Pero Enzo se había convertido en la primera baja que registraban desde hacía casi un año. No aminoraron hasta que llegaron al campamento. Uno de los hombres bajó el cadáver de Enzo del caballo. Habían logrado evitar que se cayera durante el camino de regreso. Todos estaban conmocionados por su repentina muerte.

Poco después, el equipo al completo se reunía en la tienda de Rupert para debatir las medidas de seguridad que adoptarían esa noche. Ninguno de los integrantes del grupo tuvo la sensación de que los hubieran seguido durante el descenso al campamento, y según su análisis de los hechos, se había tratado de un tiro fortuito, al azar, desafortunadísimo para Enzo, cuyo cadáver, envuelto en una lona en la trasera de un camión, aguardaba a que lo trasladasen a la ciudad, desde donde Cruz Roja lo enviaría a Italia.

Rupert les aconsejó que extremaran las precauciones y ordenó a los varones del campamento que montasen guardia esa noche. Habían contactado con las autoridades locales por radio, y la policía les había prometido que estarían vigilantes. Mientras Ginny y el resto del grupo trataban de que no cundiera el pánico entre las mujeres y los niños, se notaba la tensión en todo el campamento. El ambiente había cambiado de inmediato, de confiado y tranquilo, a alerta y asustado. Ginny se dio cuenta de nuevo de lo peligrosa que era la labor que hacían y de que no debían tomarse los riesgos a la ligera.

Después, Rupert la hizo llamar. La esperaba sentado a su escritorio improvisado, con semblante sombrío.

—La semana que viene voy a enviarte a ti y a otras cooperantes a casa. Acaban de informarme de que anoche había otro francotirador apostado a pocas millas de aquí. Creo que las cosas pueden volver a calentarse por estos pagos. —Ginny sabía que su sustituto era un hombre. Y Rupert velaba por la seguridad de todos ellos, tanto hombres como mujeres, y actuaba de manera muy profesional y eficiente cada vez que las circunstancias así lo exigían—. Me quedo más tranquilo si os mando a casa. Llevas dos meses y medio aquí, prácticamente todo el tiempo que te habían asignado. Has cumplido tu cometido y no es necesario que continúes más tiempo. —Lo cierto era que el campamento había funcionado a la perfección durante los últimos dos meses, mejor que nunca, gracias a la ayuda de Ginny.

—Yo estoy dispuesta a quedarme —respondió ella en voz baja—. Simplemente no subiremos más a las montañas. —Los insurgentes y los milicianos de la oposición rara vez bajaban de las cuevas.

—Ya lo sé. Siempre estás dispuesta. Pero es hora de que vuelvas a casa —replicó él con firmeza.

Ginny comprendió que iba a ser inútil discutir con él, que la decisión estaba tomada. Le dio las gracias y salió de la tienda. Era un poco como estar en el ejército: había que obedecer órdenes. Rupert llevaba el campamento con un estilo muy castrense. Se notaba que había sido oficial del ejército y que estaba acostumbrado a que se cumpliesen sus órdenes. Ginny regresó a su tienda y contó a las demás mujeres que iban a mandarlas a casa. Rupert se quedaba con los hombres y quería que abandonase el campamento el máximo número posible de mujeres cooperantes. No estaba a gusto manteniéndolas allí. Las mujeres se tomaron la noticia con alivio. Solo Ginny dijo que estaba dispuesta a quedarse. Y lo habría hecho si él la hubiese dejado.

La muerte de Enzo empañó el ambiente del campamento durante los días siguientes. No se produjeron más incidentes pero, aun así, Rupert insistió en que las mujeres regresasen a sus países de procedencia. Y Ginny, que ya estaba a la espera de que la reemplazasen, encabezaba la lista. El día que llegó el sustituto, Rupert convocó a todas las cooperantes a su tienda.

—Partís mañana —les dijo sin alzar la voz—. Corre el rumor, verosímil, de que dentro de poco podría producirse un incremento de la violencia en la zona. De hecho, creo que vamos a trasladar el campamento. Pero vosotras os marcháis. —Les dio las gracias por el excelente trabajo realizado y estuvo charlando con Ginny unos minutos cuando las demás salieron de la tienda—. Ha sido un placer trabajar contigo —le dijo—. Había oído hablar muy bien de ti antes de que llegaras, pero la realidad ha superado con creces la buena fama que te precedía. —Le sonrió—. Eres una mujer muy valiente y haces un trabajo excelente. —Teniendo en cuenta lo competente que era él mismo, era todo un halago—. Espero que te vaya todo bien a tu regreso. Y espero que volvamos a coincidir en alguno de estos sitios de locos. Desde luego, hay destinos más fáciles que este.

Él personalmente siempre había preferido los más peligrosos. Echaba de menos el subidón de adrenalina del combate y jamás se preocupaba por los riesgos que podía correr. Era un verdadero guerrero y también admiraba ese rasgo en Ginny. Aquella mujer no se arredraba ante nada. Incluso cuando Enzo cayó abatido, mantuvo la calma y se comportó con fortaleza y serenidad durante todo el descenso al campamento, ayudando al jinete del otro lado a mantener el cuerpo de Enzo sobre el caballo. En ningún momento se había preocupado por si ella misma recibía un disparo.

—¿Te quedarás un tiempo en Nueva York? —le preguntó, como para charlar sobre asuntos más livianos antes de que Ginny se fuese a hacer el petate.

—Nunca me quedo mucho —le respondió ella con una sonrisa—. Soy como tú. Aquí es donde quiero estar. En sitios como este revivo, haciendo este tipo de trabajo. En Nueva York me aburro.

—Sí, está claro, allí no van a dispararte desde ninguna cueva. Eso es lo único que debes evitar. —Sin embargo, ambos sabían que ese tipo de peligro era inherente a esos territorios, que eran gajes del oficio.

Esa noche cenaron todos juntos en la tienda de la cantina.

Fue una cena cordial pero tranquila. Al día siguiente, Rupert fue con ellas para despedirse. Junto a Ginny partían otras cinco mujeres: dos jóvenes de Lyon que habían llegado juntas hacía seis meses y que trabajaban para una organización francesa, una inglesa y dos alemanas. Ginny había recorrido el campamento para despedirse de las mujeres y de los niños a los que había cuidado. Y ya en el momento de arrancar, echó de menos el compañerismo natural del que tanto disfrutaba estando allí. Las seis mujeres hicieron el viaje a Asadabad conversando todo el camino. Desde allí viajaron a Jalalabad para coger un avión a Kabul. Solo las dos chicas francesas se alegraban de marcharse. Las alemanas y la inglesa estaban tan tristes como Ginny. Todas sabían que les costaría mucho adaptarse de nuevo a la vida lejos de la misión humanitaria.

Mientras charlaron, se enteraron de que Ginny llevaba tres años dedicándose a ese tipo de trabajo. No conocían a nadie que hubiese pasado tanto tiempo desempeñando esas labores sobre el terreno. Pero Ginny no lo concebía de otro modo, lo último que deseaba era encerrarse en un despacho neoyorquino. Aquello se había convertido en su vida.

Solo cuando aterrizaron en el aeropuerto de Kabul tras el vuelo desde Jalalabad comenzó a pensar de nuevo en su vida en Nueva York. Por lo general, le daba horror volver a casa, a su apartamento vacío y a la vida inexistente que llevaba allí. Pero esa vez estaba impaciente. Tenía que encontrar a Blue. Albergaba la esperanza de que se presentase en su apartamento el día que tenía prevista su llegada. Si no, estaba completamente decidida a buscarlo, a poner la ciudad patas arriba para localizarlo. Experimentaba una extraña sensación de pánico en su interior, como si fuera a arrastrarla una ola, y se angustió pensando qué pasaría si nunca más volvía a verlo. Sabía que la destrozaría. Costara lo que costase, lo encontraría.

Intentó hablar con él por Skype desde el aeropuerto de Kabul, pero no obtuvo respuesta y le escribió un e-mail antes de que despegara el avión. Volvió a intentarlo durante la escala en Londres. Blue, sin embargo, no cogía la llamada de Skype y no había respondido a sus mensajes. Estuviera donde estuviese, no quería dar señales de vida. Ginny se preguntó si habría vuelto a la caseta de obra. Estaban a primeros de abril y ya no haría tanto frío, por lo que no se asustó. Pero quería encontrarlo lo antes posible, saber cómo estaba y por qué había dejado de ir a clase. Y, una vez que lo hubiese encontrado, cumpliría la promesa que le había hecho a Becky de ir a ver a su padre a Los Ángeles.

En el vuelo a Nueva York se durmió pensando en Blue. Y seguía pensando en él cuando despertó. Se lo imaginaba con su mirada traviesa y el gesto muy serio. Cuando aterrizaron, se encontraba totalmente espabilada. Y en cuanto llegó al apartamento, soltó los bártulos y se fue a la caseta. Pero él no estaba allí. El ayuntamiento había recuperado la propiedad poniéndole un candado en la puerta. Y dado que la caseta había dejado de ser una opción, no tenía ni idea de dónde podría estar.

Al día siguiente se acercó a Houston Street sin parar siquiera para desayunar. Se reunió con Julio Fernández, quien le explicó que Blue nunca llegó a adaptarse realmente al centro y que había vuelto a la calle, como les pasaba a algunos chavales. Era la vida que conocían y, en algunos casos, les resultaba más fácil manejarse en ese entorno, pese a las incomodidades y los peligros. Julio le deseó buena suerte en su búsqueda del chico.

Telefoneó a su tía Charlene, que tampoco conocía su paradero. No había sabido nada de su sobrino durante el tiempo que Ginny había estado fuera, y hacía ya siete meses que no hablaba con él. Y le recordó a Ginny que ella le había advertido que se escaparía.

Ginny lo buscó en otros albergues, así como en lugares por donde, según le dijeron, solían pulular adolescentes sin hogar. Miró en centros de día para jóvenes. Por último, hacia finales de la semana, se dio por vencida. Ya solo le quedaba esperar a que él se presentase en su apartamento por su propio pie. Le había mandado varios mensajes para informarle de que había vuelto, pero él no había respondido ninguno. También le dejó una nota en el portal electrónico de chicos sin hogar, por si le habían robado el portátil o lo había perdido. No podía hacer nada más. Cuando fue a las oficinas de SOS/HR a entregar su informe, estaba muy afectada. Sus compañeros se habían enterado del suceso con el francotirador y se alegraban de que hubiese resultado ilesa. Becky también, que había sabido lo ocurrido por las noticias. Su padre seguía mejorando gracias a la nueva medicación, pero eran conscientes de que sería una mejoría temporal y que, tarde o temprano, empeoraría de nuevo. Esas medicinas servían para mantener a raya el avance del Alzheimer durante un tiempo limitado. Ginny se había brindado a hablar con él cuando regresó a Nueva York, pero Becky le dijo que hablar por teléfono seguía confundiéndolo.

Diez días después de regresar, iba arrastrando los pies por el apartamento, sin saber adónde se dirigía, preguntándose si volvería a ver a Blue, cuando recibió una llamada de la oficina en la que le comunicaban que necesitaban que acudiese a una sesión del Senado, en Washington, D. C. Se trataba de una reunión acerca de la situación de las mujeres en Afganistán y consideraban que ella era la persona idónea para hablar, dado que había estado en el país hacía tan poco tiempo. Normalmente se lo habría tomado con ilusión. Pero, después de la búsqueda infructuosa de Blue, no estaba con ánimos. Acababa de perder a otra persona que le importaba y, aunque no había formado parte de su vida mucho tiempo, ya ocupaba un lugar en su corazón. No encontrarlo la había deprimido. Esperaba que estuviese bien, dondequiera que se hallase, y que no lo hubiesen herido o algo peor.

La sesión del Senado tendría lugar la semana siguiente, y Ginny dedicó el fin de semana a preparar su discurso sobre la dura situación de las mujeres en Afganistán. Las cosas habían cambiado muy poco a pesar de la gran cantidad de organizaciones de defensa de los derechos humanos que habían pasado por allí. Las viejas tradiciones resultaban casi imposibles de cambiar, y el castigo por vulnerarlas era severo, en ocasiones incluso conllevaba la muerte. Ginny pensaba informar sobre dos mujeres a las que habían lapidado hasta matarlas, en ambos casos por delitos cometidos por hombres contra ellas. Su cultura era un ejemplo claro de lo que hacía falta cambiar. Pero realizar esos cambios era una batalla que aún no habían ganado y que probablemente no ganarían hasta muchos años después.

Debía pronunciar el discurso el lunes por la tarde ante una subcomisión de derechos humanos. Habría otros dos ponentes, y ella intervendría en último lugar. Tenía pensado coger el Acela, el tren de alta velocidad, a Washington. De ese modo, llegaría poco después del mediodía.

Se dirigió a Penn Station vestida con un traje de color azul oscuro y zapatos de tacón, un cambio de atuendo radical para ella. Llevaba el discurso en un maletín, junto con el ordenador portátil, para poder trabajar en él un poco más durante el trayecto y añadir cambios de última hora. Estaba subiendo al tren cuando, casualmente, dio media vuelta y vio pasar corriendo por su lado a un grupo de quinceañeros que saltaron del andén a las vías para meterse por un ramal del túnel. Allí distinguió a otros chicos acampados, durmiendo en sacos de dormir. Era un sitio peligroso si cruzaban unas vías por las que apareciera un tren, pero se las habían ingeniado para ocultarse, y los guardias de seguridad de la estación no se habían percatado de su presencia.

De pronto, en medio de los chicos, vio una silueta que le resultó familiar. Llevaba la vieja parka que le había regalado la noche que se conocieron. Entonces, tras comprobar que nadie la veía, saltó del andén, cayó de forma precaria y estuvo a punto de irse al suelo. Echó a correr por las vías, llamándolo.

Él se volvió al oír su nombre. Y cuando la vio, parecía que hubiese visto una aparición. Todo en aquella mirada la hizo entender que jamás había creído que fuese a volver. Que pensaba que ya nunca más la vería. Y estaba llamándolo por su nombre, a voces, abriéndose paso por las vías de la estación, corriendo con tacones en dirección a él. Blue se quedó petrificado, inmóvil, y a continuación echó a andar lentamente hacia ella. Luego, cuando estaban los dos cara a cara, cerca de las vías, la observó con la mirada perdida. No se aproximaba ningún convoy. Ella jadeaba a causa de la carrera y tenía que esforzarse para mantener el equilibrio con los tacones.

—Llevo dos semanas buscándote por todas partes —dijo, mirándolo intensamente cuando sus ojos azules se cruzaron con los de ella—. ¿Dónde estabas?

—Aquí —respondió él sin más, y señaló con un gesto vago el andén donde se apiñaban los demás. Eran un nido de chavales sin casa que vivían juntos.

—¿Por qué te fuiste de Houston Street y dejaste el colegio?

—No me gustaba. Y el colegio es una idiotez.

A Ginny le entraron ganas de decirle que él también era idiota si pensaba que podría arreglárselas el resto de su vida sin haber acabado la escuela siquiera, pero se mordió la lengua. Blue ya sabía lo que opinaba del asunto.

—Cometiste una estupidez —fue lo que le dijo, enojada—. ¿Y por qué no respondiste mis mensajes ni me dijiste dónde estabas? ¿Todavía tienes el portátil?

—Sí. Pensé que estarías muy enfadada conmigo. —La miró contrito.

—Y lo estoy. Pero eso no quiere decir que no me importes. —Oyó el último aviso de salida de su tren. No podía quedarse más tiempo, pero al menos ya sabía dónde estaba—. Tengo que irme. Salgo de viaje a Washington y vuelvo esta noche. Ven mañana al apartamento y hablamos.

—No pienso volver allí —replicó él, obcecado.

Y Ginny no supo si se refería al colegio o a Houston Street. Pero no tenía tiempo para discutir con él. Lo miró por última vez y lo rodeó con los brazos, y él la abrazó a ella.

—Ven a verme. No voy a leerte la cartilla —lo tranquilizó.

Blue asintió con la cabeza mientras ella regresaba a toda prisa por las vías. Una vez de nuevo en el andén, se dio la vuelta para decirle adiós con la mano y él también se despidió. Entonces Ginny corrió al Acela lo más rápido que pudo y entró en un vagón justo cuando se cerraban las puertas. Se quedó mirando por el cristal mientras el tren empezaba a alejarse de la estación y lo vio en el túnel con los otros chicos. Hablaba con ellos y se reía, uno más en esa vida extraña que para él era familiar. Había pasado más de dos meses viviendo en la calle, desde que ella se había marchado, una larga temporada para alguien de su edad. Se preguntó si iría a su apartamento. Tal vez había decidido que no quería formar parte de su vida.

Mientras el tren ganaba velocidad, notó que iba hecha unos zorros. Se le había desabotonado la chaqueta y se había rozado un zapato. Trató de serenarse leyendo el discurso de nuevo, pero tenía el corazón desbocado. Estaba eufórica por haber encontrado a Blue, y ya no podía pensar más que en el chico.

7

El senador que la había invitado a hablar en la subcomisión de derechos humanos internacionales había previsto que la recogiese un coche en Union Station, en Washington. Ginny tuvo el tiempo justo de parar para comprar un bocadillo por el camino. Quería oír a los demás ponentes. Al llegar, la condujeron al interior del edificio. Estaban esperándola. Se sentó en el asiento que le habían reservado entre el público y escuchó, profundamente conmovida, a los dos primeros ponentes, quienes informaron sobre atrocidades cometidas contra mujeres en África y Oriente Próximo. El presidente de la subcomisión suspendió la sesión para hacer una pausa, y Ginny aprovechó para peinarse y pintarse los labios.

A continuación llegó su turno de palabra. La acompañaron a un estrado dispuesto de forma que miraba de frente a los miembros de la comisión, los cuales ocupaban a su vez una tribuna elevada. Leyó el discurso que había preparado acerca de la situación profundamente preocupante de los derechos de las mujeres en Afganistán. No había nada nuevo en todo lo que explicó, pero su forma de expresarlo conmocionó a todos y los ejemplos que puso hicieron que se revolvieran. Habló durante cuarenta y cinco minutos, y cuando terminó, la sala quedó sumida en un silencio sepulcral, mientras los presentes trataban de recuperarse de lo que habían escuchado.

Se sintió satisfecha por haber hecho las cosas bien, lo que le recordó fugazmente su época en la televisión, cuando disfrutaba ejerciendo el oficio de periodista. Había guardado bajo siete llaves esas habilidades para convertirse en otra persona, en alguien que viajaba a países en conflicto, vivía en condiciones penosas durante el tiempo que pasaba en ellos y trataba de curar las dolencias del mundo en la medida de lo posible. Pero durante esos cuarenta y cinco minutos, con su traje azul marino y sus zapatos de tacón, de pronto había formado parte nuevamente de un mundo diferente. Y al bajar del estrado, se sentía bien. Era una lástima que Blue no hubiese estado allí para verlo. Le habría resultado interesante percibir la tensión del Senado en acción, ver cómo funcionaba. Además, dirigirse a una comisión de la cámara alta no era algo que Ginny hiciese todos los días. Incluso ella estaba impresionada.

El presidente de la subcomisión le dio las gracias, y ella regresó a su asiento. Poco después, el senador agradeció a todos su asistencia y dio por finalizada la sesión. Varios fotógrafos de prensa hicieron fotos a Ginny cuando abandonaba la sala. En el exterior del edificio, la esperaba un coche para llevarla a la estación, donde subiría al Acela para regresar a Nueva York.

En el tren, se quedó dormida, y estuvo de vuelta en su apartamento a las diez de la noche. Había sido un día agotador. Después de darse un baño y reflexionar sobre todo lo que había ocurrido, se metió en la cama preguntándose si Blue se presentaría al día siguiente. Temía que no apareciese y se planteó si debía acercarse otra vez a la estación para hablar con él o dejarlo tranquilo. Tenía derecho a vivir como quisiera; ella no podía obligarlo a escoger una vida mejor. La decisión, en última instancia, era de Blue.

A la mañana siguiente, estaba tomándose una taza de café y ojeando las noticias online, cuando sonó el timbre de abajo. En ese momento estaba leyendo la noticia de *The New York Times* sobre su discurso del día anterior. Era favorable. Fue a responder por el telefonillo con la esperanza de que se tratara de Blue y se llevó una alegría al oír su voz. Le abrió y el ascensor lo subió en un minuto, mientras ella lo aguardaba con la puerta abierta. Aún llevaba puesta la parka, y le pareció que estaba más alto y con aspecto algo más maduro que hacía tres meses. La vuelta a las calles lo había cambiado. Se lo veía menos aniñado, mayor. El muchacho vaciló un momento, y ella le hizo una seña para que se sentara en el sofá en el que había dormido tiempo atrás. Mientras se quitaba la parka para sentarse, Ginny lo notó algo incómodo en el piso.

—¿Has comido? —Él asintió con la cabeza, y Ginny no insistió, aunque se planteó si sería verdad—. Bueno, ¿qué tal te ha ido? —le preguntó educadamente, mirándolo a los ojos para sondear la verdad de su respuesta.

La vida en la calle no era un camino de rosas. Vio que Blue llevaba la mochila del colegio y dedujo que guardaba el portátil dentro. Ya no tenía dónde dejar sus objetos de más valor, por lo que los llevaba consigo.

—Estoy bien —respondió en voz queda—. Leí lo del cooperante que murió de un disparo de un francotirador en Afganistán. Me alegro de que no fueses tú —añadió con sinceridad.

—Estaba con él. Era encantador —dijo ella, recordando a Enzo—. Precisamente por eso nos mandaron antes a casa a algunos de nosotros. Volví hace casi dos semanas y llevo todo este tiempo buscándote. —Lo miró a los ojos, y entonces él apartó la mirada para rehuirla.

—Estoy bien —repitió él—. No me sentía cómodo en Houston Street. No me gustaban algunos chicos.

—Pues ojalá no te hubieses ido. ¿Y qué hay de la escuela? ¿Qué piensas hacer con los estudios? Ya sabes lo que opino.

Blue asintió.

—No sé. Hasta los profesores pasaban de si hacíamos los deberes o no. Todo me parecía tan absurdo... pasarme el día entero sentado perdiendo el tiempo.

—Ya sé que es lo que parece, pero es importante que vayas a clase.

Blue casi gruñó al oírlo, como si se diese cuenta de que era verdad.

—Quiero volver —dijo con un hilo de voz, apenas audible, mirándola de nuevo a los ojos.

—¿A vivir conmigo? —Ginny lo miró asombrada. Ella creía que también había echado esa idea en saco roto. Pero había ido a su casa.

Él respondió moviendo la cabeza afirmativamente, y a continuación, con voz más firme y clara, dijo:

—Pensé que no volverías nunca y que por eso daba igual lo que hiciera.

—No da igual en absoluto, para nada —recalcó ella, para que no le cupiera la menor duda—. Te dije que volvería.

Él respondió encogiéndose de hombros.

—No te creía. La gente siempre dice que va a volver y luego es mentira. —Además, le había dado muchísimo miedo que la mataran. Por eso había girado la espalda a todo y había regresado a las calles.

—¿Y qué piensas hacer si vienes a vivir aquí conmigo otra vez? No puedes quedarte en el sofá viendo la tele o jugando en el ordenador.

—No lo sé. —Bajó la cabeza y, al cabo de un momento, levantó de nuevo la cara para mirarla.

—Si te quedas, tendrás que ir al colegio y nada de dejar los estudios. Tendrás que aguantar hasta el final. Dentro de un mes, tengo que salir de nuevo de viaje. Quiero que, mientras no esté, te quedes en el albergue, así sabré que estás bien y no corriendo peligro en la calle. Blue, puedes volver a vivir aquí, pero solo si estamos de acuerdo en eso y te comprometes en serio. No quiero verte tirado en el sofá sin hacer nada solo porque te aburres y te da demasiada pereza ir a clase.

—Lo odio, el albergue y el colegio. Pero si me obligas, iré.

—Eres tú el que tiene que obligarse a ir a clase. Yo no puedo ir detrás de ti como si fuese la policía, y además no me da la gana hacerlo. Si te «obligo» a ir, volverás a escaparte. Tienes que querer lo que te proporcionarán los estudios al final. Y si vamos a formar un equipo en esto, lo que no quiero es que luego, cuando yo no esté, tú andes por las calles. Me daría algo. Es lo que me ha pasado esta vez, y estando tan lejos, en el tipo de sitios a los que voy, no puedo hacer nada. Necesito saber que puedo contar contigo para que hagas lo que dices que harás. Igual que yo cumplo mi palabra cuando te digo que volveré a casa.

Él asintió con gesto serio, y Ginny se dio cuenta de que era sincero. Ella quería ayudarlo y estaba dispuesta a tenerlo en casa con ella, de hecho quería que se quedara en el apartamento, pero no si iba a desaparecer y a dejar los estudios en cuanto ella se diera la vuelta. Necesitaba fiarse más de él.

—Bueno, ¿qué me dices?

—Pues que creo que voy a aborrecer ir a clase y vivir en Houston Street —repuso él con semblante serio. Y entonces sonrió—. Pero lo haré por ti, porque eres buena gente y no quiero causarte el menor problema. Y ahora ¿ya puedo volver aquí?

La cara de gratitud que puso arrancó a Ginny una sonrisa y le llenó los ojos de lágrimas. Ella era lo único que tenía en el mundo. Cuando Blue desapareció, creyó que lo había perdido.

Entonces se le ocurrió una idea.

—Sí, puedes volver. Pero no puedes seguir durmiendo en mi sofá.

—No pasa nada —respondió él, restándole importancia—. En casa de mi tía dormía en el suelo, o en la bañera, cuando estaba su novio. Era un gilipollas —añadió para que quedara claro. Era la primera vez que hablaba de él. Lo que Ginny sabía de aquel sujeto era lo que le había contado Charlene—. Aquí también puedo dormir en el suelo.

—No es eso lo que tengo en mente. —Le hizo un gesto para que la acompañase hasta la habitación extra que había estado llena de cajas sin desembalar desde que se mudara—. Tengo un trabajito para ti. Sueldo mínimo, por supuesto. Vamos a vaciar este cuarto, a desembalar las cajas y a montarte una habitación como es debido, para cuando estés en esta casa. ¿Cómo lo ves?

Los ojos de Blue se iluminaron como los de un chiquillo en Navidad, sin dar crédito.

—Nunca en mi vida he tenido una habitación para mí solo —susurró asombrado—. Ni siquiera cuando vivía con mi madre. Dormíamos en la misma cama, aunque por aquel entonces yo era pequeño. ¿Cuándo podemos hacerlo? —Sus ojos expresaban prisa y emoción.

—Bueno, vamos a ver... —respondió ella, fingiendo que se lo pensaba—. Ya me he leído el periódico. Y me he duchado. Después tengo que bajar a hacer la compra. ¿Por qué no nos ponemos ahora mismo?

Él profirió un grito y la abrazó. Y entonces ella le preguntó dónde tenía sus cosas. Había dejado su maletita de ruedas y el saco de dormir a un amigo de la estación para que se los cuidara, pero podía ir a recogerlos en cualquier momento.

—¿Qué tal si nos vamos a desayunar fuera para celebrarlo, recogemos tus cosas y volvemos a casa para ponernos manos a la obra? Mañana podemos acercarnos a comprar una cama y un mueble con cajones y lo que vayas a necesitar. —Estaba pensando en llevarlo a IKEA o a una tienda que conocía en el centro, que vendía muebles aceptables a precios razonables. Además, ella también quería modernizar un poco sus propios muebles. Estaba empezando a hartarse del aspecto de las cosas de segunda mano y, tras tres años usando lo que había comprado por cuatro chavos cuando se mudó a Nueva York, consideraba que ya les había sacado suficiente partido. De pronto sentía ganas de decorar un poco el apartamento, de transformarlo en un hogar para Blue y para ella.

Un agradable día de abril, iban por la calle los dos juntos camino del McDonald's y el mundo les parecía un lugar aceptable. Ginny lo había encontrado, y Blue iba a tener su propio cuarto por primera vez en la vida. Los deseos de ambos se habían cumplido. Mientras desayunaban McMuffins, ella le contó sus vivencias en el campamento de Afganistán y volvió a hablarle del instituto de estudios artísticos y musicales.

—¿Quieres que me acerque a verlo? En septiembre acababa el plazo para presentar las preinscripciones para el curso que viene, y también estás fuera de plazo para las audiciones, pero hablé con ellos antes de irme. Si de verdad quieres estudiar allí, podrían considerar tu solicitud como un caso especial y aceptar tu preinscripción si la presentamos ya mismo. Es una pasada por su parte. Si te permiten presentarte y al final te aceptan, tienes que ser responsable, no puedes dejar colgados los estudios ni escaparte. Yo me comprometería a avalarte —añadió con solemnidad, y Blue la miró impresionado—. Y tendrás que hacer una prueba. Eso no tiene por qué suponer un problema para ti. Y si estás estudiando cosas que te gustan, puede que lo pases bien en el instituto.

—Si puedo tocar el piano a diario, me gustará —reconoció él, y se metió otro *muffin* en la boca. Engullía como si llevase tres meses sin probar bocado.

Después de desayunar, cogieron el metro hasta Penn Station. Ginny bajó las escaleras tras él y luego esperó en el andén a que fuese a buscar a sus amigos a la cornisa del túnel en la que dormían todos por las noches. No había nadie, salvo un chico que debía de rondar los dieciséis años. Ginny vio desde el andén que Blue recogía sus cosas y se quedaba hablando un rato con él. Le había contado que no había chicas en el grupo y que llevaban durmiendo allí todo el invierno. Nadie los molestaba y era un buen sitio para cuando hacía frío. Al poco, ya estaba otra vez con ella, con la bolsa en una mano y el saco de dormir bajo el brazo. Estaba ajado y mugriento, y Ginny le sugirió que comprasen uno nuevo. Al oírlo, Blue se fue corriendo a regalarle el saco a su amigo, un gesto que la conmovió, pues el otro chaval lo aceptó agradecido.

A continuación regresaron al apartamento y se pusieron a trabajar. Ginny encendió la lámpara de techo y echó un vistazo a los rótulos de las cajas. Hasta entonces no se había tomado la molestia de mirarlos y de pronto se dio cuenta de la cantidad de objetos cargados de valor sentimental que contenían las cajas. En unas ponía «Fotos del bebé», en otra «Boda», pero también había cajas, embaladas por Becky, que no tenían ningún rótulo en absoluto. Empezó por esas. Fue un impacto ver fotos de ella, Chris y Mark en marcos de plata, junto con adornos del salón de su casa, algunos de los cuales habían sido regalos de boda. Eran cosas que Becky había considerado que su hermana quizá querría volver a usar. Había un juego precioso de tocador, con cepillos y peines antiguos de carey, que le había regalado Mark un año por su cumpleaños; libros encuadernados en piel que le había regalado ella a él y una caja con los osos de peluche y los juguetes favoritos de Chris, que la dejó muda al abrirla y que cerró inmediatamente. Aún le dolía ver algunas cosas, incluso al cabo del tiempo. En el pasillo de la entrada había un armario vacío que no había utilizado nunca, y se le ocurrió guardar allí todo lo que no fuera a usar o que conservara únicamente por su valor sentimental, como las fotos de su hijo de bebé o el álbum de la boda. No obstante, se alegró de volver a ver otras muchas cosas. Becky había elegido bien.

A primera hora de la tarde, habían terminado de revisar las cajas, y Ginny decidió que, entre otras cosas, compraría una estantería para sus libros favoritos. Había sacado bastantes fotografías enmarcadas y las había colocado en el salón. Notaba que podían volver a formar parte de su decorado vital. La presencia entusiasta de Blue actuaba de amortiguador frente a los sentimientos de soledad y tristeza que tenía al contemplarlas. Él cogió cada fotografía con cuidado y observó con sumo interés las caras de Mark y de Chris, como si quisiera conocerlos a través de aquellas imágenes fijas.

—Era muy mono —comentó en voz baja, al depositar delicadamente una fotografía de Chris en la mesa de ella.

—Sí que lo era —coincidió Ginny con lágrimas en los ojos. Y cuando se dio la vuelta, Blue le dio unas palmadas suaves en el hombro y ella se volvió para sonreírle mientras las lágrimas le rodaban por las mejillas—. Gracias. Estoy bien. A menudo los echo mucho de menos, nada más. Por eso me marcho una y otra vez a sitios disparatados como Afganistán o África. Allí no tengo tiempo para pensar.

Blue asintió como si la entendiese. Él tenía su propio modo de huir de los recuerdos, como dejar colgados los estudios y escapar de todo. Pero los dos sabían que nunca se puede correr tan lejos ni tan rápido como para alejarse totalmente del dolor. Siempre espera a la vuelta de la esquina, y un sonido, un aroma o un recuerdo son capaces de recordártelo.

Miró entonces la hora en su reloj y decidió que aún tenían tiempo de acercarse al centro de la ciudad. Tenía claro qué necesitaban y había medido la habitación. Había espacio para una cama individual, una mesa de estudio, una cómoda y una silla. También quería comprar una estantería, aparte de cualquier otra cosa que pudiera interesarlos. El sitio al que quería ir estaba en el Lower East Side.

—¿Y cómo vamos a traerlo todo desde la otra punta de la ciudad? —preguntó Blue preocupado.

Ella sonrió.

—Te lo traen a asa —respondió muy seria, y él se rio.

Habían pasado un mal trago mirando el contenido de las cajas de Ginny, y a Blue no le gustaba nada verla llorar, pero también pareció alegrarse de encontrar muchos de sus objetos de antes.

En cuanto llegaron a la tienda, se afanaron en buscar cosas nuevas. Ginny encontró una estantería que parecía antigua y que le gustó para el salón, y compró una mesa de trabajo nueva para sustituir la que tenía, tan fea. En cuanto a la mesa de comedor, la suya era medianamente aceptable, pero compró cuatro sillas a juego, además de un sillón de cuero algo gastado que iría bien con el reclinable. No había comprado tal cantidad de muebles de una tacada desde que decoraron la casa de Beverly Hills, y aunque eso apenas representaba una mínima parte de todo lo que había tenido en aquel entonces, en su vida actual no necesitaba más. A continuación echaron un vistazo a los muebles de dormitorio para Blue. Él se quedó plantado, como paralizado, mientras miraba a su alrededor.

—¿Cómo te gustan? ¿De estilo antiguo? ¿Moderno? ¿Blancos? ¿Con acabado de madera? —A Ginny la conmovía verlo así de abrumado.

El chico se acercó casi de inmediato a un conjunto de estilo masculino, pintado de color azul marino. Se componía de una mesa de estudio, una cajonera y un cabecero para la cama. Luego se le iluminó el rostro cuando vio una silla de cuero rojo. Ginny eligió un par de lámparas para completar el conjunto y una alfombra roja para el suelo, pequeña, a juego con la silla. La combinación de todos esos elementos daba como resultado un conjunto propio de una habitación seria pero juvenil. Tenía el aire adecuado para un chico de su edad.

Ella tenía varias láminas y pósters en las cajas, de su antigua cocina, que quería colgar en las paredes. Y los almohadones de pelo que había salvado Becky para ella iban a quedar genial en el sofá nuevo. En el salón predominarían los tonos beis y grisáceo. En cuanto a su dormitorio, había decidido no tocar nada, ya que los muebles estaban en condiciones aceptables y era todo blanco. En el suelo pondría una alfombra mongola de pelo de cordero, también blanca, que había encontrado en una caja. El apartamento entero iba a sufrir una verdadera transformación. Pagó la compra y quedó con el encargado en que se la entregarían al día siguiente, y por una cantidad extra se llevarían lo que ya no quisiera, que era la mayor parte de lo que tenía. Había sido un día muy productivo.

Después de la expedición a la tienda, pararon en China-town y pidieron una cena riquísima en un restaurante que a ella le encantaba. Luego regresaron al apartamento. Cuando llegaron a casa, Blue quería ver una película en la tele, pero Ginny le recordó que tenía clase al día siguiente. Él protestó con un gruñido, aunque luego, al ver la mirada de ella, levantó las palmas de las manos en señal de rendición.

—Vale, vale, lo sé.

Cuando se acostó en el sofá, después de que ella volviese a preparárselo para dormir, Ginny le dijo que se despidiera de él, porque al día siguiente, cuando volviese de la escuela, habría desaparecido.

A la mañana siguiente, Blue arrastraba los pies, pero se marchó. Y Ginny aprovechó la espera de la entrega de los muebles para imprimir la solicitud de inscripción en el instituto LaGuardia Arts, siguiendo las indicaciones que le habían dado. Leyó el impreso atentamente y de nuevo vio que Blue tendría que hacer una audición. Ya habían pasado varios meses desde que cerraran los plazos de presentación de solicitudes, pero si le permitían presentarse y hacer la prueba, tendría opciones. El director del centro, con quien había hablado Ginny, había dicho que podrían hacer una excepción con él en relación con las fechas de presentación, pero que no podían hacer nada si los resultados de la prueba de acceso y de la audición no eran buenos. Tenía que cumplir los requisitos como todo el mundo, y a Ginny le pareció justo. Dejó el impreso encima de la mesa y mandó un correo electrónico a Charlene para decirle que su sobrino había vuelto a vivir con ella, solo para que estuviera al corriente.

En cuanto llegaron los muebles, Ginny se afanó en indicar a los transportistas dónde había que colocarlos y los vio llevarse los trastos viejos. Una vez que todas las piezas estuvieron en su sitio, el efecto de conjunto parecía cosa de magia. Cuando los hombres se marcharon, puso los almohadones de pelo en el sofá gris, que quedó perfecto, y la alfombra de borrego en su cuarto. Tenía además unos cojines de terciopelo que puso también en el sofá, así como uno muy suave, de moer beis, que colocó en el sillón de piel. Sacó más fotografías, de sus padres, de Becky, de Mark y de Chris, y las puso por el salón. También colgó algunas artísticas y pósters. El baúl que usaba como mesa de centro, con sus viejas pegatinas de viajes, seguía quedando bien, y dejó encima unas cuantas revistas. Las cuatro sillas nuevas para la mesa de comedor supusieron una mejora impresionante. Finalmente llenó la estantería con sus libros.

A continuación se encargó de la habitación de Blue. Todos los muebles nuevos de color azul oscuro eran una preciosidad, y la alfombra y la silla rojas le daban el toque justo de color. Colgó en las paredes del cuarto del chico tres carteles de vivos colores, enchufó las lámparas recién compradas e hizo la cama. Esa misma tarde, el apartamento parecía un lugar completamente distinto.

Cuando Blue volvió de clase, lo hizo pasar y al chico se le abrieron los ojos como platos.

—¡Hala! Pero ¿de quién es esta casa? Se parece a las que salen en esos programas de decoración donde los dueños se van de la vivienda y llega un decorador y lo cambia todo y lo deja como nuevo, y al final acaban todos llorando cuando ven cómo ha quedado.

—Gracias, Blue —contestó ella, conmovida por sus palabras.

Luego fue a ver su cuarto y se hizo el silencio. Ginny se asomó por la puerta y vio que se había quedado parado en el centro de la habitación, mirándolo todo sin poder creérselo. Los pósters que había colgado en las paredes quedaban genial, las lámparas estaban encendidas y la cama tenía sábanas limpias, una manta y una colcha, esperándolo. Entonces se dio la vuelta para mirarla.

—¿Por qué has hecho esto por mí? —preguntó, comprendiendo de pronto el gran esfuerzo que había hecho ella.

En la tienda de muebles todo aquello le había parecido diferente. Allí era como un hogar en el que vivía con ella, al menos de momento.

—Te lo mereces, Blue —respondió Ginny en voz baja, dándole unas palmadas en el hombro como había hecho él para consolarla el día anterior—. Te mereces una vida alucinante.

Él había mejorado la de ella de manera inconmensurable y ella también había conseguido un hogar, no solo un apartamento lleno de muebles feos que no pegaban ni con cola, un sitio en el que se limitaba a pasar los días entre viaje y viaje. Había tardado tres años en abrir unas cajas repletas de objetos familiares. Blue le había insuflado la fuerza necesaria para hacerlo y había sido su inspiración. Algunas cosas seguían causándole dolor al verlas, pero había logrado sacar la cantidad adecuada de fotografías sin que la embargase la emoción. Y estaba preparada para vivir con ellas de nuevo.

Esa noche hicieron la cena entre los dos. Ginny puso unos candelabros en la mesa y encendió las velas. Y después enseñó a Blue la solicitud de inscripción en LaGuardia Arts. Él ojeó los papeles con gesto inquieto.

—No creo que consiga entrar —dijo con aire derrotado mientras pasaba las hojas.

—¿No será mejor que lo decidan ellos? —respondió ella con calma.

Esa misma tarde había vuelto a hablar con el centro y estaban dispuestos a dejarlo presentarse y hacer las pruebas fuera de plazo. Era una oportunidad extraordinaria. No lo presionó; tampoco quería agobiarlo. Después de cenar, Blue tenía que hacer deberes. Lo dejó con sus tareas mientras ella se ocupaba de los platos y reflexionaba acerca del giro radical que había dado su vida desde que Blue había entrado en ella. Luego, cuando se secaba las manos con el trapo en la cocina, miró hacia el comedor y lo vio trabajando en la mesa del salón con la cabeza inclinada sobre los libros. Los muebles nuevos quedaban perfectos y toda la estancia había cobrado un aspecto hogareño. Mientras la observaba, admirada, él levantó la vista hacia ella y sonrió.

—¿Qué miras? —le preguntó, cohibido de pronto.

—Ha quedado bonito, ¿eh?

Era genial tener a alguien con quien hablar, con quien compartir cosas y hacer planes. Sus vidas se habían cruzado en el instante oportuno, tanto para ella como para él. Ginny no había pensado ni una sola vez en tirarse al río desde aquella horrible noche del aniversario, la noche anterior a Nochebuena, y en ese momento tenía objetos personales repartidos por todo el apartamento y a un adolescente que la necesitaba y que, por encima de todo, necesitaba que le dieran una oportunidad y que se merecía poder arrancar con buen pie en la vida. Lo único que podía hacer ella era esperar ser esa oportunidad. Solo de pensarlo, su propia vida ya cobraba sentido.

Volvió a dejar el trapo de cocina en su gancho y apagó la luz. Y Blue prosiguió con los deberes. Esa noche durmió por primera vez en su propia cama. Ginny estaba a punto de quedarse dormida cuando él aporreó la pared. Saltó de la cama, preguntándose si había ocurrido algo, y entonces lo oyó gritar:

—¡Gracias, Ginny!

Sonrió y volvió a sentarse en la cama.

—De nada. ¡Que duermas bien! —respondió, y se metió entre las sábanas con una sonrisa en el rostro.

8

Les llevó su tiempo reunir todos los documentos de su expediente académico y las recomendaciones que necesitaba, pero Ginny y Blue finalmente rellenaron la solicitud de LaGuardia Arts para el curso siguiente, a la que adjuntaron una redacción en la que el chico explicaba por qué era tan importante para él. Al día siguiente, Ginny lo entregó todo en persona en la secretaría. Le dieron día y hora para la audición, la semana siguiente. Blue estaba muy nervioso. Ella estaba haciendo todo lo posible por tranquilizarlo para que no se bloquease por culpa del pánico, y le prometió que lo acompañaría. Había llamado al subdirector del colegio para disculparse de mil maneras en nombre de Blue y explicarle su situación doméstica. Le habló también de la solicitud de ingreso en LaGuardia Arts y prácticamente le suplicó que hiciese lo que estuviera en su mano para ayudar a Blue a entrar. El subdirector respondió que no sería fácil, teniendo en cuenta la cantidad de faltas de asistencia que acumulaba, pero reconoció que sus notas eran buenas y que era un alumno capaz. El hombre redactó una recomendación muy buena en ese sentido. Aseguró a Ginny que si las calificaciones de Blue no bajaban en los exámenes finales y presentaba los trabajos que le quedaban, se graduaría en junio. Ginny recalcó al chico lo importante que era eso si quería entrar en LaGuardia, un instituto mucho más divertido e interesante que uno normal y corriente.

Iban hablando del tema mientras andaban por la calle, y ella le preguntó qué trabajos del trimestre tenía pendientes. De pronto se había convertido en la madre sustituta de un adolescente, con todo lo que eso entrañaba. De cualquier modo, era un trabajo a tiempo parcial, ya que pasaba fuera tres de cada cuatro meses y solo lo tendría en casa durante cuatro meses y medio al año. Aun así, suponía todo un proceso de aprendizaje para ambos.

Pasaban por delante de una iglesia, y ella entró, como solía hacer. Le gustaba encender unas velas por Chris y Mark. Blue la esperó fuera pacientemente. Él no tenía la menor intención de pisar la iglesia. Y esta vez, al salir Ginny vio que el chico parecía molesto.

—¿Por qué lo haces? Solo sirve para dar dinero a los curas, y son todos un hatajo de ladrones y mentirosos. No necesitan el dinero. —Su tono era áspero.

—Me siento bien haciéndolo —se limitó a responder ella—. No estoy rezando a los curas. Me reconforta encender unas velas. Llevo haciéndolo desde que era una niña. —Continuaron caminando, pero él no comentó nada más, y Ginny se armó de valor y le preguntó por ese desprecio que sentía hacia los sacerdotes, las iglesias y todo lo que oliese a religión. Era evidente el enojo que le producía y en ocasiones su odio a los curas era exacerbado. Sabía que su madre había cantado en un coro, de modo que la religión no podía resultarle del todo ajena—. ¿Por qué odias tanto a los curas, Blue?

—Porque sí. Son malos. Hacen creer a todo el mundo que son buenos, pero no es verdad.

—¿Como quién? —Lo veía tan convencido que despertó su curiosidad—. ¿Conociste a algún cura malo cuando eras pequeño? —Se preguntó si quizá tenía algo que ver con la muerte de su madre.

—Sí, el padre Teddy —respondió con un gesto furibundo que la sorprendió—. Es el cura de la parroquia de mi tía. Jugaba conmigo en el sótano.

Ginny estuvo a punto de dar un traspié cuando lo dijo. Evitó poner cara de susto o transmitirle alarma.

—¿Qué quieres decir con que jugaba contigo? —Trató de adoptar un tono neutro, pero de repente se le encendió una luz roja en el cerebro. Y el hecho de que él hubiese sacado el tema era una muestra de la confianza que tenía en ella.

—Me besaba —dijo Blue, mirándola a la cara con aquellos ojos azules que le llegaban al alma—. Y me obligaba a besarlo a él, encima. Me decía que a Dios le gustaría y que quería que lo hiciese.

—¿Cuántos años tenías?

—No lo sé. Fue después de que muriera mi madre, nueve o diez quizá. Me dejaba tocar el piano que tenían en el sótano para las reuniones de la parroquia, pero me avisó de que si se lo contaba a alguien se metería en un lío, así que tenía que mantenerlo en secreto. No podía decirle a nadie que me dejaba bajar. A veces me pasaba toda la tarde tocando. Era cuando me obligaba a besarlo. Creo que habría hecho cualquier cosa con tal de poder tocar aquel piano. A veces se sentaba conmigo en el banco, y una vez me besó en el cuello y luego me... ya sabes... hizo cosas... que yo no quería, pero él me dijo que no podría volver nunca si no le dejaba.

Ginny notó que empezaba a marearse al intentar armarse de valor. La imagen mental de la escena que estaba describiendo Blue le revolvió las tripas. Quería hacerle una pregunta vital, pero no sabía cómo formularla de una manera que no se sintiera avergonzado.

—¿Él...? ¿Tú lo hiciste con él? —preguntó, procurando parecer lo más afable posible, que no se sintiera juzgado, al tiempo que crecía su rabia hacia el sacerdote que había sido capaz de hacerle aquello, de abusar de un niño.

Blue negó con la cabeza.

—No, no lo hice. Creo que él quería. Pero dejé de bajar al sótano antes de que me obligara. Solo me tocó, unas cuantas veces... ya sabes... ahí... y me metía las manos por dentro de los pantalones mientras yo tocaba. Decía que no era su intención, pero que tocaba tan bien el piano que lo tentaba. Decía que era culpa mía y que, si se lo contaba a alguien, me metería en un buen lío, por ir por ahí tentando a los curas de esa manera. Decía que hasta podía ir a la cárcel como mi padre. Me metía miedo.

»Yo no pretendía tentarlo ni tener problemas con Dios o ir a la cárcel. Por eso dejé de bajar a tocar el piano. Después de misa, me susurraba cosas y me pedía que bajase, pero yo no fui nunca más. Él venía a visitar a mi tía los domingos después de misa. Ella pensaba que era lo mejor que le había pasado en la vida y que era un santo.

—¿Nunca le contaste lo que te hacía?

—Una vez lo intenté... Le conté que me besaba, pero ella dijo que yo era un mentiroso y que iría al infierno por decir cosas malas del padre Teddy. Entre el infierno y la cárcel, nunca le conté el resto. De todos modos, tampoco me habría creído. No se lo he contado a nadie, solo a ti. —Él notaba que Ginny confiaba plenamente en él y se había sentido bien revelándole el secreto que llevaba cuatro años guardando.

—Blue, eres consciente de que lo que hizo ese hombre estaba mal, ¿verdad? Que es él quien obró mal y que tú no tenías la culpa de nada. Que tú no le «tentaste». Ese hombre es un pervertido y quería culparte a ti de lo que hacía él.

—Sí, lo sé —respondió Blue mirándola con intensidad a los ojos, con cara de niño otra vez—. Por eso es por lo que te he dicho que los curas son unos mentirosos y unos ladrones. Yo creo que solo me dejaba tocar el piano para poder hacerme esas cosas.

Había acertado de lleno, pensó Ginny. Todo había sido una trampa asquerosa para seducir a una criatura inocente y un abuso total de su posición de confianza en la vida del niño. Ponía los pelos de punta. Daba gracias por que no lo hubiese violado. Habría podido hacerlo fácilmente en el sótano de la iglesia, donde no los veía nadie. De pronto se le ocurrió que tal vez otros niños de la parroquia no hubieran tenido la misma suerte. Gracias a Dios que la atracción que ejercía el piano sobre Blue no había sido tan fuerte como para que el cura hubiera llevado aquel abuso más lejos. Y esperó, por el bien de Blue, que esa parte fuera cierta.

—Blue, ese hombre es una persona horrible. La gente va a la cárcel por cosas como esas.

—Qué va, al padre Teddy nunca lo van a meter en la cárcel. Todo el mundo lo quiere, incluida Charlene. Los domingos, cuando él se presentaba en su casa, yo siempre me marchaba. Prefería no estar cerca de él. Y cada vez que Charlene iba a la iglesia, yo le decía que estaba malo. Al cabo de un tiempo, dejó de pedirme que fuera con ella y me dejaba quedarme en casa sin decir nada. No he vuelto a misa y no pienso volver. Es un viejo verde asqueroso. —Su recuerdo le producía escalofríos.

—Cuánto lo siento, Blue. —Y entonces añadió—: No está bien que nadie lo sepa. ¿Y si se lo hace a otros?

—Probablemente ya lo haya hecho. Jimmy Ewald decía que él también lo odiaba. Nunca le pregunté por qué, pero me lo imagino. Él tenía doce años y era monaguillo, y su madre también quería mucho al padre Teddy. Todo el mundo lo quería. Ella solía hacerle bizcochos. Charlene siempre le daba dinero, y eso que lo necesitaba para sus hijos. De verdad que es un mal tipo.

Después de lo que acababa de contarle, a Ginny le pareció que se quedaba corto.

Ginny guardó silencio durante el resto del camino de vuelta al apartamento, pensando en lo que acababa de escuchar. No quería disgustarlo más haciéndole preguntas ni que él se sintiera avergonzado por habérselo contado. Pero imaginarlo como un crío de nueve o diez años del que había abusado un cura la había afectado profundamente. Eran cosas que se leían en los periódicos, pero que nunca pensó que podrían sucederle a alguien que conocía. Blue se había hallado en una situación de vulnerabilidad: su madre había muerto, su padre estaba en la cárcel, y su tía estaba obnubilada por completo con el retorcido cura. No era de extrañar que Blue se negase a pisar una iglesia. A la vez, la emocionaba profundamente que hubiese confiado en ella para contárselo. Quería hacer algo al respecto, pero no sabía ni por dónde empezar ni si en realidad era buena idea. Solo esperaba que le hubiese contado todo y que el sacerdote no lo hubiese sodomizado. La posibilidad hizo que sintiera náuseas. Esperaba de verdad que no hubiese sido el caso. Lo que le había contado era, ya por sí solo, bastante terrible y podía dejarle secuelas psicológicas de por vida. El pobre había sufrido mucho. Y su confianza en ella le pareció en ese instante un regalo aún más grande.

Ginny preparó la cena. Después, Blue se puso con uno de los trabajos que tenía pendientes, sobre el impacto de la publicidad en los niños cuando ven la televisión, para la asignatura de sociales, mientras Ginny fingía leer un libro, aunque no podía pensar en otra cosa que no fuera lo que Blue le había contado esa tarde sobre «el padre Teddy». Una y otra vez le venían a la mente imágenes de Blue en el sótano de una iglesia, tocando el piano, el cura con las manos metidas en los pantalones del niño, culpándolo por «provocarle tentaciones», y amenazándolo con la cárcel.

Esa noche apenas pegó ojo. Cada dos por tres la asaltaba ese tipo de pensamientos. Blue no había vuelto a mencionar el tema por la noche y ella se preguntó si tampoco él podría apartarlo de su mente, si tendría pesadillas. Cuando se lo contó, le había parecido que estaba enfadado pero sereno.

A la mañana siguiente, después de que Blue se fuera al colegio, Ginny se quedó un rato mirando por la ventana del apartamento, absorta en sus pensamientos. Había alguien a quien quería llamar, simplemente para hablar con él de todo aquello. Era Kevin Callaghan, un viejo compañero de su época como periodista de informativos. Se conocían desde hacía años y habían sido muy buenos amigos. Pero cuando murieron Mark y Chris y se mudó a Nueva York, Ginny había cortado lazos con él, al igual que con el resto de sus amistades y conocidos. No quería tener ningún vínculo con el pasado, y hacía más de tres años que no hablaban. Sin embargo, se moría por llamarlo. Era el mejor periodista de investigación del gremio. Si había alguien que supiera lo que podía hacerse, cómo habían sobrellevado semejante situación otras personas y cuál era el procedimiento a seguir, esa persona era él. Y sabría cuáles podían ser las secuelas que algo así dejaría en Blue. Ginny no deseaba hacer nada que pudiera herirlo, pero le parecía una injusticia tan clamorosa que alguien explotara de esa manera a una criatura que le daban ganas de denunciar al cura en nombre de Blue. No sabía si sería lo más acertado. Pero, hasta que supiera más, no quería contarle nada de nada al chico.

Esperó a que fuese mediodía en Nueva York, las nueve de la mañana en Los Ángeles. A esa hora Kevin estaría en la redacción, si no andaba por ahí recabando información para alguna noticia. Los sucesos criminales eran su especialidad, y Ginny tuvo la sensación de que estaría al día en lo referente a curas que habían cometido abusos sexuales contra menores. La conversación iba a costarle unas cuantas lágrimas, pues Mark y él habían sido uña y carne. Cuando respondió a su llamada telefónica y Ginny oyó su voz, le temblaban las manos.

—¿Kev? Soy Ginny —dijo con voz ronca. Tenía un nudo en la garganta.

Él respondió con un largo silencio.

—¿Ginny qué más? —No la había reconocido por la voz. Además, después de tanto tiempo, lo último que imaginaba era tener noticias suyas.

—Ginny Carter. Qué bonito que no te acuerdes —bromeó.

Y al enterarse de quién era, Kevin soltó una exclamación.

—¡Qué bonito que no me hayas llamado en tres años, ni

me hayas devuelto las llamadas ni hayas respondido mis mensajes de correo y de móvil!

Había pasado un año tratando de comunicarse con ella y al final se había dado por vencido. Había contactado con su hermana para averiguar cómo se encontraba, y Becky le había dicho que era una zombi, que no hablaba con nadie, que había cortado con todo el mundo y que trabajaba con SOS/HR en los lugares más espantosos del planeta con la idea de que la mataran (era como Becky veía la situación). Él se había quedado preocupado, pese a que admiraba lo que hacía. Le había enviado varios e-mails, uno de ellos concretamente el día del primer aniversario de la tragedia, pero como Ginny no había contestado a nada de lo que él le escribía, ya no había vuelto a hacerlo. Pensó que si alguna vez quería hablar con él, lo llamaría. Sin embargo, hacía dos años que había dejado de albergar esperanzas. Y de repente ahí estaba.

—Perdóname —dijo Ginny arrepentida. Volver a oír su voz la conmovía, era un poco como conectar con Mark, pues los dos hombres habían sido grandes amigos. Por eso nunca contestaba, porque le dolía demasiado. Pero en ese caso era diferente, lo hacía por Blue—. Llevo los últimos tres años tratando de olvidar quién fui. Hasta ahora me había dado resultado —le confesó con sinceridad. Ya no era la mujer ni la madre de nadie y, a su modo de ver, sin ellos carecía de identidad. No era más que una defensora de los derechos humanos a la que enviaban de misión en misión a los rincones del mundo más dejados de la mano de Dios. Se sentía como un espectro de la persona que había sido—. Pero te he echado de menos —añadió en voz baja—. A veces, desde la cima de alguna montaña, me acuerdo de ti y te mando buenas vibraciones. He estado en algunos lugares alucinantes. Nunca creí que fuese capaz, pero da sentido a mi vida. —Nada más había vuelto a darle sentido, hasta que apareció Blue—. No me reconocerías, no llevo maquillaje ni me arreglo el pelo desde hace tres años. —Salvo para la sesión de la subcomisión del Senado, en la que se calzó zapatos de tacón alto. El resto del tiempo iba vestida como una autoestopista y no le importaba lo más mínimo.

—Menuda lástima —se lamentó él—. Siempre has sido preciosa. Seguro que sigues siéndolo.

—No es lo mismo, Kev —respondió con las emociones a flor de piel—. Todo es diferente. Pero es lo que hay. —Había hecho de tripas corazón y ayudaba a los necesitados. Y pensaba que Kevin sería una de las contadas personas que lo entenderían, a diferencia de su hermana, para quien Ginny era un misterio y tal vez lo hubiera sido siempre. Eso era lo que empezaba a creer.

—¿Te va bien? —le preguntó él con suavidad—. Te diría que me llamases por Skype, pero seguramente acabaría llorando. Yo también te he echado de menos. Ya no es como en los viejos tiempos, cuando estábamos los tres juntos. —Había mantenido varias relaciones apasionadas y había vivido con un par de mujeres, pero no se había casado. Y Ginny cayó en la cuenta de que ya tendría cuarenta y cuatro años.

—Sí, me va bien —respondió a su pregunta—. ¿Todavía no te has casado?

—Bah, me parece que he perdido el tren. Me siento demasiado a gusto tal como estoy. Pero parece que mis novias son cada vez más jóvenes. La última tenía veintidós años; era la chica del tiempo de otra cadena, recién salida de la Universidad del Sur de California. Me da un poco de vergüenza, pero me lo paso demasiado bien para dejarlo. —Era un hombre muy guapo, y las mujeres caían rendidas a sus pies. Mark y ella solían bromear con él al respecto—. Bueno, ¿y qué te ha hecho caer del cielo? —le preguntó por último—. ¿Solo querías saludar?

No era tonto y sospechaba que su llamada escondía algún motivo concreto. Ginny siempre había sido una persona increíblemente profesional y muy centrada, incluso cuando estaban pasándolo bien.

—Pues digamos que me encuentro en una situación interesante —reconoció—. Tengo a un muchacho adoptado de forma extraoficial. Bueno, no exactamente. Nuestras vidas se cruzaron hace unos meses y supongo que podría decirse que estoy ejerciendo de mentora. Es un chico sin hogar, huérfano. Tiene trece años. Ahora mismo se aloja en mi casa y hace unos meses también se quedó conmigo. Mi hermana opina que estoy como una cabra, pero es un crío genial, brillante. Estoy tratando de encarrilarlo, de que entre en un instituto. Yo no permanezco mucho tiempo en la ciudad, me paso entre tres y cuatro meses en otros países, trabajando para SOS/HR, y regreso a Nueva York un mes hasta que vuelven a asignarme destino y me marcho otra vez. Mientras estoy aquí, intento hacer todo lo que puedo por él. Es un chico majísimo, de verdad.

Kevin la escuchó con paciencia, intrigado por lo que acababa de contarle. Por un lado, no se la imaginaba acogiendo bajo su techo a un adolescente sin casa ni familia, pero, por otro, se preguntaba si tal vez el hecho de cuidar de otra persona la ayudaría a salir adelante. Había sido una esposa y una madre excelente, y desde entonces era como si hubiese perdido el rumbo.

—Ayer, hablando, me contó algo que me dejó de piedra. En los últimos años han salido muchas historias así en la prensa, todos las hemos leído. No es nada nuevo. Pero este chico me importa mucho, de veras. Cuando tenía nueve años, un cura abusó de él. Parece de película, pero en este caso es peor, porque ocurrió de verdad. Un sótano oscuro, el cura dejándole tocar el piano para engatusarlo y que fuese a su iglesia, diciéndole que tenían que mantenerlo en secreto porque si no le buscaría problemas. Se sentaba al lado del muchacho, ante el piano, y le besaba y le metía la mano en los pantalones, para después recriminarle que lo había «tentado», de modo que supuestamente todo era culpa del chico, y lo amenazaba con que lo meterían en la cárcel si se iba de la lengua. Esto para él tenía un gran peso, pues su propio padre cumplía condena por aquel entonces y era huérfano de madre. Mientras tanto, su tía está convencida de que ese sacerdote es un santo. Trató de contárselo a ella, pero no quiso escucharlo. —Era una historia típica, como las que salían a diario en las noticias. Ambos lo sabían bien.

—Santo Dios, cómo odio a esos tíos —dijo Kevin crispado—. Y a mí me parece todavía peor, porque soy católico y de joven conocí a muchos curas como ese. Los curas que hacen esas cosas son como un grano en el culo de la Iglesia. Los aborrezco. Y manchan el nombre de toda la Iglesia. Deberían expulsarlos del sacerdocio y meterlos a todos en la cárcel, en lugar de protegerlos. —También en las noticias se había hablado mucho de esto, de casos en los que los delitos de los sacerdotes se veían tapados por sus superiores y por las diferentes congregaciones. El instinto le había dictado a Ginny que Kevin sería la persona indicada con quien hablar, y asimismo le ofrecía la oportunidad de recuperar el contacto con él—. ¿Violó al niño? —preguntó Kevin, intrigado por la historia y contento de hablar con ella de nuevo.

—No creo. Blue dice que no, pero ¿quién sabe? Es posible que haya reprimido el recuerdo. Era muy pequeño.

—Tienes que llevarlo a que lo examine un psiquiatra, a ver qué te dice. Puede que descubra algo mediante hipnosis. Si el chico tuvo suerte, la cosa no pasó de un beso y una mano en los pantalones. Es una violación absoluta de la confianza, por no hablar de delito de abuso sexual a menores.

La reacción de Kevin era tan vehemente como había sido la de Ginny. Le quitó un peso de encima hablarlo con él, pues venía a confirmar todo lo que ella misma había presentido.

—No sé qué hacer, Kev, ni por dónde empezar. ¿Con quién tendría que hablar? ¿A quién acudo? ¿O lo dejo estar? Si denunciamos al cura, ¿empeorará las cosas para Blue? ¿O es mejor castigar al que comete los abusos? Me he pasado toda la noche dándole vueltas.

—Entiendo que Blue es el nombre del chico...

—Sí. Tiene unos ojos azules de infarto.

—Pues igual que tú —dijo él con afecto. Siempre le había gustado mucho Ginny, pero jamás habría dado ningún paso, era la mujer de su mejor amigo. En ese momento, aunque todo era distinto, para él estaba fuera de su alcance. Tirarle los tejos, incluso tres años después, le habría parecido una falta de respeto hacia Mark—. Si te soy sincero, desconozco el procedimiento —reconoció—. Estoy al tanto de las noticias, como todo el mundo, pero no sé mucho más. ¿Quieres que indague un poco? Además, así tengo una excusa para volver a hablar contigo —añadió cariñosamente, y ella al oírlo sonrió.

—No volveré a desaparecer —respondió ella en voz baja—. Estoy mejor. Aunque regresaré sobre el terreno en unas semanas. Acabo de volver de Afganistán.

—Joder. Espero que no te encontraras cerca del cooperante al que mató un francotirador hace unas semanas.

—Iba con él por las montañas. Su caballo iba pegado al mío cuando recibió el disparo. Trabajábamos en el mismo campamento.

—Ginny, eso son palabras mayores. No te juegues la vida de esa manera. —Se había puesto serio al oír la respuesta de su amiga y sabía que Mark se habría angustiado terriblemente de haber podido imaginársela en una situación como la que acababa de describir.

—¿Y qué quieres que haga, si no? —repuso ella con toda sinceridad—. Por lo menos este trabajo da sentido a mi vida, soy útil para otras personas.

—Da la impresión de que estás haciendo mucho por ese chico sin hogar. Y no vas a poder ayudarlo si te matan.

—Eso dice él también. Pero me encanta mi trabajo.

Kevin conocía la naturaleza humana y tuvo la fea sensación de que Ginny había estado poniendo en peligro su vida de manera intencionada, tal vez incluso suicida, desde la muerte de su marido y de su hijo. Y sabía que su hermana pensaba lo mismo. Ese fenómeno no era infrecuente, y en ocasiones tenía resultados trágicos.

—Hablaremos de eso otro día —dijo Kevin con actitud práctica—. Quiero indagar acerca de ese cura. ¿Sabes si sigue en la misma parroquia?

—Pues me quedé tan atónita con la historia que no se me ocurrió preguntarle. Podría averiguarlo o preguntárselo a Blue. Puede que no lo sepa. No ha vuelto a la iglesia desde aquello.

—Por mera curiosidad, ¿por qué no averiguas si el tío sigue allí o si lo han trasladado? Es posible que presentaran quejas sobre él. Estaría bien saberlo.

—Blue dice que hay otro chico que lo odia y él cree que es porque le hizo lo mismo que a él. Era mayor, tenía doce años entonces.

—Quédate con todos esos datos y deja que me entere de cuál es el procedimiento que se sigue para denunciar este tipo de hechos. Y, claro, tu chico tiene que estar dispuesto a hacerlo. Muchas víctimas prefieren permanecer en la sombra para siempre y no denunciar. Así es como tipejos de esa calaña consiguen salir impunes. Todo el mundo tiene miedo de agitar las aguas. O, cuando menos, algunas personas; gracias a Dios ya no es «todo el mundo». Te llamo en cuanto sepa algo. Y tú, averigua el paradero del cura.

—Lo haré —prometió ella—. Y, Kev, gracias. De verdad, gracias. Me ha encantado hablar contigo.

—No pienso dejar que vuelvas a desaparecer —la advirtió—, aunque huyas a Afganistán. Pero preferiría que no lo hicieses. Tiene que haber algo igualmente útil que puedas hacer aquí, en lugar de en la otra punta del mundo, donde te expones a que acaben con tu vida.

—Pues la verdad es que no. En los lugares a los que voy nos necesitan muchísimo.

—Nunca pensé que fueses del tipo Madre Teresa. Se te veía

tan glamurosa en pantalla... —Realmente Mark y ella habían sido la pareja de oro de las noticias de la cadena y ella había pasado a moverse por Afganistán a lomos de una mula. Le costaba imaginársela. Aunque parecía comprometida hasta la médula, cosa que lo preocupaba. Trataría de disuadirla, si podía. Sin embargo, sabía lo cabezota que era y dudaba de sus posibilidades de conseguirlo. Oyéndola hablar, daba la impresión de que estaba desempeñando una misión sagrada, y lo mismo con el chico. Kevin admiraba lo que su amiga estaba haciendo por él. Le pareció que tenía razones para indagar, que el chaval merecía resarcirse, que el pederasta debía ser castigado y encarcelado. Esperaba que Ginny llegase hasta el final—. Te llamo en cuanto sepa más. Cuídate. Y pórtate bien hasta entonces.

—Me portaré bien. Te lo prometo. —Cuando colgó, se sentía mejor. Kevin había sido la persona idónea a la que llamar.

Esa noche no le dijo nada a Blue sobre su conversación con él. No quería contarle nada hasta que tuviera datos concretos. Necesitaba averiguar el apellido del padre Teddy y si seguía en la parroquia, pero pensó que, si actuaba con astucia, podrían facilitarle esa información allí mismo. Además, quería verlo con sus propios ojos.

En eso estaba pensando, acostada ya en la cama, cuando sonó el teléfono. Era Becky. Resultaba raro que la llamase tan tarde, era la hora de la cena en California, un momento en el que siempre andaba ajetreada con su marido y los chicos mientras preparaba la cena para todos.

—¿Ha pasado algo?

—Papá se ha caído y se ha roto el brazo —respondió con voz angustiada—. Ha vuelto a perderse. Creo que ya no le hace efecto la medicación. Lo hemos llevado al hospital y el pobre no sabía dónde estaba. Sigue sin saber dónde está. Quizá mañana se encuentre mejor, cuando sea de día. Pero, Ginny, tienes que venir. Papá no va a durar eternamente y está empeorando. Si no vienes ya, si lo dejas para cuando vuelvas de viaje la próxima vez, creo que ya no estará entre nosotros. En cualquier caso, se le habrá ido la cabeza del todo. Aunque ahora mismo no te reconozca, por lo menos se mantiene lúcido parte del tiempo. —Su voz denotaba que estaba desesperada, y Ginny se sintió mal por ella.

—Perdóname, Becky. Haré lo que pueda. Quizá pueda ir este fin de semana. —Lo pensó a toda velocidad. No quería que Blue faltase a clase. No quería hacer nada que pusiera en peligro su graduación en junio. Pero todavía no le había contado a Becky que el chico estaba viviendo otra vez en su apartamento. Tampoco le hacía gracia dejarlo ese fin de semana en Houston Street, pues en breve estaría mucho tiempo lejos de él—. Aunque si voy —añadió—, tendré que ir con una persona.

Su hermana se sobresaltó al otro lado de la línea.

—¿Estás con alguien?

—Sí, pero no en el plan que piensas. Blue se ha venido a vivir conmigo otra vez. Estoy intentando que entre en un instituto muy especial. De hecho, tiene una audición y una entrevista la semana que viene, así que podríamos ir el fin de semana.

—Oh, Dios mío, otra vez no. Por todos los santos, ¿en qué estás pensando? Solo te faltaba meter a un adolescente vagabundo en tu apartamento, o en tu vida.

—Le está yendo muy bien.

—¿Lo tienes en acogida? —No podía entender lo que hacía su hermana. Era como si hubiese perdido la cabeza.

—No, estoy ayudándolo, como mentora. Pero se aloja en mi casa mientras estoy en la ciudad.

La idea resultaba tan ajena para Becky que no entendía una sola palabra, como tampoco entendía absolutamente nada de lo que Ginny estaba haciendo con su vida. Sin embargo, se sentía demasiado cansada para pensar en ello. Bastante tenía con su padre. Y al menos Ginny había accedido a viajar a Los

Ángeles. Ya iba siendo hora. Se alegraba de haberla convencido al fin.

—No quiero abusar de tu hospitalidad —dijo Ginny con respeto—, y menos ahora que vamos a ser dos, así que nos quedaremos en un hotel.

—Seguimos teniendo un cuarto de invitados. Y el chico puede dormir en la habitación de Charlie, si se porta como es debido. —Lo decía como si fuese un salvaje.

Ginny procuró no caer en la provocación.

—Es un niño muy educado. Creo que te gustará. —O al menos eso esperaba. Aunque no estarían más que un par de días: su idea era coger un vuelo el vienes por la tarde después del colegio y regresar el domingo por la noche a última hora para llevar a Blue directamente a clase el lunes a primera hora. Sería un viaje relámpago—. Te mando los datos del vuelo por e-mail —añadió.

Se despidieron al cabo de unos minutos.

Ginny se quedó pensando en todo ello, y en el impacto que supondría ver a su padre afectado por aquella enfermedad. Además, iba a ser la primera vez que viese a Becky y a los suyos desde hacía casi tres años y medio. La ponía nerviosa. Esperaba que todo fuera bien.

Se lo contó a Blue a la mañana siguiente. Al chico le hizo mucha ilusión viajar a California. Ginny le explicó los motivos del viaje, que su padre estaba enfermo y viejo, pero él respondió que estaba deseando conocer a su hermana y a sus hijos. Se lo tomó con tanta alegría que se la contagió a ella.

Después de que él se marchara al colegio, se le ocurrió telefonear a la tía de Blue. Por suerte, se encontraba en casa y respondió al primer tono. Le contó que iba a ir a Los Ángeles y que pensaba llevarse a Blue.

—¿Le importaría firmarme una carta? —le preguntó Ginny—. Es menor de edad, y yo no tengo la custodia. Si alguien de la compañía aérea me pide algún tipo de documentación, no me gustaría que pensasen que lo estoy secuestrando.

—Ningún problema —respondió Charlene con buena disposición, y quedaron en verse de nuevo en el hospital Mount Sinai esa misma noche, como habían hecho para el permiso escolar.

Ginny redactó la carta por ella y resolvieron la cuestión en cuestión de minutos, en la cafetería del hospital.

Entonces Charlene la miró. Seguía sin comprender por qué hacía todo eso por Blue, pero era muy amable de su parte. Sospechaba que, para haberse brindado tan generosamente a acoger a su sobrino en su casa y en su vida, Ginny se sentía muy sola.

—¿Cómo le va? —preguntó la tía de Blue cuando salieron juntas del edificio.

—Pues muy bien —respondió Ginny sonriendo segura—. Se gradúa en junio.

—Si no abandona antes —agregó la otra, con conocimiento de causa. No tenía ninguna confianza en la capacidad de su sobrino para aguantar en el colegio.

—No abandonará —dijo Ginny, mirándola decidida, y las dos se echaron a reír.

Ardía en deseos de preguntarle cómo se apellidaba el padre Teddy, pero no quería despertar sus recelos. En lugar de eso, le preguntó inocentemente cuál era su parroquia y Charlene respondió llena de orgullo que la de St. Francis. Con idea de despistarla y de disimular su interés, le contó que aún no había llevado a Blue a la iglesia pero que seguramente lo llevaría.

—Ni lo sueñe —respondió aquella, que sabía de qué hablaba—. Odia ir a misa. Yo al final lo di por imposible.

Ginny se preguntó si la mujer recordaría que tiempo atrás Blue le había contado que el cura lo había besado. Tuvo la impresión de que se lo había tomado como una chiquillada.

Le dio las gracias por firmar la carta. Charlene regresó a

su trabajo, y Ginny cogió un taxi para volver al apartamento, donde Blue estaba preparándose para acostarse. Ella le había dejado preparada la ropa para el viaje, el día siguiente. Le había comprado unos vaqueros de repuesto, unos pantalones de pinzas de color camel, tres camisas y un cortavientos fino, además de unas Converse de caña alta, ropa interior y calcetines. Quería que se presentase lo mejor vestido posible a ojos de su hermana. No creía que bastase con que llevase zapatillas nuevas, para ganarse a Becky iba a necesitar mucho más que eso. Pero Ginny estaba segura de que Blue se portaría de maravilla y sabría defenderse cuando se hallase con su familia en Los Ángeles. El chico, aunque lamentaba que su padre estuviese enfermo, estaba entusiasmado con el viaje.

—Que duermas bien —le deseó una vez que Blue se hubo acostado, y se inclinó para darle un beso. Acababa de revisar de nuevo su maleta; tenía todo lo que necesitaba, hasta un pijama nuevo.

—Te quiero, Ginny —respondió él en voz baja.

Ginny, sorprendida por aquellas palabras, le sonrió. Hacía tanto tiempo que nadie le decía eso... y menos aún un niño.

—Yo también te quiero a ti —contestó, sonriendo todavía.

Apagó la luz y volvió a su cuarto para hacer su maleta. Cruzó los dedos para que todo saliera bien.

9

El viernes por la tarde, Ginny recogió a Blue a la salida del colegio y se fueron directamente al aeropuerto. Había hablado con Becky esa mañana; su padre se encontraba un poco mejor ese día. Y llevaba la autorización de Charlene en el bolso. Una vez en el aeropuerto, facturó el equipaje y pasaron adentro. Ginny propuso que cruzaran pronto el control de seguridad y compraran unas revistas para entretenerse durante el vuelo.

—¿Se pueden comprar en un aeropuerto? —preguntó Blue con cara de sorpresa.

Ginny se dio cuenta de que no había pisado uno en su vida ni había viajado en avión a ninguna parte. Era la primera vez que el chico salía de la ciudad de Nueva York y los únicos sitios en los que había visto un aeropuerto habían sido en el cine y en la tele.

—Aquí puedes comprar de todo. —Ginny le sonrió.

Estaban en la cola del control de seguridad y ella le dijo que sacase todas las monedas que llevara en los bolsillos y que se quitase el cinturón y las zapatillas. Él además depositó el portátil en una de las bandejas de plástico, mientras Ginny hacía lo propio con el suyo y cogía otra bandeja para el bolso y los zapatos. Entonces, pasaron el control y recogieron sus pertenencias. Blue estaba fascinado con el proceso y lo miraba todo con sumo interés. Aquello constituía una gran aventura para él. A Ginny solo le daba pena no disponer de más días. Le habría gustado enseñarle Los Ángeles. Aunque volver allí le producía cierto desasosiego por los recuerdos que le provocaba el lugar, procuraba centrar la atención en Blue.

Echaron un vistazo en la librería. Ella compró una novela de bolsillo para el viaje y revistas para él, además de chicles y caramelos. Y pararon en una tienda de recuerdos. Blue tenía hambre, después de las clases, así que compraron un perrito caliente y se lo comió antes de embarcar. Ginny nunca había hecho tantas cosas en ningún aeropuerto, de camino a un vuelo. Normalmente iba directa a la puerta de embarque nada más cruzar el control de seguridad y se subía al avión. Pero él quería verlo todo. Cuando embarcaron y ocuparon sus asientos, estaba que no cabía en sí de gozo. Ginny le dejó el asiento de ventanilla para que pudiera ir mirando. Metieron el equipaje de mano en el compartimento superior y se sentaron. Entonces él la miró con cara de nerviosismo.

—No se estrellará el avión, ¿no? —preguntó angustiado.

—No debería —respondió ella, sonriéndole—. Tú piensa en la cantidad de aviones que están despegando y aterrizando ahora mismo, y en los que están volando en todo el mundo. Miles y miles de aviones. ¿Cuándo fue la última vez que oíste hablar de un accidente aéreo?

—No me acuerdo.

—Exacto. Así que yo creo que todo irá bien.

Él pareció quedarse más tranquilo. Ginny le indicó que se abrochara el cinturón y, cuando se enteró de que en el vuelo les darían comida y pondrían una película, Blue se entusiasmó.

—¿Puedo pedir lo que me dé la gana? —preguntó a Ginny.

—Te dan a elegir entre dos o tres opciones. Pero para comer hamburguesa y patatas fritas tendrás que esperar a que lleguemos.

La conmovía ver lo novedoso que era todo para él. Durante el despegue estaba emocionado, y no se asustó cuando el jumbo se separó del suelo de la pista. Se quedó un rato mirando por la ventanilla y luego se puso a leer una revista. Cogió la pantallita de vídeo que le ofreció un asistente de vuelo y seleccionó la película que quería ver; Ginny hizo lo mismo y los dos se pusieron los auriculares. Blue estaba encantado con lo nuevo que era todo. Y cuando le dieron el menú, escogió lo que quiso. Comió mientras seguía viendo la película y después se quedó dormido. Ella lo tapó con la manta. Nadie le pidió la autorización ni le preguntó por qué viajaba con él o si eran parientes.

Lo despertó antes de que aterrizasen en Los Ángeles, para que viera la ciudad desde el aire. Él se maravilló ante el despliegue de luces y piscinas que veía a sus pies, y siguió así cuando el enorme avión tocó tierra, rebotó con suavidad y se deslizó por la pista hasta la terminal. Blue acababa de vivir el primer vuelo de su vida. Ella le sonreía feliz. Casi había olvidado el motivo del viaje, que no era otro que ver a su padre, posiblemente por última vez. Era como si acabase de regresar a casa, incluso después de tanto tiempo viviendo lejos de allí. Se dio cuenta entonces de que Los Ángeles sería siempre su hogar.

—Bienvenido a Los Ángeles —dijo mientras se incorporaban a la fila de gente que abarrotaba el pasillo para bajar.

Poco después ya estaban en la terminal, camino de la zona de recogida de equipajes. Le había dicho a su hermana que alquilaría un coche en el aeropuerto para que no tuviera que ir a buscarla. Y, mientras estaban en el mostrador del alquiler de vehículos, cruzó los dedos para que Becky y su familia se mostrasen amables con Blue. No quería que el chico lo pasara mal o que estuviera incómodo con los hijos de su hermana. Su vida había sido totalmente diferente de la de ellos. Eran la típica familia de zona residencial: la madre, el padre, la casa con piscina, los dos coches y los tres hijos. No habían sufrido un solo revés en la vida. Los chicos eran buenos estudiantes, y a Charlie, el mayor, acababan de aceptarlo en la UCLA, la Universidad de California en Los Ángeles. La menor, Lizzie, tenía la misma edad que Blue. A pesar de que Ginny imaginaba que Blue no tenía nada que ver con los hijos de su hermana, al menos esperaba que fuesen educados con él.

La empresa de alquiler le proporcionó un flamante todoterreno urbano. Blue estaba encantado. Se metieron por la autovía en dirección a Pasadena. El vuelo que habían cogido en Nueva York había salido a las cinco de la tarde y, con la diferencia horaria, eran las ocho en Los Ángeles, hora en la que la gente volvía a casa o salía a cenar, a tomar algo la noche del viernes, o bien regresaba tarde del trabajo. Había un tráfico espantoso, y la temperatura era de casi veintisiete grados. Blue estaba feliz y contento, sonriendo de oreja a oreja.

—Gracias por traerme contigo —le dijo, mirándola cohibido—. Creí que me dejarías el fin de semana en Houston Street. —Se alegraba muchísimo de que no lo hubiese hecho y se sentía agradecido por todo lo que hacía por él.

—Pensé que lo pasarías bien aquí, aunque yo tenga que estar con mi padre. De todas formas el pobre duerme un montón, así que podremos dar alguna vuelta con el coche para que veas Los Ángeles —explicó Ginny.

A donde no iría sería a Beverly Hills. No quería acercarse por allí ni ver la calle en la que habían vivido. No quería ver nada que le recordase la vida que había vivido allí, la vida que había dejado atrás hacía más de tres años.

—¿A qué te dedicabas cuando vivías aquí? —le preguntó con interés.

Nunca le había preguntado por su pasado, sabía que era un tema delicado para ella. Jamás hablaba de Mark o de Chris, salvo que ella los hubiese mencionado antes, cosa que casi nunca hacía salvo de pasada a través algún recuerdo o por algo que hubiese dicho uno u otro.

—Pues era periodista de televisión —respondió. Avanzaban a paso de tortuga en medio del tráfico.

—¿Salías por la tele? —La miró atónito mientras ella asentía con la cabeza—. ¡Vaya! Eras famosa. ¿Eras la que hablaba en la mesa o te tocaba hablar desde la calle mientras llovía a mares y el paraguas se te ponía del revés y entonces se perdía la señal de audio?

Ginny se rio con su descripción, que hasta a ella le pareció acertada.

—Pues las dos cosas. A veces informaba desde el estudio, con Mark. Él era el que presentaba desde la mesa todos los días. Y a veces me tocaba informar desde algún lugar en medio de una lluvia torrencial. Menos mal que por aquí no llueve mucho. —Le sonrió.

—¿Molaba?

Ginny meditó la respuesta y a continuación movió la cabeza afirmativamente.

—La mayor parte del tiempo, sí. Era divertido trabajar con Mark. La gente se ponía nerviosa cuando íbamos juntos a alguna parte y lo reconocían.

—¿Y por qué lo dejaste? —Blue observaba su rostro mientras la escuchaba, y ella le miró un instante.

—Ya no iba a ser divertido sin él. No volví después de... Me quedé un tiempo en casa de mi hermana y luego lo dejé y me fui a trabajar por todo el mundo para SOS/HR.

—Si trabajas en la tele, no te dispara nadie. Deberías volver algún día.

Ella guardó silencio unos instantes y luego negó con la cabeza. Aquella etapa había terminado para ella, y quería que así fuese. No podría haber seguido trabajando en televisión sin Mark, le habría resultado insoportable percibir la lástima de todos los compañeros hacia ella. Su trabajo actual suponía una novedad en cada viaje.

Llevaban una hora en la autovía cuando tomaron la salida de Arroyo Seco Parkway en dirección a Pasadena. Ginny lo llevó por calles arboladas, con casas preciosas a un lado y al otro. A continuación subieron por una cuesta no muy larga y enfilaron un camino de acceso para coches que pertenecía a una gran casa de piedra, muy bonita, con una piscina grande a lo largo de un flanco. Tenía una valla alrededor, pero habían dejado las puertas abiertas para que entrara. Ginny había olvidado lo enorme que era la casa. Era perfecta para ellos. Un labrador negro los saludó ladrando mientras se adentraban en la parcela. Blue iba observándolo todo con avidez.

—Es como en las películas —dijo asombrado por la casa, la piscina y el perro.

Cuando bajaban del coche, Becky apareció y se acercó a saludarlos. Ginny se alegró de comprobar que estaba igual que siempre. Iba con una camiseta de rayas, vaqueros y chanclas. Vio que escudriñaba a Blue y lo saludaba con frialdad. Era evidente que no le hacía ninguna gracia que formara parte de la vida de su hermana. El chico, sin embargo, no pareció advertirlo, y Ginny se alegró. Estaba demasiado ocupado asimilando la escena.

Becky tenía el pelo de un rubio más oscuro que su hermana pequeña y lo llevaba recogido en lo alto de la cabeza con un prendedor tipo banana. Iba sin maquillar, como siempre. Estaba exactamente igual que la última vez que la había visto Ginny. En la época universitaria estaba más guapa, pero, después de tener a Charlie, había engordado cerca de siete kilos y nunca se había preocupado por perderlos. Y usaba el mismo tipo de ropa cómoda y chanclas a diario. Ella decía que era su uniforme. Además, estaba tan ocupada con sus hijos y con su padre que le daba igual.

El perro fue tras ellos al interior de la vivienda. Entraron por la parte de atrás, directamente en la cocina, donde los tres hijos de Becky se encontraban cenando, a la mesa. Estaban tomando pasta, una ensalada grande y alitas de pollo. Ginny se fijó en que Blue, al entrar con timidez en la cocina y mirar con gesto de inseguridad a los chicos, tenía hambre otra vez. Margie fue la primera en levantarse. Le dio un abrazo fuerte a su tía y le dijo que se alegraba mucho de verla, y entonces Ginny se la presentó a Blue. Le habría gustado saber qué les había contado Becky para explicar su presencia en la vida de su tía, pero se limitó a presentarlo como «Blue Williams», sin decir nada sobre la relación que tenía con ella ni que estaba viviendo en su piso de Nueva York. Entonces Charlie se levantó también para abrazarla y estrechó la mano de Blue. Ginny se quedó pasmada ante lo mucho que había crecido su sobrino, era incluso más alto que su padre; medía un metro noventa y tres. Y al final Lizzie dio un brinco de su silla y se acercó a su tía, a la que besó sin llegar a tocarle la mejilla. A continuación, se quedó mirando a Blue. Eran exactamente de la misma estatura y edad. La chica tenía el pelo largo y rubio, igual que su tía.

—Hola. Yo soy Lizzie —le dijo con una amplia sonrisa. Todavía llevaba ortodoncia, lo que la hacía parecer más pequeña que Blue. Pero ya tenía cuerpo de mujer. Vestía una camiseta rosa y pantalones cortos blancos, y Blue se quedó deslumbrado con ella—. ¿Quieres sentarte a cenar con nosotros? —lo invitó.

Él puso cara de alivio. Se sentía muy cortado, ahí de pie. Miró a Ginny para pedirle permiso, y ella movió la cabeza arriba y abajo y le dijo que se sentara. Entretanto, Lizzie le puso un plato en la mesa y le ofreció una Coca-Cola. Margie y Charlie empezaron a preguntarle a Blue por el vuelo. Tenían dieciséis y dieciocho años respectivamente, y estaban muy mayores. Blue, no obstante, se sintió cómodo al instante, mientras Lizzie se ponía a hablar por los codos, y se sirvió pasta y alitas él mismo.

—¿Y papá? —preguntó Ginny a su hermana, en voz baja.

—Está arriba, durmiendo. Por lo general se acuesta hacia las ocho. —Eran casi las nueve ya—. Le he dado un analgésico. Hoy le dolía el brazo, creo que anoche le hizo daño la escayola. Se levanta al amanecer, en cuanto empieza a haber luz. Alan llegará dentro de nada. Ha ido a jugar al tenis después de trabajar.

Para Ginny lo más extraño de estar allí era ver lo poco que había cambiado la vida. Hacían las mismas cosas que cuando se fue, en la misma casa. Hasta el perro estaba igual y la reconocía. Los niños habían crecido, pero era lo único distinto. En cierto sentido era un consuelo, pero también la hacía sentir más fuera de onda aún. Su experiencia de los tres años anteriores había sido muy diferente de la de ellos. Mientras Becky servía sendas copas de vino y le ofrecía una, Ginny se sintió como si acabase de regresar de Marte.

Dejaron a los chicos en la cocina y se fueron a la sala de estar. Solo utilizaban el comedor en Navidades y en Acción de Gracias. El resto del año se reunían en la cocina. En la sala de estar tenían, además, una pantalla de televisión gigante encima de la chimenea, en la que veían los partidos de la NFL que se retransmitían desde siempre cada lunes por la noche, amén de otras retransmisiones deportivas los fines de semana y cualquier final de cualquier disciplina. Eran unos fanáticos del deporte. Becky y Alan jugaban de maravilla al tenis, algo que Ginny jamás había practicado, a pesar de que Mark tenía estilo y en ocasiones había jugado con ellos. En cuanto a los chicos, los tres jugaban a varios deportes de equipo: baloncesto, fútbol, béisbol, voleibol, y Charlie además era el capitán del equipo de natación de su instituto. Iba a graduarse en junio con matrícula de honor. Ninguno de sus sobrinos había hecho nunca nada malo, ni siquiera habían sacado malas notas en su vida. Becky se jactaba de ello y estaba orgullosísima de que hubiesen admitido a Charlie en la UCLA.

—Es mono —concedió Becky refiriéndose a Blue.

Y su hermana entendió el comentario.

—Sí que lo es. Y listo. Es un niño que destaca, teniendo en cuenta por lo que ha pasado y la poca ayuda que ha recibido. Si consigo que entre en ese instituto, será fantástico para él.

Becky seguía sin entender por qué Ginny hacía todo eso, pero tenía que reconocer que se había mostrado muy educado cuando llegaron. Al saludarla estrechándole la mano, le había dado las gracias por dejarlo ir. Y luego, cuando entraron en la cocina, Lizzie y él se habían puesto a hablar de música y al parecer les gustaban los mismos grupos. La niña le enseñó un vídeo de YouTube en el ordenador que tenían siempre en la cocina y los dos se rieron mientras lo veían. Parecían haber encontrado algo en común. Después Charlie se asomó para anunciarle a su madre que iba a salir. Ella le dijo que condujese con cuidado y, cuando el chico se fue con el coche, Ginny cayó en la cuenta de que tenía su propio automóvil. Estaba realmente muy mayor. Margie también tenía carné, pero ella tenía que usar el coche de su madre, aún no tenía el suyo propio.

Lizzie se ofreció a enseñarle a Blue la sala de juegos del sótano, y allí lo dejaron Margie y ella para que jugase unas partidas de un videojuego. Blue estaba desenvolviéndose sin problema. Entonces llegó Alan y saludó con grandes aspavientos a su cuñada. Se alegraba mucho de verla, pero le dijo que la encontraba demasiado delgada, con la cara más alargada y angulosa que nunca, y que ya no se parecía tanto a Becky.

—¿Qué hay de cenar? —preguntó Alan mientras se servía una copa de vino—. Estoy muerto de hambre. —Llevaba puesta la ropa de tenis y era evidente que conservaba su atractivo de antaño.

—Ensalada y vieiras —respondió Becky con tono de ama de casa eficiente.

Y metió en el microondas tres vieiras que había comprado esa tarde en el mercado. Con Becky todo era siempre raudo y organizado, aunque adoleciese de cierta falta de encanto. Sin embargo, cuando sirvió las vieiras, estaban deliciosas. Alan vertió más vino en las tres copas.

—Me alegro de que por fin hayas venido —le dijo a Ginny con intención—. Estos dos últimos años han sido muy duros para tu hermana. Te marchaste en el momento justo.

Lo decía como si lo hubiese hecho adrede para rehuir sus responsabilidades, no porque hubiesen fallecido su marido y su hijo. Lo decía con un dejo clarísimo de resentimiento, que Ginny detectó de inmediato. Pero se imaginó lo estresante y perturbador que debía de ser cuidar de su padre, que vivía con ellos en su casa y que había ido deteriorándose de forma drástica. Y sabía que también tenía que ser duro para los chicos.

Ginny ayudó a Becky a recoger la cocina después de cenar y volvieron al cuarto de estar. Alan se sentó a charlar con ellas. De alguna parte de la vivienda les llegaba música. Ginny sonrió al reconocerla.

—Caramba, qué disco tan bueno, cariño. ¿Lo habéis comprado hoy? —dijo Alan, y Becky lo miró con cara de no entender nada.

—No. No sé qué es. Ha debido de ponerlo Lizzie en el equipo del sótano.

—Venid, os lo enseñaré. —Ginny les hizo una seña con la mano para que la acompañasen.

Fueron con ella a la sala de juegos. Blue estaba tocando el piano que tenían allí, para cuando daban alguna fiesta. Iba tocando todas las canciones que le pedía Lizzie y, entre medias, interpretaba algo de Mozart para tomarle el pelo y hacerla reír; y de pronto se puso a tocar un boogie-woogie con una agilidad de manos como no habían visto nunca a nadie en su piano.

—¿Dónde ha aprendido a tocar así? —preguntó Becky asombrada, mientras Blue interpretaba una melodía preciosa de Beethoven y volvía de golpe a tocar otra de las canciones que le había pedido Lizzie. Ella sonreía de oreja a oreja, encantada.

—Pues ha aprendido él solito —respondió Ginny, orgullosa de él—. También toca la guitarra, compone y sabe leer música. Acaba de presentarse para estudiar en el instituto de música y arte de Nueva York, LaGuardia Arts. Espero que lo cojan. La música es su pasión y tiene un don increíble.

—Dios mío, es como un prodigio. Charlie estuvo yendo a clases durante cinco años y lo único que sabe tocar son escalas y «Chopsticks». No practicaba nunca —comentó Alan.

Al ver a Blue tocando, Ginny se acordó de la historia del padre Teddy en el sótano de la iglesia y la apartó enseguida de su pensamiento. Blue lo estaba pasando en grande con el piano de su hermana. Y había congeniado con Lizzie como si se conociesen de toda la vida. Ella también estaba impresionada. Pero los que más lo estaban eran Alan y Becky. El talento musical de Blue era innegable, y saltaba a la vista que era un buen chico. Estuvo tocando una hora, por puro placer. Luego, Lizzie y él subieron a ver una peli en la gran pantalla plana, mientras los mayores se quedaban en el sótano, en el cómodo sofá que tenían allí.

La casa entera estaba pensada para sentirse a gusto. Carecía de la elegancia del antiguo chalé de Beverly Hills de Ginny, pero era perfecta para su vida en Pasadena, que siempre había sido mucho más informal que la de Mark y ella. La de la pareja había sido una vida más glamurosa y la casa era un reflejo de ello. Los dos habían sido personajes famosos de la tele, aunque solo fuera en el ámbito de los informativos. Mark había firmado un contrato fabuloso y ganaba mucho dinero. Y a Ginny tampoco le había ido nada mal.

—Becky me ha contado lo que estás haciendo por él —comentó Alan refiriéndose a Blue—. Lo encuentro admirable, Ginny. Pero no te olvides de quién es y de dónde viene. Te conviene andarte con ojo. —Alan le pareció presuntuoso y la molestó que le dijera eso.

Becky, por su parte, movía la cabeza arriba y abajo indicando que compartía su parecer.

—¿Quieres decir que te preocupa que pueda birlarme algo? —Los dos asintieron sin el menor reparo, sin avergonzarse de lo que habían dicho ni de lo que daban a entender con ello—. Le registro los bolsillos cada mañana antes de irse al cole —aclaró con inocencia, pero indignada en su fuero interno por su comentario y por su estrechez de miras.

—Yo no me puedo creer que lo dejes quedarse en tu apartamento. ¿Por qué no lo llevas a un albergue? Seguramente sería más feliz allí. —Su cuñado no tenía ni idea de lo que estaba hablando ni de las condiciones de esos sitios. Jamás en su vida había visto un centro para personas sin hogar ni a quienes se alojaban en ellos.

—En los albergues se producen peleas a diario, robos, sustracciones, y a las mujeres las violan —respondió Ginny con toda serenidad—. Yo lo llevé a un albergue para jóvenes muy bueno, en el que se queda cuando estoy de viaje. —«Salvo cuando se escapa», añadió para sus adentros.

Le daban una rabia espantosa los aires de superioridad de su hermana y su cuñado, además de las suposiciones que habían hecho sobre un adolescente al que ni siquiera conocían, sin tener en cuenta lo brillante y honrado que era, y el gran talento que tenía. Lo habían juzgado de antemano basándose en su limitada experiencia personal de vecinos de una zona residencial y con una vida a salvo de todo peligro. Por suerte, sus hijos tenían la mente más abierta que ellos, y Lizzie y Margie estaban encantadas con él. En cuanto a Charlie, Blue era demasiado joven para despertar su interés; por eso se había ido a ver a su novia.

Ginny cambió de tema y pasaron a conversar acerca de su labor como defensora de los derechos humanos, otra cosa que tampoco veían con buenos ojos. En su opinión, era un trabajo demasiado peligroso para una mujer, o para cualquier persona, pero ella aducía que estaba haciendo una buena obra para el mundo y que le gustaba mucho. Becky y Alan, en lugar de reconocer lo aventurera y valiente que había sido al embarcarse en algo tan diferente, le dijeron que si no dejaba ya de recorrer el globo y de vivir en campamentos de refugiados, nunca encontraría otro marido. Y que ya iba siendo hora de que superase de una vez su sentimiento de culpa por haber sobrevivido al accidente.

—Yo no quiero otro marido. Sigo amando a Mark y seguramente lo amaré siempre —respondió en voz queda.

—Pues me parece a mí que no le haría ninguna gracia lo que estás haciendo, Ginny —repuso Alan, serio.

A Ginny le pareció un comentario totalmente fuera de lugar.

—Quizá no —reconoció—, pero le parecería interesante. Además, tampoco es que me dejara muchas opciones. No me iba a quedar de brazos cruzados en mi casa vacía de Beverly Hills, sin él y sin Chris, llorando el resto de mi vida. Esto es bastante mejor.

—Bueno, nosotros esperamos que lo dejes pronto. —Hablaba en nombre de los dos, y Becky se lo permitía. Ella iba por la cuarta copa de vino en lo que llevaban de velada, algo que sorprendió a Ginny; antes no bebía tanto—. ¿Cuál es tu siguiente destino? —le preguntó—. ¿Lo sabes?

—Aún no es seguro. Puede que la India o África. Estaré conforme con la misión a la que me manden.

Alan puso cara de susto, y Becky meneó la cabeza.

—¿Eres consciente de lo arriesgado que podría ser? —le preguntó, como si ella no lo supiera.

—Sí —respondió sonriéndole—. Por eso es por lo que me mandan a sitios así, porque tienen problemas y necesitan a activistas de los derechos humanos para ayudarlos. —A esas alturas ella era una profesional en la materia.

Alan no andaba del todo desencaminado, Mark probablemente se habría llevado las manos a la cabeza al saber a qué se dedicaba. Pero era mucho mejor que quitarse la vida tirándose al East River, como se había planteado no mucho tiempo atrás. Además, gracias a su trabajo y a la aparición de Blue, se sentía mucho mejor que en los tres años anteriores. Ni Becky ni Alan podían figurarse lo que era sufrir semejante desgracia ni se imaginaban el tremendo esfuerzo que suponía sobreponerse a ella. Y, por su bien, esperaba que no lo supieran nunca. Pero no tenían ni la más remota idea de lo que era estar en su piel ni de lo que le costaba levantarse por las mañanas.

Se quedaron un rato más en el sótano. Luego Alan subió a ver un partido de tenis en el televisor de su habitación, y Becky acompañó a Ginny a la de invitados para que pudiera deshacer el equipaje. Blue dormiría con Charlie.

—No se llevará nada, ¿verdad? —le preguntó Becky a su hermana en tono conspiratorio.

Por primera vez desde que tenía catorce años, a Ginny le dieron ganas de soltarle un sopapo.

—Pero ¿cómo se te ocurre, Becky? —En realidad, quería decir «¿Quién te crees que eres?», pero se mordió la lengua. ¿Cómo podían haberse vuelto tan cerrados de mente y tan aburguesados para pensar que por ser un sintecho era un ladrón? Era penoso—. No, no va a llevarse nada —añadió—. Nunca se ha llevado nada estando conmigo. —Y esperaba que no fuese a hacer una excepción en ese momento. Su hermana y su cuñado se lo recordarían de por vida. Pero Blue no la preocupaba.

Se despidieron con un beso, y Ginny deshizo el equipaje en el cuarto de invitados, coqueto y floreado. Poco después, Blue asomó la cabeza, camino de la cama. Lizzie le había enseñado cuál sería su habitación.

—Me lo he pasado muy bien esta noche —le contó sonriendo. Era más de lo que podía decir ella. Su hermana y su cuñado la habían deprimido—. Me cae genial Lizzie, y Margie es muy simpática también.

—Son buenas chicas —coincidió ella—. A lo mejor mañana podemos pedirle a Charlie que te preste un bañador viejo. Se me olvidó comprarte uno.

—Sería guay, la verdad.

Se sentía como si se hubiese muerto y hubiese subido al cielo, en Pasadena. Ginny le dio entonces un beso de buenas noches, y él se fue por el pasillo en dirección al cuarto de Charlie. Ella cerró la puerta sin hacer ruido, pensando en su padre. Sabía que iba a ser duro verlo con las facultades tan mermadas.

Pero ni todo lo que Becky había ido contándole a lo largo de los meses la había preparado para el aspecto demacrado ni para la mirada vacía de su padre cuando la vio. A la mañana siguiente, Ginny se sentó a su lado a la mesa del desayuno y lo ayudó a comer, pues tenía un brazo escayolado y había perdido el interés en alimentarse por sí mismo. Fue dándole un cuenco de avena y, cuando hubo terminado, él se volvió para mirarla.

—Te conozco, ¿verdad? —dijo con un hilo de voz.

—Sí, me conoces, papá. Soy Ginny.

Él movió la cabeza arriba y abajo, como si procesara la información. Luego le sonrió.

—Te pareces a tu madre —dijo con un tono de pronto más normal. Ginny advirtió reconocimiento en sus ojos, y los suyos se llenaron de lágrimas—. ¿Dónde has estado? —le preguntó.

—He estado fuera mucho tiempo. Ahora vivo en Nueva York. —Era más fácil que contarle lo de Afganistán.

—Tu madre y yo solíamos ir allí —le contó entonces, con expresión nostálgica, y ella asintió. En lo otro también tenía razón, en que se parecía a su madre, más que Becky—. Estoy muy cansado. —Se dirigía a todos en general. Y realmente tenía aspecto de cansado. Recordar a Ginny le había exigido un esfuerzo sobrehumano, pero en ocasiones le pasaba eso, cuando recordaba cosas, y acto seguido volvía a perderse en su niebla con la misma rapidez.

—¿Quieres subir a acostarte un rato, papá? —le preguntó Becky.

Ella conocía sus rutinas. Ginny, no. Dado que se despertaba tan temprano, a menudo subía a echarse una siesta después de desayunar.

—Sí, sí.

Se levantó de la mesa con inseguridad. Sus dos hijas lo

ayudaron a subir las escaleras y a sentarse en la cama. Él se tendió y miró a su hija pequeña.

—¿Margaret? —dijo en voz baja. Era el nombre de su mujer.

Ginny se limitó a asentir, y se esforzó por contener las lágrimas, pues se dio cuenta de que debería haber ido antes a verlo. Pero, durante unos minutos, la había reconocido. Cerró entonces los ojos y al cabo de un momento estaba dormido, roncando con suavidad. Becky lo tumbó de lado, con delicadeza, para que no se ahogara, y a continuación salieron de la habitación y bajaron.

—¿Estará bien? —preguntó Ginny con preocupación.

Había entendido a qué debía enfrentarse Becky a diario. Ocuparse de su padre era una responsabilidad enorme. Podía ahogarse, morirse, caerse o lesionarse en cualquier momento. Y, los días buenos, podía salir de la casa solo y que lo atropellase un coche, o bien perderse y no recordar ni su nombre ni cómo se volvía a casa. Necesitaba que lo vigilasen las veinticuatro horas del día, cosa que Becky llevaba dos años haciendo.

—Por ahora estará bien —la tranquilizó esta—, pero no mucho más tiempo. Me alegro de que hayas venido este fin de semana.

—Yo también. —Ginny y la rodeó con los brazos para estrecharla—. Gracias por cuidarlo. Yo no habría podido, ni siquiera viviendo aquí. Hace falta estar hecha de una pasta especial. —Y Becky había cuidado de él religiosamente. Ella se lo agradecía de corazón.

—Pues yo no podría hacer lo que haces tú —respondió Becky llorando—. Me cagaría de miedo.

Las dos se rieron y fueron a sentarse con los jóvenes a la mesa del desayuno. Los chicos hablaban animados. Charlie acababa de ofrecerse a llevarlos a todos a Magic Mountain a pasar el día.

—¿Te gustan las montañas rusas? —preguntó Ginny a Blue.

Él asintió emocionado.

—Me encantan. He montado en el Cyclone de Coney Island.

—Estas son mucho más grandes —le advirtió.

—Bien —dijo él con una sonrisa de oreja a oreja.

Un rato después, se fueron todos juntos. Charlie le prestó a Blue un bañador para el tobogán de agua, y Ginny le dio algo de dinero. Las dos hermanas recogieron la cocina, tras lo cual Ginny sirvió sendas tazas de café. Esperaba que Becky no volviese a hacer ningún comentario desagradable sobre Blue. Y no lo hizo. Al cabo de unos minutos, bajó Alan con la raqueta de tenis en la mano. Se había puesto los pantalones cortos y las zapatillas, y antes de salir cogió un plátano y dijo que llegaba tarde a un partido.

—Se ha portado de maravilla con lo de papá —aseguró Becky mientras se tomaban el café a sorbitos, una vez que él se hubo marchado.

—Tiene que ser duro para todos vosotros. Ahora que estoy aquí, lo veo con más claridad —dijo Ginny con tono comprensivo—. Lo has hecho increíblemente bien. —Más incluso de lo que se había imaginado.

—Hay una mujer que viene a ayudarme durante el día. Si no, estaría atrapada en esta casa. Ha sido tan deprimente ver como iba perdiendo facultades... —Poder contarle todo eso a su hermana era un alivio. Por su parte, Ginny pensó que recibir el disparo de un francotirador sería mejor destino que morirse poco a poco mientras perdías la cabeza. Su padre había sido una persona tan inteligente y vital... Resultaba demoledor verlo entonces, al final. Y de esa forma uno se daba cuenta de que ya no le quedaba mucho de vida. Al menos, salvo por la fractura de brazo de hacía poco, la mayor parte del tiempo no sufría. Pero se lo veía muy perdido—. Los chicos son muy cariñosos con él e incluso cuando no se da cuenta de quiénes son, disfruta con ellos. Ya es más de lo que puedo decir yo, a veces. —Sonrió a su hermana—. Yo sí sé quiénes son y me sacan de mis casillas. Pero son buenos chicos.

Ginny quiso decir que Blue también era un buen niño, pero se calló. Él no era de la familia. Pero ya no tenía a Chris para presumir de hijo y de sus logros a los tres años. Ver a los hijos de Becky le recordó cuánto echaba eso de menos. Nada podría sustituirlo nunca.

La mujer que ayudaba en los cuidados a su padre llegó a mediodía. Becky le preguntó a Ginny si quería ir a comer fuera y a ella le pareció buena idea. Fueron a un pequeño restaurante a pocos kilómetros de distancia. Charlaron tranquilamente y después volvieron a casa y se sentaron a hablar junto a la piscina. Alan se había quedado a comer en el club de tenis, mientras que los chicos, por su parte, no regresaron hasta última hora de la tarde. Lo habían pasado bomba en Magic Mountain. Como prueba de lo alucinantes que eran las atracciones, Blue contó que había estado a punto de vomitar dos veces. Una vez dicho esto, los cuatro se tiraron al agua. La novia de Charlie también apareció y se unió a ellos.

Esa noche Alan preparó una barbacoa, como hacía casi todos los sábados, y Becky volvió a beber un poco más de vino de la cuenta. Antes de cenar, Ginny subió a hacerle compañía a su padre, pero el hombre estuvo durmiendo como un tronco todo el rato. Becky decidió que era mejor no despertarlo para la cena, pues solo conseguirían confundirlo. Iba apagándose poco a poco, pero no podían hacer nada para evitarlo. Su organismo ya no respondía a la medicación. Ginny se entristecía de verlo en ese estado, y Blue, que notaba la melancolía en que todo eso la sumía, lo sentía mucho por ella.

Se quedaron en el jardín hasta las doce, luego se fueron todos a dormir. Ginny pasó un buen rato tumbada en su cama con los ojos abiertos, pensando en todos ellos. Le gustaba estar con su familia, la emocionaba, pero al mismo tiempo se sentía como una extraterrestre allí. Su forma de vivir la vida era demasiado diferente de la de ellos, tras cuyas palabras siempre se escondía un fondo de desaprobación. Aun cuando no lo expresasen de viva voz, ella lo notaba. Y le hacía sentir sola. Como si fuese una marginada.

Al final se durmió hacia las dos de la madrugada. Y se levantó temprano para prepararse un café. Acababa de sentarse a tomarlo cuando la telefoneó Kevin Callaghan. Pensaba que Ginny se encontraba en Nueva York, donde serían las once y media de la mañana. Por eso se sorprendió cuando le dijo que estaba en Los Ángeles y se disculpó por llamarla tan temprano.

—¿Y qué haces aquí? —le preguntó.

—He venido a pasar el fin de semana para ver a mi padre. Tiene Alzheimer, y no lo veía desde... —Dejó la frase inacabada y él entendió.

—Lo siento, Ginny. Lo conocí un día hace mucho tiempo. Era un tipo estupendo. Y guapo, también.

—Sí, sí que lo era —convino ella, y Kevin pasó a hablar de temas más prosaicos.

—Tengo información para ti. Llamé a un amigo que está en la policía. Bueno, una amiga, para ser exactos. Es teniente y trabaja en delitos sexuales. En resumen, tu caso cuenta con dos vertientes. En primer lugar, debes acudir a la policía y que investiguen, y luego debes hablar con la archidiócesis, con la Iglesia. Si la policía encuentra indicios suficientes en su investigación y cree lo que dice Blue, tratarán con la Iglesia en tu lugar. Es muy frecuente que haya más de una denuncia en relación con un mismo sacerdote, así que puede que ya dispongan de algunas pistas sobre el tío que abusó de Blue. La mayoría de esos sujetos han abusado de muchos chicos a lo largo del tiempo, no de uno solo. Los curas tienen muchísimo trato con gente joven y eso lo aprovechan los pervertidos.

»Lo primero que debes hacer es llamar a la Unidad de Abuso de Menores y ellos pondrán en marcha la investigación. Están integrados en la oficina del fiscal de distrito de Manhattan. La Unidad de Abuso de Menores es la encargada de llevar las investigaciones en las que hay sacerdotes implicados. Así que Blue y tú debéis acercaros allí y que empiece a rodar la bola. En cualquier caso, de momento no tendréis que veros las caras con ningún cura viejo y cascarrabias de la archidiócesis. De eso se encargarán los polis. Y por lo visto la Iglesia está adoptando una postura muy dura con los que pretenden encubrir casos así, de manera que puede que la archidiócesis esté dispuesta a colaborar de verdad con vosotros. Desde luego, merece la pena intentarlo, y yo denunciaría al tío inmediatamente. Que lo jodan, después de lo que le hizo al chico y con toda probabilidad a unos cuantos más. Te mando por mensaje el número de teléfono de la Unidad de Abuso de Menores.

—Vaya —dijo Ginny, asombrada por todo lo que había averiguado en tan poco tiempo—. Eres muy bueno, Callaghan. Estoy impresionada. —Pero siempre había sabido que lo era. Por eso lo había llamado a él. Lo respetaba mucho como periodista.

—¿Qué piensas hacer ahora?

—Tengo que hablar con Blue. ¿Vamos a necesitar abogado?

—Sí, pero todavía no. Primero necesitáis que lo investigue la policía. Si ven que hay pruebas suficientes, presentarán cargos, como en cualquier otro caso de delito sexual. Si no presentan cargos, entonces puedes iniciar un procedimiento civil contra la archidiócesis, pero con menos probabilidades de éxito. Lo que te conviene es que la Unidad de Abuso de Menores acuda al fiscal de distrito para iniciar la acción penal. Y además podéis presentar una demanda civil.

—Me gustaría saber hasta qué punto puede resultar traumático para Blue —comentó ella con cautela.

—No creo que mucho más que cuando ocurrió todo. Además, puede que hasta le haga bien que alguien vaya a por el tipo y dé credibilidad a su testimonio. Es aún peor cuando nadie cree a la víctima o no dejan que lo cuente. Al principio pasaba con demasiada frecuencia. Ahora que se ha destapado toda la situación, el Vaticano está diciendo a las iglesias que colaboren y que no protejan a los pederastas. Antes se limitaba a trasladarlos de una diócesis a otra y a esconder lo ocurrido.

—¿Conoces a algún abogado que sepa de esto?

—No, pero también me puedo enterar. Estoy seguro de que los hay buenos. Dame un par de días para mirarlo. —De momento, Kevin había sido un lince buscando información. Lo indignaba tanto como a Ginny lo que le había pasado a Blue, y eso a ella le llegaba al alma—. ¿Hasta cuándo te quedas?

—Nos vamos esta noche. Cogemos el vuelo nocturno de regreso a Nueva York. Llegamos aquí el viernes. Tengo que llevar a Blue a casa, no puede faltar a clase, si no, no se graduará en junio.

—Tiene suerte de contar contigo —dijo Kevin en tono admirativo.

—Yo también tengo suerte de contar con él —respondió ella con dulzura.

—¿Tienes tiempo para comer? ¿O estás demasiado liada con la familia?

—Pues debería estar más con mi padre, para eso hemos venido. Pero creo que para tomar un café sí que podría quedar. La pega es que estamos en Pasadena, no en la ciudad.

—Yo me acerco si quieres. Conozco un sitio buenísimo para tomar un cruasán y un capuchino. ¿Qué te parece? Me encantaría verte.

—A mí también a ti —contestó ella con sinceridad. Le estaba agradecida por el trabajo de investigación que había hecho para ella, y tan rápido.

—Ahora son las ocho y media. ¿Y si quedamos a las diez y media? —Le explicó dónde estaba el restaurante en cuestión, a apenas unas calles de donde vivía Becky.

—Allí estaré —aseguró ella. Y cuando, media hora después, entró Becky en la cocina, se lo dijo—. No tardaré mucho. Me gustaría verlo un ratito, por los viejos tiempos.

—Claro —dijo Becky con buen talante—. ¿Quieres invitarlo aquí? No hay ningún problema.

—Prefiero verlo en el restaurante. Así no hay peligro de que se quede más de lo necesario. Voy y vuelvo enseguida. ¿Cómo está hoy papá?

—Más o menos igual. No quería levantarse. Voy a esperar a que venga Lucy para ver si ella consigue que se mueva. Tiene mejor mano que yo, y él le hace más caso. Está demasiado acostumbrado a mí y, cuando está cansado o de mal humor, le da por cerrarse en banda.

Ginny subió a verle al poco rato. Después, a las diez y cuarto, salió de casa para encontrarse con Kevin. A Blue le contó que iba a ver a un amigo, pero el chico estaba entretenido con Lizzie y no le importó. Se sentía totalmente como en casa con los hijos de Becky, y a ellos, que lo habían acogido con tanto cariño, les caía bien, algo que conmovía a Ginny.

Eran justo las diez y media cuando entró por la puerta del restaurante. Kevin ya estaba allí. Era imposible no verlo: era el hombre más alto del lugar, con diferencia. La rodeó con los brazos en cuanto la vio.

—Qué alegría verte... —dijo con la voz embargada de emoción. No le dijo que todavía echaba de menos a Mark a diario ni que sentía el impulso de llamarlo por teléfono. Seguía sin creer que hubiese muerto.

Durante media hora, charlaron sobre el trabajo de él, sobre su última novia, sobre el último viaje de Ginny para SOS/HR y sobre el siguiente, y al final hablaron de Blue.

—Realmente espero que presentes cargos contra ese tío —le dijo él.

Y Ginny vio que lo decía de corazón.

—Me gustaría hacerlo —respondió ella con sinceridad—, pero dejaré que decida Blue. No quiero forzarlo si no se siente con ánimos. Va a necesitar mucho valor para enfrentarse otra vez a ese cura en un juicio.

—Pues si no lo hace, puede que se arrepienta toda la vida.

Alguien tiene que detener a esos tíos. No puede ser que los cambien de parroquia como si nada, para protegerlos.

Ginny estaba de acuerdo. Luego hablaron de otras cosas. Él parecía alegrarse sinceramente de verla.

—Ojalá vinieras más a menudo —comentó con nostalgia. También a ella la había echado de menos.

—Llámame si vienes por Nueva York —dijo cuando él pagó los capuchinos y se levantaron de la mesa para marcharse. Ginny tenía que volver a casa de Becky, quería pasar tiempo con ella y con su padre antes de irse, esa misma noche.

Kevin la acompañó a su coche y le prometió que la llamaría para facilitarle el nombre de un abogado con experiencia en casos como el de Blue. Luego, le dio un largo abrazo.

—Cuídate, Ginny. Él no querría que anduvieras poniendo en peligro tu vida por ahí.

A ella se le llenaron los ojos de lágrimas. Asintió, incapaz de articular palabra.

—No sé qué otra cosa hacer, Kev. No me quedaba nada. Al menos ahora está Blue. A lo mejor su vida puede dar un giro conmigo. —En esos momentos era lo único que deseaba.

—Estoy convencido de que ya lo ha hecho —le aseguró él.

Los dos tenían un nudo en la garganta.

—A lo mejor conseguimos sacar algo de todo esto para él. Sería muy bueno para su futuro.

—Coméntaselo a un abogado y empieza por la Unidad de Abuso de Menores. Dice mi amiga que son excelentes.

Ginny volvió a darle las gracias y al cabo de unos minutos se despidió de él diciéndole adiós desde el coche. Le había encantado verlo y sentía haber dejado que pasara tanto tiempo, pero no había estado preparada hasta ese momento. Y Blue había actuado como el catalizador para que volviese a verlo.

Pasaron el resto de la tarde en la piscina. Su padre siguió durmiendo hasta la noche. Ni siquiera Lucy logró que se levantara. Ginny estuvo con él el rato que permaneció despierto, pero esta vez el hombre no solo no la reconoció, sino que además la confundió con su difunta esposa. Daba mucha pena verlo en ese estado. Por la noche, cuando Blue y Ginny se disponían a marcharse, después de cenar, seguía profundamente dormido. Ella le dio un beso en la mejilla, con delicadeza, y salió de la habitación sin hacer ruido con las lágrimas deslizándose por su rostro. Pese a que dudaba de que volviese a verlo con vida, se alegraba de haber ido por fin. Becky había hecho bien en insistirle.

Alan, Becky y sus hijos salieron a despedir a Ginny y a Blue, y se quedaron diciéndoles adiós con la mano mientras el coche se alejaba. En el trayecto al aeropuerto, Ginny estuvo callada, y Blue, pensativo. Él nunca había pasado un fin de semana igual, con una familia normal, con un padre, una madre, unos hijos, personas que disfrutaban de la compañía mutua y que se trataban unas a otras con respeto. Ninguno consumía drogas, nadie había agredido a nadie y no tenían ni conocidos ni parientes en la cárcel. Tenían todo lo que querían, hasta una piscina en el jardín de su casa. Para él fue un sueño hecho realidad. Todo el fin de semana había sido como un cuento de hadas, como un regalo.

—Me gusta tu familia, Ginny —comentó en voz baja.

—A veces mí también. —Sonrió—. Otras, me vuelven un poco loca. Y mi hermana puede ser un pelín borde, pero no lo hace con mala intención.

Habían terminado cogiendo cariño al chico, incluso Alan, que había jugado al waterpolo con él en la piscina. Los prejuicios por sus orígenes fueron diluyéndose poco a poco a lo largo del fin de semana, a medida que iban conociéndolo. Hasta Becky comentó que era buen chico, y lo decía en serio. Lizzie y él habían prometido que se mandarían un mensaje todos los días hasta que ella se marchara de viaje. Ginny estaba planteándose comprarle uno, pero aún no se había decidido. Lizzie quería que Blue volviese pronto o bien ella iría a ver a su tía a Nueva York para estar con él. Ginny le prometió que regresaría a Los Ángeles, pese a que seguía sin verse viviendo de nuevo allí.

La cabina del avión estaba en penumbra cuando despegaron. Blue cogió a Ginny de la mano y no la soltó.

—Gracias por el mejor fin de semana de mi vida —le dijo, y entonces apoyó la cabeza en el respaldo.

Media hora después, estaba dormido, y Ginny lo tapó con una manta. También ella cerró los ojos para dormir, mientras volaban rumbo al este. Había hecho lo que había ido a hacer. Había visto a su padre y le había susurrado «adiós» al salir de puntillas de su cuarto.

10

Blue y Ginny aterrizaron en el aeropuerto JFK a las seis y cuarto de la mañana del lunes y cogieron un taxi para ir al centro. Pasadas las siete, llegaron al apartamento de ella. Mientras él se daba una ducha, Ginny le preparó el desayuno, y el chico salió a tiempo para llegar al colegio. Había dormido durante todo el vuelo. Esa mañana tenía un parcial que Ginny le había ayudado a preparar. Al día siguiente tenía la entrevista y la audición en LaGuardia Arts. Les esperaba una semana intensa. Ella tenía que acercarse por la oficina de SOS/HR para hablar de su siguiente misión. Y esa misma mañana, a las nueve, telefoneó a la parroquia de St. Francis para preguntar por el padre Teddy. Se disculpó por desconocer el apellido. Dijo que hacía unos años se había mudado a otro lugar, pero había vuelto al barrio y quería volver a verlo. Explicó que había sido una gran ayuda para ella, pues le había dado muy buenos consejos. El joven sacerdote con el que habló era un hombre muy amable y enseguida supo a quién se refería. Convino con ella en que era un cura excelente y una gran persona.

—Aunque lamento decirle que lo trasladaron a Chicago el año pasado. Pero cualquiera de nosotros estaría encantado de hablar con usted, si lo desea —se ofreció generosamente.

—Muchísimas gracias —respondió Ginny. Sentía ciertos

remordimientos por mentir a un cura, pero era por una buena causa—. Me acercaré a verlos uno de estos días. ¿Sabe cómo podría ponerme en contacto con él? Me gustaría saludarlo, nada más, y contarle cómo fue todo desde la última vez que lo vi.

—Por supuesto —contestó el cura al otro lado del teléfono con toda amabilidad—. Está en la parroquia de St. Anne de Chicago. Seguro que se alegra mucho de tener noticias suyas. Aquí todos aún lo echamos de menos.

—Muchísimas gracias —reiteró Ginny. Y colgó.

Quería verlo con sus propios ojos. Podría ir y volver en avión a Chicago en un día. Quería formarse una idea de primera mano del hombre que había abusado de Blue. Ella creía al chico, pero quería ver lo pérfido que era el padre Teddy.

Tras aquella conversación telefónica, salió de casa para dirigirse a la oficina de SOS/HR. El resto de la mañana lo pasó con Ellen Warberg, hablando de su siguiente viaje. Todo apuntaba a que sería a la India esa vez, aunque todavía no había nada decidido. Ginny debía viajar a primeros de junio. Por lo tanto, disponía de un par de semanas antes de que tomasen la decisión final sobre su destino. Si bien tiempo atrás se habían planteado mandarla a Siria, en ese momento resultaba demasiado peligroso. Y Ellen le dijo que en esa ocasión quizá estuviese solo dos meses fuera, un período de tiempo más corto de lo habitual; la idea era que los cooperantes que se enviaban a las regiones más peligrosas rotasen con mayor frecuencia y que las misiones fuesen, por ende, más cortas. A ella esa nueva política de la organización le iba bien a causa de Blue. Además, dado que todavía no habían decidido cuál sería su siguiente destino, no tendría que leer informes preliminares. Así pues, salió de la oficina con las manos vacías, sin tareas para casa, lo que le permitía pasar más tiempo libre con Blue.

Esa noche no hablaron de nada de eso, sino de la prueba que esperaba al chico al día siguiente. Pensaba tocar una pieza de Chopin, y ese día había podido ensayar un rato en el piano del colegio. Además, tenía otras ideas para la audición, en caso de que los examinadores le pidiesen que interpretase piezas más actuales. Estaba entusiasmado y asustado a partes iguales. Recibió un mensaje de texto de Lizzie en el móvil de Ginny; le decía que lo echaba de menos y que esperaba que hubiese llegado bien a casa. Él se alegró de tener noticias suyas y le mandó una canción para que se la descargara de iTunes.

Ginny recibió un correo electrónico de Kevin en el que le facilitaba el nombre de un abogado, pero le pedía que lo telefonease para poder hablarle de él. Lo llamó en cuanto se fue a su dormitorio esa noche. No quería que Blue oyese la conversación. No quería que nada lo distrajese de su entrevista del día siguiente.

—Es el tío que necesitas —le dijo Kevin cuando lo llamó—. Es un exjesuita especializado en derecho canónico. Estuvo cuatro años trabajando en la oficina jurídica del Vaticano. Y estos casos son su especialidad. Hoy he hablado con dos abogados y me han dicho que es el mejor. Y vive en Nueva York. —Se llamaba Andrew O'Connor. Kevin había conseguido el número de teléfono de su despacho, su dirección de correo electrónico y su número de móvil—. Ya me contarás qué tal va. ¿Has llamado ya a la Unidad de Abuso de Menores?

—Hablaré con Blue mañana después de la audición en el instituto de estudios artísticos y musicales. Esta semana estamos a tope.

—Mantenme al corriente —dijo Kevin.

Parecía que tenía bastante jaleo en el trabajo, y al cabo de un minuto se despidieron. Ginny contaba ya con todo lo que necesitaban (a quién dirigirse de la policía y un abogado), y esperaba poder viajar a Chicago el jueves para ver personalmente al padre Teddy. Gracias a Kevin, todas las piezas iban encajando.

A la mañana siguiente, durante el desayuno, Blue estaba nervioso. Ginny lo acompañó en metro hasta LaGuardia Arts, situado en pleno centro del complejo urbanístico del Lincoln Center. Cuando entraron en el edificio, Blue parecía inquieto. El sitio impresionaba: los pasillos estaban llenos de hordas de jóvenes que hablaban y sonreían camino de sus respectivas aulas. Solo estar allí ya resultaba emocionante. Por todo el centro de enseñanza había tablones de anuncios con avisos de audiciones y pruebas para eventos especiales.

Blue y Ginny se acercaron al mostrador de información y explicaron que habían ido a una entrevista y una prueba. La recepcionista los miró extrañada en un primer momento, ya que no había nada de eso previsto en esa época del año. Pero entonces llamó a la secretaría y, después de hablar con la persona correspondiente, los miró con una cálida sonrisa.

—Los avisaremos dentro de unos minutitos —les dijo.

Se sentaron a esperar. Blue parecía a punto de salir corriendo del edificio. Giçnny procuró distraerlo. Al final la mujer lo llamó por su nombre y los dirigió a la secretaría del centro, donde una joven charló con Blue y le dio una serie de explicaciones acerca del instituto. Le contó que ella misma había estudiado allí y que había sido la experiencia más increíble de su vida. En ese momento trabajaba por las noches en una orquesta, y en la secretaría tres días a la semana.

La joven le preguntó qué lo había llevado a amar la música y él le contó que había aprendido a tocar el piano y a leer partituras por sus propios medios. Se quedó impresionada. A Ginny le pareció que la entrevista había ido bien. Luego se lo llevaron a él solo para que hiciese la audición. Ella lo esperó en el vestíbulo. Le habían dicho que la prueba duraría entre dos y tres horas, por lo que se había llevado un libro para la espera. No quería marcharse, por si él la necesitaba. Y cuando finalmente volvió con ella, se lo veía agotado y aturdido.

—¿Qué tal ha ido? —le preguntó, tratando de aparentar tranquilidad y de infundirle ánimos. Pero también ella había estado nerviosa y preocupada por él, y cruzando los dedos para que todo fuera bien. La audición suponía una presión inmensa a la que Blue no estaba acostumbrado.

—Pues no lo sé. Les he tocado la de Chopin y luego me han pedido que tocase otras piezas que han escogido ellos. Había una que no había tocado en mi vida, de Rachmaninoff. Luego, Debussy. Y después he tocado una canción de la Motown. No creo que me cojan. —La miró con cara de desamparo—. Seguro de que todos lo que vienen a estudiar aquí tocan mejor que yo. En la sala había cuatro profesores y no paraban de tomar notas —dijo, aún con aire inquieto.

—Bueno, tú lo has hecho lo mejor que has podido. No puedes hacer más.

Del edificio del instituto salieron al sol radiante de mayo. Le habían dicho que le notificarían el resultado en junio, que necesitaban tiempo para sopesar la decisión, evaluar si encajaría en el centro y si sus aptitudes eran lo bastante sólidas para considerar su candidatura, teniendo en cuenta que nunca había estudiado música de manera oficial. También le dijeron que se habían presentado nueve mil solicitudes para cubrir seiscientas sesenta y cuatro plazas. Blue estaba convencido de que no entraría en la vida, pero Ginny trató de mantenerse optimista. Pararon un taxi, y ella le compró un bocadillo antes de dejarlo en el colegio. Esa tarde tenía examen de mates. Eran días de mucha presión para él. Pero terminaría las clases al cabo de seis semanas. Aunque a Ginny le daba mucha rabia tener que marcharse de Nueva York antes de que se graduase, no podía hacer nada al respecto, salvo que por alguna razón se pospusiera su viaje. Sin embargo, no parecía que fuese a retrasarse. Si había problemas en una zona, siempre la mandaban a otra y listo.

Cuando Blue volvió a casa esa tarde, estaba con los ánimos por los suelos en relación con la audición. Y tenía tal aspecto de cansado que Ginny prefirió no hablarle de su intención de acudir a la Unidad de Abuso de Menores y dejarlo para otro día.

Por fin sacó el tema el miércoles, después de cenar. Le contó todo lo que había averiguado a través de Kevin y le anunció que al día siguiente viajaría a Chicago para ver al padre Teddy en persona.

—¿Vas a contarle algo de mí? —Blue la miraba aterrado—. Me dijo que tendría que meterme en la cárcel si me iba de la lengua.

—Blue, ese hombre no puede meterte en la cárcel —respondió ella con serenidad—. Tú no hiciste nada malo. El que irá a la cárcel si seguimos adelante es él. Pero la decisión depende exclusivamente de ti. Podemos hacer algo o no decir nada, si crees que no vas a poder con ello. Tú decides, Blue. Yo te apoyaré decidas lo que decidas. —Trató de mantener una actitud neutral para que no se sintiera presionado.

—¿Por qué lo haces? —Blue la miraba de hito en hito.

—Porque te creo. Y él es un hombre muy muy malo. Y porque pienso que denunciarlo a la policía y llevarlo a juicio es lo que hay que hacer. A un individuo de esa calaña hay que pararle los pies. Solo quiero verlo. No te mencionaré para nada.

Él pareció quedarse más tranquilo. Confiaba en Ginny plenamente.

—A lo mejor ya no sigue haciéndolo —aventuró Blue. Ginny se daba cuenta de que tenía miedo. Y no le faltaban motivos, después de cómo lo había amenazado el cura con lo que pasaría si se le ocurría contarle a alguien lo que había hecho—. ¿Tú qué crees que debería hacer? —Le impresionaba que lo creyese. No como su tía, que, encandilada con el sacerdote, no había querido hacerle caso.

—Pues creo que deberías hacer lo que tú quieras. No hace falta que lo decidas ahora mismo. Tómate un tiempo para pensarlo.

El asintió sin decir nada más y se puso a ver la tele hasta la hora de acostarse. Le pidió el móvil a Ginny y pasó un rato intercambiando mensajes con Lizzie, pero se le notaba preocupado y con la cabeza en otra parte. Ginny sabía que cavilaba sobre el padre Teddy, que estaba dándoles vueltas a todas las opciones.

A la mañana siguiente, el chico no habló del tema. Estaba contento y animado cuando salió de casa para ir al colegio. Ginny salió al poco hacia el aeropuerto, donde cogió un vuelo con destino a Chicago a las diez y media. Una hora después de tomar tierra, estaba en la iglesia de St. Anne. Entró en la rectoría y pidió ver al padre Teddy. La secretaria le indicó que estaba dando la extremaunción en el hospital y que regresaría en media hora. Ginny decidió esperarlo y se sentó allí mismo, sin dejar de pensar en él y en lo que le había hecho a Blue. Solo de pensarlo se le revolvía el estómago. Mientras aguardaba, entró un sacerdote alto y guapo. Debía de rondar los cuarenta años e irradiaba simpatía y bondad; era de esas personas a las que querrías contar tus penas y tener como amigos íntimos. Bromeó unos instantes con la secretaria y a continuación echó una ojeada a sus mensajes. La mujer le hizo una seña, y él se volvió y sonrió a Ginny.

—¿Ha venido a verme? —preguntó con afabilidad—. Disculpe que la haya hecho esperar. La madre de uno de nuestros feligreses está en el hospital. Tiene noventa y seis años, y la semana pasada se rompió la cadera. Quería recibir la extremaunción. Pero tengo claro que vivirá más que yo. —Era uno de los hombres más atractivos que había conocido, y todo en él inspiraba confianza.

—¿Es usted el padre Teddy? —preguntó ella con cara de asombro.

Se le había olvidado pedirle una descripción física a Blue y, por alguna razón, había dado por hecho que sería un carcamal de aspecto repulsivo. En cambio, delante tenía a un hombre vital, lleno de energía, encantador, apuesto, lo cual resultaba más insidioso aún. Todo en él era tan cordial y atrayente que entendió perfectamente que un niño confiase en él. Era como un hermoso y feliz osito Teddy, como su propio nombre.

—Sí, soy yo —confirmó él—. ¿Pasamos a mi despacho?

Se trataba de una sala soleada, agradable, con vistas al jardín de la iglesia. Tenía unas acuarelas y un crucifijo pequeño en la pared. Él llevaba alzacuellos y un sencillo traje negro. Nada, ni en su persona ni en su entorno, infundía miedo o resultaba siniestro. Pero Ginny no dudó de la palabra de Blue en ningún momento; estaba segura de que le había contado la verdad, por muy carismático que fuese el padre Teddy. Era un irlandés fornido que, una vez que ella tomó asiento, explicó que se había criado en Boston—. ¿La ha enviado alguien a mí? —preguntó amablemente.

—Sí —respondió Ginny, observándolo con atención. Quería averiguar todo lo que pudiera de él—. Un amigo de Nueva York. De hecho, telefoneé a St. Francis y allí me dijeron que estaba usted aquí. Y como tenía que venir un par de días por motivos de trabajo, se me ocurrió pasarme a verle.

—Qué suerte la mía —dijo él con una sonrisa. Ginny comprendió de pronto por qué le gustaba tanto a Charlene, la tía de Blue. Personificaba la inocencia y la compasión de forma impecable—. ¿En qué puedo ayudarla? Perdone, no me he quedado con su nombre.

—Virginia Phillips —contestó, dándole el de soltera.

—¿Está casada, Virginia?

—Sí.

—Un hombre afortunado, su marido. —Volvió a sonreír.

Entonces ella le contó que creía que su marido mantenía una relación extramatrimonial y que no sabía qué hacer. No quería dejarlo, pero estaba segura de que estaba enamorado de otra. El padre Teddy le dijo que rezara, que fuese paciente y le mostrara su afecto, y que seguro que con el tiempo las aguas volverían a su cauce. Según él, casi todos los matrimonios pasaban alguna mala racha de vez en cuando. Sin embargo, si ella se mantenía firme, al final lo superarían. Y durante todo el tiempo que estuvo hablando, Ginny se fijó en que el sacerdote tenía una mirada fría, enojada, y la sonrisa más amable que hubiese visto en su vida. Si pensaba en Blue, le entraban ganas de abalanzarse sobre él por encima de la mesa de despacho y estrujarle el cuello. En ese punto, él le entregó una tarjeta y le dijo que lo llamara siempre que quisiera, que estaría encantado de hablar con ella.

—Muchas gracias —respondió agradecida—. No sabía qué hacer.

—Usted resista —le respondió él afectuosamente—. Lamento no poder dedicarle más tiempo. Tengo una reunión dentro de cinco minutos.

Era evidente que estaba ansioso por irse. Y, una vez fuera del despacho, Ginny se dirigió a la iglesia para encender unas velas por el alma de Mark y de Chris. Se arrodilló en uno de los bancos del fondo. Entonces vio que el padre Teddy entraba justo en el momento en que un chico aparecía por detrás del altar. Estuvieron hablando un ratito. El cura apoyó la mano en el hombro del niño, que sonreía y lo miraba con adoración. A continuación, antes de que Ginny pudiese reaccionar, Teddy condujo al niño por una puerta, se inclinó para susurrarle algo al oído y la cerró a su espalda. Ginny se estremeció al pensar en lo que tal vez ocurriría a continuación. Pero no podía hacer nada. Como pastor, tenía carta blanca en su parroquia, igual que la había tenido antes.

Le entraron ganas de salir disparada tras ellos, de ponerse a gritar y alejar al niño de él. Pero era consciente de que no habría podido hacerlo. El pequeño aparentaba unos doce años. Sentada allí, mirando aquella puerta cerrada, lo único en lo que pensaba era en que tenían que poner fin a lo que estaba haciendo el padre Teddy, a lo que había hecho a Blue y seguramente a más niños como él. Era el hombre más seductor con el que se había cruzado en la vida y resultaba que se aprovechaba de los niños. Salió de la iglesia con mal cuerpo. A unas manzanas de allí, paró un taxi para volver al aeropuerto. Tenía claro cuál sería el siguiente paso: Blue y ella debían acudir a la policía. Había que meter entre rejas al padre Teddy Graham. Solo la justicia podría detenerlo.

11

Durante el viaje de regreso a Nueva York, Ginny no logró quitarse de la cabeza lo que había visto en Chicago: aquel hombre guapísimo, con el alzacuellos, la sonrisa deslumbrante y una mirada que escondía mil secretos y estaba teñida de una dureza aterradora en contraste con la sonrisa. No logró quitarse de la cabeza al niño al que el cura había hecho pasar por aquella puerta, la idea de que su vida quedaría marcada para siempre si había ocurrido algo repugnante a continuación. No tenía pruebas, solo el temor de que hubiese pasado. Realmente había que parar a ese hombre. De momento el padre Teddy actuaba a su antojo con los menores en su parroquia, igual que había hecho cuando estaba en Nueva York. Ginny se preguntaba si alguien más lo sabía o sospechaba algo y si por eso lo habían trasladado a Chicago. O si hasta entonces se había mantenido al margen de toda sospecha o reproche.

Los vuelos habían sido puntuales. Al llegar a casa, Blue ya había vuelto del colegio; estaba viendo la tele cuando ella entró en el piso, cansada después de pasar todo el día viajando, pese a que todo había salido bien y conforme a sus planes. Se sentó a su lado en el sofá, con cara seria. Blue estaba empezando a conocerla mejor y reaccionó en cuanto vio su semblante. Pensó que estaba en un lío, y eso que había sacado un sobresaliente en el examen de historia de ese día, aunque ella todavía no lo sabía. Estaba deseando contárselo.

—¿Ha pasado algo? —preguntó Blue, nervioso.

—Sí, pero no contigo —aclaró rápidamente al ver el temor en la mirada del chico—. Vengo de Chicago ahora mismo. Lo he visto.

Blue sabía que iba allí ese día, lo único que desconocía era a qué hora volvía.

—¿Al padre Teddy? —Sus ojos reflejaban preocupación. Ella respondió que sí con la cabeza.

—Ahora entiendo por qué lo adora todo el mundo. Es un encantador de serpientes, y además es muy guapo. Pero tiene la mirada más malévola que he visto en mi vida. —No le contó lo turbada que se había quedado al ver al niño que se había llevado de la iglesia, pues no quería recordarle su experiencia personal con ese hombre; bastante desagradable era ya—. Estoy convencida de que hay que pararle los pies. O la Iglesia sabe lo que hace y por eso lo trasladan de parroquia en parroquia para que no se meta en líos, o no tienen ni idea y están permitiendo, sin saberlo, que campe a sus anchas en otras comunidades donde sigue haciendo daño a otros niños. Sea como sea, es preciso desenmascararlo y que lo metan en la cárcel, que es donde tiene que estar.

—Charlene lo adora. Nunca creerá nada malo que digan de él. A lo mejor nadie más lo cree tampoco. —No obstante, le gustaba lo que había dicho Ginny de él. Le hacía sentir que tenía validez.

—Tenemos que encontrar la manera de que sus víctimas reúnan el valor para dar la cara. —Sabía que muchos no querrían, que seguirían escondiéndose de por vida, profundamente avergonzados y arrastrando un trauma terrible—. No estoy segura de por dónde podemos empezar —reconoció pensativa—. Supongo que yendo a la policía. Mi amigo Kevin dice que abrirán una investigación. Pero además quiero que vayamos a ver a un abogado, para que nos asesore. —Tenía guardados todos los números que le había facilitado Kevin.

Entonces, sin embargo, miró fijamente a Blue a los ojos para hacerle la pregunta más importante de todas:

—¿Qué dices tú, Blue? ¿Quieres hacerlo? ¿O necesitas más tiempo para pensarlo? Supongo que no será fácil, y si el caso llega a los tribunales, tendrás que subir al estrado a testificar. El juez podría permitirte declarar a puerta cerrada porque eres menor, pero lo más probable es que en algún momento salga tu nombre a la luz. ¿Cómo te sientes ante la perspectiva?

—Asustado —contestó con sinceridad, y ella sonrió—. Pero creo que podría hacerlo. Creo que tienes razón, alguien debería pararle los pies. Ahora soy mayor y a lo mejor le pegaría si me tocase. O tal vez no reaccionaría ni siquiera ahora, por lo que me dijo de que me metería en la cárcel. Pero tiempo atrás me daba mucho miedo decirle nada, y además todo el mundo piensa que es un tío genial. Yo sabía que nunca me creería nadie... excepto tú. —Blue le sonrió con amor y gratitud en la mirada.

Ginny se preguntó si por eso se habían cruzado sus vidas, para que ella pudiese ayudarlo a liberarse de aquella terrible carga. No quería que aquello lo dejara tocado de por vida. Y era muy consciente de que podía dejarlo tocado, de que podía afectar a sus relaciones, volverlo desconfiado, incapaz de establecer vínculos, con trastornos sexuales, pesadillas, ataques de pánico. Había muchísimas posibilidades, y no deseaba nada de eso para él. Abrigaba la esperanza de que la confianza, el amor y la justicia sirvieran para curarlo.

—Quiero hacerlo —dijo entonces Blue en voz baja, mirándola a los ojos. No tenía dudas, por mucho miedo que le diese. Sabía que Ginny lo ayudaría a pasar ese trance—. Quiero hacerlo —repitió.

—Yo también. Lo haremos juntos. —Entonces, le tendió la mano y chocaron los cinco sin dejar de mirarse a los ojos—. Mañana mismo llamaré a la Unidad de Abuso de Menores. Pero avísame si cambias de idea —le pidió sin andarse por las ramas. No quería que hiciese nada con lo que no se sintiera a gusto o que le diera demasiado miedo. Quedaba enteramente a su elección.

—No cambiaré —respondió Blue refiriéndose a lo de echarse atrás—. Lo tengo claro.

Ginny se levantó del sofá y se fue a preparar la cena. Él abrió el portátil y estuvo viendo vídeos en YouTube hasta que estuvo lista. Entonces puso la mesa, como todas las noches. Y se sentaron a cenar el sencillo plato que había cocinado Ginny. Siempre trataba de hacer platos nutritivos para él, que además también eran buenos para ella. Mientras cenaban, estuvieron callados, pensando en lo que tenían por delante.

—¿Cuándo vas a llamarlos? —le preguntó, interrumpiendo sus reflexiones.

Ginny estaba pensando de nuevo en el padre Teddy. No podía apartar de la mente esa imagen del niño yéndose con él.

—Mañana.

Blue asintió en silencio. Esa noche se acostaron temprano. Había sido un largo día. Y a la mañana siguiente, Blue le dio un abrazo al salir de casa. Le había enseñado el examen de historia en el que había sacado un sobresaliente, y Ginny le había dicho que estaba muy orgullosa de él. Seguía maravillándose de pensar que de la noche a la mañana se había convertido en algo así como la madre de un adolescente, y por momentos sentía que le quedaba mucho que aprender. Tiraba de instinto y de sentido común, y razonaba con él como si se tratara de un adulto. Blue seguía siendo un niño y de vez en cuando se comportaba como tal. Pero era sensato y respetuoso con ella, y se mostraba agradecido por todo lo que Ginny hacía. Le había encantado el viaje a Los Ángeles, y Lizzie y él se habían hecho amigos enseguida.

En cuanto se hubo marchado al colegio, Ginny llamó al número de la Unidad de Abuso de Menores que le había dado Kevin Callaghan. No le había proporcionado ningún nombre en particular, tan solo el número del departamento, ya que su amiga, la teniente de Los Ángeles, no conocía a ningún integrante del equipo de Nueva York. Respondió una voz de mujer, y Ginny le solicitó una cita para ir a hablar con alguien.

—¿Acerca de...? —preguntó la mujer con tono aburrido.

Recibían llamadas todo el día, muchas de las cuales les hacían perder el tiempo, pero había otras que no. Ginny tenía la certeza de que la suya sería de esas.

—Un incidente de abuso a un menor repetido a lo largo de un período —respondió meridianamente. Sus años como periodista la habían enseñado a ir al grano y a no desviarse de la cuestión.

—¿Por parte de quién? —Al instante la voz de la mujer transmitió interés y la sensación de que era todo oídos.

—Un párroco.

Se hizo un silencio antes de la siguiente pregunta.

—¿Quién es la víctima?

Ginny dedujo que la mujer estaba tomando nota, posiblemente en algún tipo de impreso.

—Un niño. La primera vez tenía nueve años, y ocurrió hasta después de que cumpliera los diez.

—¿Cuánto tiempo hace de esto? —De nuevo la mujer parecía recelar. Recibían infinidad de llamadas como esa de hombres de cuarenta y tantos años que aseguraban haber sufrido abusos de niños. Sus aseveraciones eran ciertas, al igual que su sentimiento de violación, pero cuando los casos eran más recientes recibían prioridad—. ¿Cuántos años tiene el niño ahora? ¿Sigue siendo menor de edad?

—Tiene trece años.

—Espere, por favor —dijo la mujer, y desapareció. Pasó una eternidad hasta que volvió a oírse su voz al otro lado de la línea—. ¿Puede venir con él?

—Sí, claro.

—¿Le va bien hoy a las cuatro y media? Acaban de cancelar una cita.

—Muy bien —respondió Ginny en tono práctico, en consonancia con el resto de la conversación, que se había mantenido con actitud profesional por parte de las dos. Se alegraba de que Blue no tuviese que esperar y angustiarse antes de la cita. Una vez tomada la decisión de denunciar los hechos, lo que Ginny deseaba era hacerlo cuanto antes, por lo que la idea de ir esa misma tarde le parecía perfecta—. Muchas gracias —añadió de corazón.

—Se reunirán con la oficial Jane Sanders de la Unidad de Abuso de Menores. Pregunten por ella cuando lleguen.

A continuación le dio la dirección y le explicó cómo llegar. Ginny volvió a darle las gracias y colgaron. Y decidió hacer todas las llamadas del tirón. Así pues, acto seguido llamó a Andrew O'Connor, el abogado especialista en derecho canónico y en casos de abusos sexuales y abusos a menores. Saltó el contestador (el hombre tenía una voz agradable) y le dejó un mensaje. Luego envió otro mensaje a Kevin para decirle que había contactado con la persona cuyo nombre le había facilitado. Y después pasó dos horas leyendo informes del Departamento de Estado sobre zonas en conflicto que le había mandado la oficina de SOS. Contenían información útil para todos los cooperantes de la organización y dedujo que no tardarían en enviarla a uno de esos sitios.

Estaba tomándose un respiro cuando le sonó el móvil. Era Andrew O'Connor. Le sorprendió el timbre de su voz, tan joven, sobre todo teniendo en cuenta que era un exsacerdote y letrado que había pasado tiempo en el Vaticano. Había imaginado que sería mayor.

—Disculpe, estaba fuera cuando ha llamado —dijo muy amablemente—. He tenido un día de locos. Ahora estoy entre dos vistas. ¿En qué puedo ayudarla? —Era la hora del almuerzo y, por lo visto, el abogado aprovechaba para devolver llamadas. Al menos sabía que respondía bien.

—Acabo de informar a la policía de un caso de abusos sexuales —le explicó—. Soy la tutora de un chico de trece años.

En estos momentos vive conmigo. Hace tres años un cura abusó de él. —Fue directa al grano; O'Connor era un hombre ocupado y no quería hacerle perder el tiempo, cosa que él apreció.

—¿Abusó de él o lo violó? —le preguntó él sin ambages.

—Dice que abusó de él, pero cabe la posibilidad de que hubiese algo más que no me haya contado o que ni él mismo recuerde.

El abogado era plenamente consciente de esto también.

—¿Por qué ha esperado hasta ahora para dar el paso? —Si bien estaba acostumbrado a casos en los que la gente esperaba aún más tiempo, en ocasiones veinte años, quería conocer los detalles.

—En su día intentó contárselo a una tía suya, pero ella no lo creyó. Desde entonces, creo que tenía miedo, que le daba vergüenza. El cura lo amenazó con que haría que lo encarcelasen si alguna vez lo contaba. Y hasta ahora no contaba con nadie que defendiera su causa. Solo llevo seis meses siendo su tutora, y hace muy poco que me lo ha contado.

Al abogado le parecía razonable. Eso no tenía nada de excepcional.

—¿Saben dónde está el cura ahora? A veces los trasladan de parroquia, para ocultarlos o apartarlos de la exposición pública, en especial si han recibido quejas sobre ellos.

—Podría ser el caso. Lo trasladaron a Chicago el año pasado. Yo estuve con él ayer —le informó.

Este extremo sorprendió a Andrew O'Connor, que reaccionó con extrañeza.

—¿En Nueva York? ¿En la calle? ¿Fue una coincidencia o había quedado con él?

—Cogí un avión a Chicago para conocerlo. Supuestamente fui a hablar con él sobre un marido imaginario.

El abogado se quedó muy impresionado con lo que había hecho Ginny. Le pareció que controlaba la situación, que actuaba de manera proactiva, y le gustó su voz inteligente. Nada de florituras ni aderezos, ni lágrimas: los hechos puros y duros, lo cual le ahorraba tiempo.

—¿Qué aspecto tiene? —preguntó Andrew O'Connor con curiosidad.

—El de una estrella de cine: alto, guapo, increíblemente carismático. Y tiene mirada de serpiente, capaz de encandilar a los pajaritos para que bajen de las ramas. Es perfecto para el papel que representa, el del «padre Teddy», el peluche favorito de todo el mundo. Los niños deben de seguirle como a un flautista de Hamelín, y las mujeres de la parroquia tienen que caer rendidas a sus pies. No podría haber sido más amable. Y después, entré en su iglesia y lo vi llevarse a un niño por una puerta lateral, con la mano apoyada en su hombro. Cerró la puerta y sabe Dios lo que ocurrió a continuación. Me sentí completamente impotente, pero solo de pensarlo me entran ganas de vomitar. Lo que le hizo a mi chico ya fue bastante malo. Le dejaba tocar el piano que tenía en el sótano de la iglesia para poder abusar de él y luego lo amenazaba con hacer que lo metieran en la cárcel si lo contaba. Se las ingenió para echarle la culpa a él.

—A ver si lo adivino: ¿por «tentarlo»? El viejo recurso de los curas malos. Por lo que dice, el tipo promete. Me gustaría conocer a su chico en persona y hablar con él. ¿Podrían venir el lunes a las tres? —Blue tendría que salir antes del colegio, pero Ginny pensó que merecía la pena—. ¿Cómo se llama, a todo esto?

—Blue Williams. Y yo, Ginny Carter.

—Igual le parece un disparate, pero ¿no salía usted en la tele? Tengo una hermana en Los Ángeles y antes había una periodista en las noticias que se llamaba Ginny Carter. La veía siempre que iba.

—Soy yo —respondió ella, cohibida.

—¡Vaya! Es increíble. Su marido y usted formaban un tándem perfecto en las noticias —manifestó él a modo de cumplido.

Y ella pensó que en ese momento era una persona totalmente diferente de aquella. Era como si hubiese pasado una eternidad y todo aquello formase parte de otra vida.

—Sí, formábamos un gran equipo, gracias. —Trató de adoptar un tono neutro, sin ningún dejo de nostalgia. Su interlocutor no era psiquiatra, sino abogado.

—La última vez que estuve en Los Ángeles, me di cuenta de que ya no salían ni usted ni él —dijo como decepcionado.

—Mi marido falleció hace tres años y medio —contestó Ginny sin entrar en detalles.

—Cuánto lo lamento... No debería haberlo mencionado. Aunque eran ustedes buenísimos. —Parecía azorado por haber sacado el tema.

—Gracias.

O'Connor había pasado a creer más en la veracidad de lo que le había contado Ginny, sabiendo que estaba acostumbrada a ceñirse a los hechos, a la precisión, a dar cuenta de los acontecimientos tal como eran, sin exagerarlos ni embellecerlos de ninguna manera. Todo eso hacía que le resultase más fiable, lo cual le facilitaba la labor.

—Hasta el lunes, entonces. Con Blue —dijo él con cordialidad, y colgó.

Tan pronto como Blue volvió de clase ese día, Ginny le anunció que tenían cita con la policía. En un primer momento, él reaccionó con cara de susto, pero entonces movió la cabeza arriba y abajo en señal de aceptación. En su vida anterior, ir a ver a la policía no era bueno. Esta vez, sí.

Se dirigieron al centro en metro y llegaron a la cita justo a la hora acordada. Ginny preguntó por la oficial Sanders. A los pocos minutos, salió a atenderlos una mujer muy guapa. Iba de paisano, era pelirroja, con el pelo largo, y llevaba una blusa ajustada y muy corta. Blue la recibió con cara de alivio, pues no parecía una policía ni alguien con intenciones de meterlo entre rejas, a pesar de que llevaba unas esposas en el cinturón. Ginny advirtió, bajo la americana de la oficial, la silueta difusa de un arma de fuego dentro de una funda al hombro, que sus movimientos permitían entrever, así como la placa, prendida en el cinturón.

—Hola, Blue —lo saludó con naturalidad y, cuando se sentaron en su despacho, les preguntó si querían beber algo. Tenía los ojos verdes, grandes, y una sonrisa amable y relajada. Blue pidió Coca-Cola y Ginny dijo que no quería nada. La oficial Sanders se dirigió a Blue directamente, con tono dulce—: Sé que no resulta agradable venir aquí. Pero estamos para ayudarte. No permitiremos que te pase nada malo. Te iré contando lo que hacemos a lo largo de todo el proceso. A la gente que hace daño a los niños o que abusa de ellos de cualquier manera hay que detenerla, por el bien de todos, incluso por su propio bien. Por eso has hecho lo correcto al venir. —Lanzó una mirada a Ginny como para incluirla a ella en la conversación—. ¿Es tu madre? —le preguntó señalándola.

—No, es amiga mía —dijo él, y sonrió a Ginny.

—Vive conmigo —explicó ella.

—¿Eres su madre adoptiva? —preguntó la oficial Sanders y ella negó con la cabeza.

—No, pero se queda en mi casa por temporadas. Su tutora legal es una tía suya.

—Ningún problema —dijo la oficial sin reflejar la más mínima preocupación. Solo quería saber quién era quién y ya lo sabía. No era preciso que Blue obtuviese permiso de un padre o de un tutor legal para comunicar el incidente—. Bueno, ¿quieres contarme lo que pasó? En primer lugar, ¿cuántos años tenías?

—Nueve, creo, o diez recién cumplidos. Vivía con mi tía, en la parte alta. El cura de nuestra parroquia, el padre Teddy, me dijo un día que podía tocar el piano que tenían en el sótano. Venía conmigo para escuchar cómo tocaba y a veces se sentaba a mi lado. Era entonces cuando lo hacía.

—¿Y qué hacía? —Formuló la pregunta como si fuese lo más normal del mundo, aun habiéndolo conocido hacía tan poco tiempo. Era buena en su trabajo.

Fue haciéndole preguntas concretas a medida que él se lo contaba: qué era lo que le tocaba, cómo, dónde exactamente, y si el cura le había hecho daño. Le preguntó si le había obligado a desnudarse o si habían practicado sexo oral en algún momento, y Blue dijo que no. Pero el incidente se había repetido infinidad de veces, y el cura lo había besado y había ido cada vez un poco más lejos. Blue contó que había tenido miedo de que intentase hacerle otras cosas y que por eso había dejado de ir a tocar el piano. Entonces el cura había intentado convencerlo para que volviera. Pero él no había vuelto. Luego lo había amenazado otra vez para que no dijera nada a nadie, de lo contrario lo arrestarían, lo meterían en la cárcel y nunca le creerían. Ese hombre lo había convencido por completo de que eso era lo que ocurriría. Ginny se dio cuenta, al escuchar su relato, de que los incidentes de abuso habían sido más frecuentes de lo que ella había entendido al principio. Blue no se lo había contado. En ese momento, se preguntó si se había guardado más cosas o si tan solo no las recordaba. Se alegró todavía más de haber acudido a la policía. Tenía la sensación de que había algo que tal vez él no quería contar. Eso pensó también la oficial Sanders, aunque de momento era un buen comienzo.

La oficial planteó entonces otra pregunta:

—¿Te pidió alguna vez que lo tocaras tú a él? —Su forma de preguntarlo daba a entender que no tenía mayor trascendencia.

Blue vaciló y se lo pensó un buen rato antes de mover la cabeza afirmativamente. A Ginny le costó Dios y ayuda seguir el ejemplo de la oficial Sanders y no reaccionar. Ni siquiera se le había ocurrido preguntarle eso a Blue y se quedó horrorizada al conocer la respuesta.

—A veces. —Había bajado la vista y no miró a Ginny.

—¿Te amenazaba con hacerte daño si no lo tocabas?

—Me decía que era culpa mía que se pusiera así, porque yo lo tentaba y eso le hacía sufrir, así que tenía que arreglarlo yo. Y si no, no me dejaría volver y le diría a mi tía que había robado el dinero del cepillo, aunque no era verdad.

—¿Y cómo tenías que arreglarlo?

Siguió otro largo silencio y a continuación Blue, a regañadientes, describió con todo detalle una felación. Ginny contuvo las lágrimas mientras lo escuchaba. Aquello le partía el corazón.

—¿Él te hizo eso a ti alguna vez?

Blue negó rápidamente con la cabeza y miró a Ginny con la cabeza gacha, para ver si estaba enfadada con él. Ella, por el contrario, le sonrió y le acarició la mano. El chico estaba dando muestras de verdadera valentía.

—Mira, Blue —añadió la oficial—, si presentamos cargos contra el padre Teddy, no tendrás que verlo en el juzgado. El juez leerá la denuncia y hablará contigo a puerta cerrada. Pero es mejor que ya no tengas miedo al padre Teddy. Forma parte del pasado. Y algún día podrás dejar todo esto atrás y olvidarlo. Es algo que te ocurrió, pero no eres tú, y nada de todo aquello fue culpa tuya. Él es un hombre repugnante que se aprovechó de un niño, tal vez incluso de muchos. Pero ya no tendrás que volver a verlo nunca.

Blue recibió sus palabras con un alivio inmenso. Eso era lo que lo preocupaba, y la oficial se daba cuenta. Casi lo vio soltar el aire de los pulmones y relajar todo el cuerpo al oír aquellas palabras.

—¿Crees que le hizo lo mismo a algún amigo tuyo? ¿Alguien comentó algo alguna vez?

—Pues Jimmy Ewald también decía que lo odiaba. A mí me daba miedo preguntarle por qué, pero pensé que podía ser eso. Nadie dijo nunca nada. Seguramente tenían demasiado miedo. Yo tampoco dije nada, ni siquiera a Jimmy. Él iba a séptimo entonces, era mayor que yo.

Ella asintió en silencio. No parecía sorprenderse ante nada de lo que decía Blue, ni siquiera cuando contó lo de la felación.

—¿Te acuerdas del aspecto del padre Teddy? ¿Crees que lo reconocerías si lo vieras?

—¿Como en una rueda de reconocimiento? ¿Como en *Ley y orden*? —Pareció emocionado con la pregunta de la oficial, y tanto ella como Ginny se echaron a reír.

—Sí. O por una foto.

—Claro. —Blue no tenía la menor duda.

Entonces intervino Ginny.

—Yo lo vi ayer mismo, en Chicago, en la parroquia a la que lo trasladaron. Solo quería ver cómo era. —La oficial Sanders se sorprendió mucho—. Antes era periodista.

—¿Sabía él por qué estabas allí?

—Le conté que había ido porque necesitaba consejo matrimonial y le di mi apellido de soltera. Pero después de nuestro encuentro vi que se iba por una puerta con un niño. Yo estaba en la iglesia y no me vio.

Blue la miró sorprendido. La oficial Sanders asintió, y Ginny se fijó en que se le contraía ligeramente un músculo de la mandíbula, pero, salvo por eso, nada en su semblante delató hasta qué punto le repugnaban esos agresores. Solía comentar a sus compañeros de trabajo que deberían castrarlos. Pero delante de las víctimas jamás dejaba que aflorase la rabia.

—Lo has hecho fenomenal —le dijo a Blue—. Me has ayudado muchísimo. A partir de ahora, lo que haremos será investigar el caso con mucho cuidado y discreción, para averiguar si alguien se ha quejado de él a la Iglesia alguna vez y si saben algo. Quizá por eso lo trasladaron a Chicago. Es posible que lleve mucho tiempo haciendo esto, en las otras parroquias en las que trabajó. Dudo que seas el único al que le ocurrió, Blue. Pero aunque así fuera, aunque no lo hubiese hecho antes ni lo repitiese después, no deja de estar mal. Yo te creo.

»Luego, cuando ya tengamos todas las pruebas, presentaremos cargos contra él y lo arrestaremos. Y si cumplimos bien nuestro cometido, acabará en la cárcel. Es posible que tardemos un tiempo en recabar todas las pruebas que necesitamos para presentar el caso con consistencia, así que tendrás que ser un poquito paciente. Pero estaré en contacto contigo y con Ginny, y os iremos contando cómo avanza la cosa. Ahora voy a redactar una declaración, con todo lo que me has contado hoy. Y si me equivoco o entiendo algo mal, no tienes más que decírmelo para que lo corrija. Luego puedes firmarlo y abriremos el caso, y ya está.

Le sonrió, se levantó y, antes de salir, dijo que no tardaría. Ginny la veía por el cristal del despacho: se había sentado ante un ordenador y estaba tecleando la declaración para que la firmase Blue. No había tomado notas para poder concentrar toda la atención en Blue, así que sería impresionante si lo incluía todo. Cinco minutos después, volvía con la declaración impresa para para que Blue la leyera y firmase. Ginny ya le había confirmado que en la época en la que se produjeron los hechos no conocía a Blue, por lo que no tenía nada que añadir.

La oficial entregó la hoja a Blue y le pidió que leyera la declaración con detenimiento y que no le diera apuro señalarle si se había equivocado en algo. Quería ser absolutamente precisa, pues la declaración sería el punto de partida de la investigación. Luego, apuntó la dirección electrónica de Blue y la de Ginny, así como su propio número de móvil.

Blue leyó el texto con cuidado y le indicó que coincidía con lo que le había dicho. No había omitido nada, y el escrito no contenía errores. Una vez que hubo confirmado que era correcto, Sanders le pidió que jurase que lo que le había contado era cierto. Él lo juró y firmó la declaración. Entonces ella les dio las gracias a los dos por haber ido y los acompañó a la puerta. Había sido una entrevista agotadora y cargada de emociones. Blue estaba exhausto, y Ginny también tenía cara de cansada, pero se dijo que todo había ido bien.

Estaban bajando en el ascensor cuando Ginny miró detenidamente a Blue.

—¿Estás bien?

—Sí. Es maja —dijo él en voz baja. Entonces levantó el rostro y miró a Ginny con tristeza—. ¿No estás enfadada conmigo?

Se refería a lo que se había callado, ella lo comprendió enseguida. Al contrario, estaba admirada ante la sinceridad con la que había hablado, cosa que no podía haberle resultado fácil.

—Pues claro que no. ¿Cómo iba a estar enfadada contigo? Eres la persona más valiente que conozco y has hecho bien en contárselo. Con el único con quien estoy furiosa es con el padre Teddy.

Blue asintió y ella le cogió de la mano. Salieron del ascensor y del edificio y, ya en la calle, cuando se dirigían al metro, él volvió a hablar y a reír, y a llenarse de vida otra vez.

Jane Sanders salió de su despacho, con la declaración de Blue en la mano, y entró en el de su teniente con pasos largos y cara de pocos amigos. El teniente alzó la vista y se encontró con una mirada asesina. El caso no era diferente de los demás, pero estaba harta de oír la misma historia una y otra vez y de que siempre le asignasen esos casos a ella. Después de asistir a cursos de psicología y orientación personal durante años, y con su licenciatura por la Universidad de Columbia, los manejaba mejor que cualquiera de sus compañeros. Además, siempre echaba el guante al delincuente, no había perdido ningún caso contra un pederasta, ya fuese un ciudadano de a pie o un cura.

—¿Qué tienes? —preguntó el teniente, interesado. No era la primera vez que veía aquella expresión en su rostro—. ¿Un encantador asesino múltiple para que no te aburras? —bromeó.

—Ojalá. Otro cura. Estoy hasta las narices de estos tíos y de lo que hacen a los críos. ¿Por qué no los expulsan del sacerdocio? La mayoría ya saben quiénes son, pero los van cambiando de sitio como la bolita de los trileros. Dan mala prensa a la Iglesia. —Al igual que Ginny, estaba segura de que el padre Teddy había hecho lo mismo o cosas peores a otros niños de la parroquia. En los casos de pedófilos como él, nunca se trataba de hechos aislados. Probablemente había vuelto a las andadas en Chicago. Sanders contaba con un equipo de investigadores de los que tiraba para casos similares; pensaba ponerlos a trabajar en el de Blue de inmediato.

—¿Tiene opciones de salir adelante? —le preguntó Bill Sullivan.

Sanders era la mejor oficial que tenía para casos de abuso de menores, desempeñaba su labor de manera brillante.

—Absolutamente —contestó ella con total seguridad—. Es un caso de abusos de manual. —Se asemejaba a muchos otros en los que había trabajo. Y le parecía que todos los elementos eran verosímiles—. Además, el chico será un testigo inmejorable.

—Entonces a por él, Jane. —Bill sonrió de oreja a oreja.

—Descuida, lo haré. Estoy en ello.

Dejó una copia de la declaración encima de la mesa, con el número de expediente correspondiente, y volvió a su despacho. Había dado comienzo la búsqueda del padre Teddy y de sus víctimas.

12

La reunión con Andrew O'Connor fue muy diferente de la que habían mantenido con la policía. De entrada, para ahorrarle a Blue el sufrimiento y la vergüenza de tener que contarlo todo de nuevo con pelos y señales, Ginny entregó al abogado la declaración hecha ante la policía. Le pidió que la leyese, y eso hizo. Al terminar, levantó la cara para mirarlos a los dos, con gesto serio. Era un hombre alto, de porte aristocrático. Aunque iba en vaqueros y con una camisa azul con las mangas remangadas, se veía que era de una factura excelente. Además, llevaba los zapatos impecables. Los cuadros que decoraban su despacho eran obras caras, y los diplomas decían que se había licenciado por Harvard. A juzgar por su seguridad y sus modales, Ginny intuyó que procedía de alguna familia importante y que tenía dinero. Kevin no lo había comentado, pero ella lo percibía. Sin embargo, aunque podía imaginárselo como ejecutivo de banca o abogado, nunca habría dicho que había sido sacerdote.

—Conozco a Jane Sanders. Es la persona idónea para esta investigación —dijo O'Connor contento con la noticia—. Ya he trabajado con ella. No hemos perdido ninguno de los casos en los que hemos trabajado juntos. Y no creo que este vaya a ser muy difícil de demostrar. Por lo visto, el tipo es muy descarado, y sospecho que tú eres solo una de sus víctimas, Blue. Puede que haya muchas. Y si logramos demostrar que la archidiócesis lo trasladó a Chicago para encubrirlo, habremos ganado el caso. Sospecho que eso fue justo lo que hicieron. El Vaticano ha ordenado que deje de aplicarse esa práctica, pero algunos responsables diocesanos y algunos obispos siguen intentando proteger a los suyos. El derecho canónico estipula sin género de dudas que en este tipo de casos deben entregar a los curas descarriados a las autoridades, pero muchos se niegan a hacerlo. De este modo, sujetos como el padre Teddy salen impunes una y otra vez. Lo primero que hay que hacer es pararlo y conseguir que se haga justicia, con Blue y con todas las personas a las que haya hecho daño. Y luego querría que indemnizasen a Blue por los daños. En algunos de estos casos, mis clientes han conseguido sumas de dinero nada desdeñables.

—¿Qué quiere decir? —le preguntó Blue directamente.

—Cuando alguien te hace algo malo como eso —explicó el exjesuita—, y te perjudica o te daña de alguna manera, lo primero que quieres es que, de ser posible, lo encarcelen. De eso se encarga la policía. Pero luego puedes presentar una demanda civil y obtener una suma de dinero por lo que sufriste. De eso me ocupo yo. —Lo expuso de un modo muy sencillo.

—¿Quiere decir que me pagarán por lo que me hizo? —Blue estaba horrorizado—. No me parece bien.

—En cierto sentido no está bien —convino Andrew—. No arregla nada y, en el caso de personas que sufrieron lesiones físicas, no les devuelve su integridad perdida. Pero viene a ser el modo en que nuestro sistema hace que los culpables pidan perdón y paguen por lo que hicieron. Y en ocasiones puede ser bueno, cuando ese dinero puede ayudarte. En este caso, es la Iglesia católica la que paga la indemnización y a veces se han establecido sumas muy elevadas. No puede ponerse precio al daño que causa esa gente ni al trauma que sufriste o a dolor que causaron. Pero recibir una indemnización ha ayudado a algunas víctimas a encontrar consuelo y a sentir que hay gente que se preocupa por ellas. Así funciona nuestro sistema jurídico. —Blue escuchó las explicaciones del abogado, pero seguía mostrándose incómodo con la idea—. Podría venirte bien disponer de un dinero en el banco, para tus estudios, para montar una empresa algún día o para dar una entrada en la compra de una casa cuando seas mayor, o incluso para tus hijos. Es una manera de darte algo a cambio de la inocencia que perdiste y del abuso de tu confianza. —No hizo mención a su cuerpo, pero también formaba parte de ello.

Blue se volvió hacia Ginny con gesto inquisitivo.

—¿A ti te parece bien? —le preguntó inseguro.

Ella asintió.

—Sí, Blue. Viviste algo terrible. Fue muy traumático. Si recibes una indemnización, no estarás robando a nadie. Te lo mereces. Y para la Iglesia sería la forma de pedirte perdón por lo malo que fue el padre Teddy y lo por lo que te hizo. —Tal como lo expresó Ginny, le pareció mejor.

—El Estado lo manda a la cárcel y la Iglesia te pide disculpas haciéndote un regalo. A veces es un regalo muy grande, pueden permitírselo —agregó el abogado.

Blue se quedó pensativo, dándole vueltas, y no respondió. No quería un dinero que no se merecía por haber permitido que el padre Teddy le hiciera algo que no estaba bien. De vez en cuando todavía se sentía culpable, porque a medida que iba haciéndose mayor entendía hasta qué punto era algo intolerable y él, sin embargo, no se lo había impedido. Pero había tenido demasiado miedo a impedírselo. ¿Y si el padre Teddy tenía razón cuando dijo que Blue le había hecho «caer en la tentación»? No había sido su intención, pero ¿y si era eso lo que había ocurrido?

—Me gustaría trabajar con Jane Sanders en la investigación, y además podemos contratar a un detective privado, para atar todos los cabos sueltos y no dejarnos nada relevante —les explicó el letrado—. Nos interesa organizar el caso lo mejor posible para asegurarnos de que lo condenan. Mientras tanto, yo prepararé la demanda civil, de manera que en cuanto lo condenen, obtengamos una indemnización de la Iglesia.

Aunque lo exponía de forma muy directa, Ginny sabía que no sería tan fácil como sonaba. Resultaba complicado llevar ese tipo de casos a instancias judiciales, y la Iglesia no siempre se mostraba tan colaboradora como él daba a entender. La Iglesia protegía a los suyos. Pero el panorama esperanzador que había esbozado él les sonaba perfecto tanto a ella como a Blue.

—Además, en cuanto el Estado presente cargos contra él y el caso salga a la luz pública, quiero enviar una carta a los feligreses de su parroquia de aquel entonces, a la de antes del incidente y a la de hoy en día, y a cualquier otra parroquia en la que haya servido, para ver si conseguimos que aparezcan más víctimas. Hay gente que no quiere verse implicada o que los demás se enteren de lo que les pasó, pero otros muchos sí, sobre todo cuando se dan cuenta de que no han sido los únicos. Os sorprendería saber cuántas personas aparecen de la noche a la mañana reconociendo públicamente que también les ocurrió a ellos. Este tipo de individuos no delinque solo una o dos veces, ni siquiera un puñado. En uno de los casos que llevé, encontramos a noventa y siete víctimas, pero solo setenta y seis estuvieron dispuestas a testificar. Todas recibieron indemnizaciones de la Iglesia, y muy elevadas, de hecho. Fue el caso más importante en el que he trabajado hasta la fecha.

—¿Cuáles serían sus honorarios por este? —le preguntó Ginny con prudencia. Sospechaba que cobraba si la sentencia era favorable a su cliente, deduciendo para sí un porcentaje de la indemnización fijada, y que no les cobraría nada más aparte de eso. Pero necesitaba asegurarse.

—Para mí estos casos son una parte importante de nuestra historia como seres humanos y como católicos. Debemos corregir estas conductas. No podemos ocultarlo, hay que cerrar las heridas, cueste lo que cueste. Y quienes, como yo, seguimos creyendo en la Iglesia y en su integridad, estamos dispuestos a devolver algo a las víctimas. Por eso llevo estos casos de manera altruista. No cobro nada, con independencia de la cantidad de horas que invierta. Incluso si vamos a juicio. No quiero un porcentaje del pago. Dicho de otro modo —añadió mirándolos a los dos—, todo lo que haga en relación con el caso será gratis.

A Blue le pareció muy amable de su parte, y Ginny se quedó atónita, pues sabía lo cara que podía resultar toda la labor legal y cuánto cobraban la mayoría de los abogados, sobre todo cuando había indemnizaciones de por medio.

—¿Y eso cómo puede ser? —le preguntó, sin dar crédito.

—Es fácil. Tengo clientes que me pagan por casos de otra índole. Considero fundamental demostrar que sigue habiendo gente buena implicada en la Iglesia directa e indirectamente. —Él no sabía que ella conocía su historia, por eso aclaró—: Yo fui sacerdote. Dejé el sacerdocio por distintos motivos, pero me preocupan profundamente estos delitos de abusos sexuales contra niños. Y esto es lo que está en mi mano hacer para ayudar: defender a quienes lo necesitan y hacerlo sin cobrar nada a cambio. No quiero que la gente crea que consigo una indemnización elevada a una víctima para poder llevarme una parte. No soy yo quien sufrió los abusos, sino Blue. Merece ese pago por entero. Llevo varios años trabajando así. La archidiócesis sabe quién soy. No les gusto, y lucho con uñas y dientes. —Entonces miró a Ginny con una amplia sonrisa—. Y siempre gano. Todavía no he perdido un solo caso de este tipo y no tengo la menor intención de empezar ahora. La espada de la verdad es poderosa. —A continuación sonrió a Blue—. La usaremos para cortarle la cabeza al padre Teddy. —Ginny habría sugerido otras opciones, pero guardó silencio. Estaba asombrada ante ese exsacerdote que acababa de ofrecerse a representar gratis a Blue—. ¿Es usted su tutora? —preguntó a Ginny.

Daba por hecho que la respuesta sería afirmativa, de modo que se sorprendió cuando ella le dijo que no lo era.

—La tutora es su tía. ¿Necesita que firme algo?

—Aún no. Pero cuando llegue el momento de interponer la demanda civil, tendrá que firmarla su tutora legal.

—Estoy segura de que la firmará —respondió Ginny con confianza. Charlene quería a su sobrino y desearía lo mejor para él, y cobrar una indemnización lo sería—. En ese sentido no habrá problema.

Él asintió, contento de oír la respuesta, y pasó a explicarles cuál sería el plan. Hablaría con el detective al que solía recurrir en casos de abusos sexuales, un profesional excelente a la hora de sonsacar rumores, chismorreos y sospechas de los parroquianos, y en ocasiones mucho más que meras habladurías, datos que podrían conducirlos a pruebas y a otras víctimas. O'Connor dijo también que se mantendría en contacto con la oficial Sanders durante toda la investigación. Y que, tan pronto como el Estado o varios estados se querellasen contra el padre Teddy Graham, iniciaría la causa civil y, al mismo tiempo, reclamaría el pago de la indemnización a la Iglesia. En cuanto fuese condenado, nadie podría echar su pleito abajo. Llegados a ese punto, solo faltaría establecer el importe del pago. Pero hasta entonces les quedaba un largo camino por recorrer. Andrew O'Connor calculaba que el proceso entero llevaría un año, más o menos, dependiendo de lo que tardasen en efectuar el pago. Si iban a juicio, podía alargarse más. Pero dudaba de que llegasen a eso. Por otro lado, si la archidiócesis trataba de ocultar los crímenes del padre Teddy y lo respaldaba, empeoraría sus propias perspectivas de éxito. En efecto, los tribunales esperaban que la Iglesia mostrase arrepentimiento por los delitos cometidos por sus sacerdotes y que resarciese a las víctimas.

Conversaron unos minutos más. Durante ese tiempo, pese a que Andrew O'Connor trataba de no quedarse mirando a Ginny, lo cierto era que la observaba con atención. La veía muy cambiada respecto a la época en que trabajaba en la televisión. Seguía igual de guapa, pero de un modo más sereno, más luminoso. Pensaba que tenía un rostro angelical. No llevaba maquillaje y se había recogido el cabello, largo y rubio, en una coleta, y su mirada reflejaba una tristeza como nunca había visto, incluso cuando se reía. Sus ojos eran dos profundos pozos de dolor. Solo se la veía feliz cuando se dirigía a Blue.

Ginny, por su parte, observó al abogado cuando los acompañó a la puerta y pensó que era un hombre sofisticado y de mucho mundo. Un hombre de apariencia distinguida que, a pesar de las sienes plateadas, tenía un rostro juvenil. Calculó que rondaría los cuarenta años.

Recordó que los jesuitas eran la élite intelectual de la Iglesia. Y si había trabajado en el servicio jurídico del Vaticano, tenía que ser un buen abogado, muy brillante. Kevin le había comentado que había vivido cuatro años en Roma. Era un hombre muy capaz y, al igual que cuando conoció a Jane Sanders, estaba segura de que, con él, el caso de Blue estaría en buenas manos. En el camino de vuelta al apartamento, el chico comentó que a él también le había gustado. En ningún momento preguntó cuánto podría llegar a cobrar, pues aún le daba apuro pensarlo siquiera. A Ginny le gustaba eso. Blue no estaba dando la cara por dinero, sino porque era lo correcto, y por lo que le habían hecho.

Esa noche telefoneó a Kevin Callaghan para darle las gracias por el contacto.

—Ha sido una pasada. Y a Blue también le ha gustado. Me da que es un abogado muy bueno, pero casi me caigo de la silla cuando nos ha dicho que lleva estos casos de manera altruista.

—Increíble. —Kevin también estaba sorprendido.

—Es como si siguiera creyendo en todos los valores jesuitas. Tan solo quiere acabar con los malos sacerdotes —añadió Ginny.

—Un tío interesante —comentó Kevin.

Ginny opinaba lo mismo. Estaba muy impresionada. La reunión había resultado sumamente provechosa para la causa de Blue, como también lo había sido el encuentro con la policía.

Después de hablar con Kevin, la llamó Becky. Cada vez que recibía una llamada suya, Ginny se armaba de valor para oír malas noticias.

—¿Qué tal papá? —preguntó, y contuvo la respiración en espera de la respuesta.

—Más o menos igual que cuando vinisteis. Está y no está. Ahora pasa algunos días enteros durmiendo. —Era como una vela cuya llama iba titilando hasta que se apagaba—. ¿Qué tal ha ido la semana? —preguntó Becky. No habían vuelto a hablar desde el viaje relámpago a Los Ángeles.

—Ajetreada y agotadora. —Ginny se notaba un tanto fatigada, pero a la vez contenta con todo lo que habían logrado.

—¿Qué has estado haciendo?

—Pues algunas cosas nada fáciles —reconoció—. Nos hemos enfrentado a una situación bastante dura para Blue. O al menos hemos dado el primer paso. —Eso era solo el principio. Ginny aún no le había contado nada a Becky y tampoco quería hacer pasar vergüenza a Blue, pero, aunque su identidad quedase protegida, el caso saldría a la luz pública en breve, así que le pareció correcto decírselo.

—¿Algo relacionado con el colegio?

—No —respondió con tiento—. Hace tres años el cura de su parroquia abusó de él y, después de hablarlo seriamente, hemos decidido hacer algo al respecto. Total, que la semana pasada fuimos a la Unidad de Abuso de Menores y hoy hemos estado con un abogado especializado en estos casos contra la Iglesia. Ha sido todo bastante intenso. Pero creo que será bueno para Blue. Honra y da validez a lo que vivió, y le transmite el mensaje de que nadie que abuse de él saldrá impune, y que hay gente decente que se preocupa por él.

Al otro lado del teléfono se hizo el silencio cuando terminó de hablar.

—Dios mío —exclamó Becky al cabo de un minuto. Ginny dio por sentado que se sentía horrorizada por lo que había tenido que vivir Blue—. No me puedo creer que estés haciendo esto. ¿Ahora arremetes contra la Iglesia? ¿Y cómo sabes tú que lo que te ha contado es verdad?

Becky no se lo había creído en absoluto. Entre las acusaciones reales, también había habido un montón de otras falsas que habían destrozado la vida a curas buenos. Era la otra cara de la moneda. Sin embargo, Ginny estaba segura de que no era el caso de Blue. Lo creía sin asomo de duda. El sufrimiento que le causaba era demasiado real.

—Estoy totalmente segura de que es verdad —replicó con calma.

—¿Y tú qué sabes? Muchos chicos han mentido sobre esas cosas. Y que te impliques en eso me revuelve las tripas. Ese crío no es tu hijo, apenas lo conoces y ahora vas y te metes con la Iglesia católica. ¿Es que ya no crees en Dios? Pero ¿qué te pasa?

Ginny estaba indignada con lo que estaba escuchando y con que fuese su hermana quien lo hubiera pronunciado.

—Pues claro que creo en Dios. Pero no creo en curas que aprovechan su posición para abusar de niños o violarlos. No te equivoques. ¿Y quién va a dar la cara por él si no lo hago yo? Becky, no tiene a nadie en este mundo, sus padres murieron, no hay ningún adulto que se ocupe de él y solo le queda una tía que ni siquiera desea verlo y que vive con tres hijos en un piso de una sola habitación, con un novio que encima le pega. Tú no entiendes de dónde viene este chico, y te importa un bledo. Pero a mí no. —Ginny estaba escandalizada por la reacción de su hermana. Siempre le parecía mal cualquier cosa que hiciera ella, ya se tratara de su trabajo humanitario, de Blue o de la querella contra el cura que había abusado de él.

—¡No eres Juana de Arco, por el amor de Dios! E ir a por la Iglesia en la que nos educaron nuestros padres es un sacrilegio y una inmoralidad. No me puedo creer que vayas a hacer algo así. Da gracias a Dios por que papá no se enterará nunca.

Su padre había ido a misa todos los domingos de su vida, al igual que su madre. Ellas habían asistido a la iglesia de pequeñas. Becky y Alan solo iban a misa algún domingo y se llevaban a los chicos con ellos. No podía decirse que fueran católicos practicantes. Pero Becky se sentía en el deber de defender al padre Teddy Graham, aun cuando había sido él quien había vulnerado la santidad de la Iglesia, y no a Ginny por defender a Blue y presentar batalla.

—No puedes ir en serio. De verdad creo que tienes que replanteártelo —insistió Becky. Hablaba en un tono de incredulidad furiosa y severo rechazo.

—¿Qué? ¿Y transmitirle la idea de que no pasa nada por que abusaran de él, que no tiene importancia y que el cura que se lo hizo es un buen tipo? Tendría que estar en la cárcel. Además, estoy segura de que se lo hizo a muchos niños más. La semana pasada yo misma lo vi con uno.

—¿Qué estabas haciendo, seguirlo?

Becky volvía a salirse por la tangente. Eso hizo ver a Ginny, una vez más, que su hermana la había criticado toda su vida por cualquier cosa que hiciera. Pero nada de lo que le dijera disuadiría a Ginny de apoyar a Blue con el caso.

—No, fui a Chicago a ver cómo era. Y es un verdadero personaje.

—Igual que tú —repuso Becky enfadada—. Nunca pensé que vería el día en que mi propia hermana atacase a la Iglesia.

—Es que en esto hay que atacarla. Hay que delatar a esos hombres. Son pederastas de la peor calaña. Son pedófilos y deben ir a la cárcel.

—Blue no sufre. Se ve que es un chico feliz y sano. No es el primero al que le pasa, lo superará. No hace falta que conviertas esto en una misión sagrada y que te pongas en ridículo.

—No puedo hablar de esto contigo —respondió Ginny y

apretó los dientes—. Lo que me estás diciendo es indignante. Según tú, entonces, ¿qué se supone que tiene que hacer la gente? ¿Defender a los curas malvados? ¿Esconderlos? ¿Olvidar que existen? Porque eso es lo que ha estado haciendo la Iglesia, y no hace sino empeorar la situación aún más.

—Son hombres santos, Ginny —repuso Becky con un tono de voz glacial—. Dios te castigará si enredas con estas cosas.

—Más me castigará Él, y también mi conciencia, si no ayudo a este niño a obtener justicia en este mundo.

—¿Por qué no dejas de preocuparte por él y pones orden en tu propia vida, en lugar de ir por ahí recogiendo a todos los perros callejeros con los que te cruzas y de recorrer el mundo intentando resolver problemas que no tienen solución? No vuelvas a irte fuera, búscate un trabajo como Dios manda, ve a la peluquería de vez en cuando, échate novio y vuelve a convertirte en un ser humano normal. Y, por el amor de Dios, ten un poco de respeto hacia la Iglesia católica.

—Gracias por los consejos —dijo Ginny y colgó sin despedirse.

Estaba temblando. No podía creer lo que le había dicho su hermana, y no solo sobre los sacerdotes que habían vulnerado todas las leyes con un desprecio absoluto hacia la moral y la decencia, y que se dedicaban a violar criaturas. Era evidente que su hermana hubiera preferido esconderlo.

Al poco rato, Blue entró en pijama, con cara de desconcierto.

—¿Quién era? Me ha parecido oírte gritar cuando he salido de la ducha.

Ginny daba gracias por que no hubiese oído lo que había dicho.

—Era Becky. Hemos tenido una bronca estúpida. Cosas de hermanas. Me ha dicho que debería ir más a la peluquería.

Él le observó el pelo y se encogió de hombros ante los misterios femeninos.

—Pues a mí me parece perfecto.

—Gracias. —Ginny sonrió.

No se arrepintió ni por un instante de apoyarlo en esa lucha. En realidad, se trataba precisamente de respetar a la Iglesia católica, de defenderla, más que a los curas que la habían profanado. Y se trataba de defender el derecho de los niños a vivir a salvo, protegidos de todo peligro en un entorno puro y seguro. Ginny había disfrutado mucho en compañía de Becky cuando fueron a Los Ángeles, casi como en los viejos tiempos, cuando eran niñas. Y otra vez le soltaba una diatriba, en esta ocasión defendiendo algo indefendible en la Iglesia. Ginny estaba furiosa. No obstante, también se dio cuenta de que lo que ella y Blue pensaban hacer levantaría ampollas cuando otras personas se enterasen, gente que, al igual que Becky, preferiría que los pecados de un puñado de curas se mantuvieran en secreto y fingiría que el clero católico era infalible. Ginny no estaba dispuesta a eso. Ella creía en buscar la verdad, en sacar a la luz el mal, en luchar por que se hiciera justicia a víctimas inocentes y en defender el derecho de los niños a no ser ni violados ni sometidos a abusos por parte de sus párrocos. Para ella era absolutamente evidente que se trataba de unos principios por los que merecía la pena luchar, pensara lo que pensase su hermana. Y si Becky la censuraba, peor para ella. Ginny creía al cien por cien en lo que estaba haciendo. Esa noche, cuando Blue la abrazó antes de irse a dormir, con un destello de fe en ella en la mirada, Ginny no tuvo dudas de que estaba obrando bien.

13

Ginny no volvió a hablar con su hermana después de la discusión del lunes por la noche. Becky le envió un mensaje de texto reiterando las ideas y opiniones que le había expresado de viva voz, pero Ginny no respondió. Para ella no cabía discusión alguna. A su modo de ver, la postura de Becky era una vergüenza.

El martes había quedado con Ellen Warberg. Tras considerarlo cuidadosamente y consultar a otras organizaciones humanitarias internacionales, habían decidido enviar a Ginny junto con un puñado de colaboradores a Siria. Cruz Roja tenía una presencia importante en la región, y SOS/HR siempre había mantenido una postura apolítica por completo, lo que hasta cierto punto les garantizaba la protección tanto de la organización en sí como de sus trabajadores. No cabía duda de que se trataba de una zona peligrosa y de que había lugares más seguros a los que viajar, pero Ellen le aseguró que, a la menor señal de que estuviera produciéndose un cambio en el ambiente o un aumento de las tensiones, Ginny podía marcharse de allí por voluntad propia, y ellos mismos la sacarían del país si se enteraban de algo de lo que ella no tuviera conocimiento, aunque no se tratara más que de rumores sobre un mayor peligro. Ginny quedó conforme con las explicaciones de Ellen. La organización nunca la había defraudado. El problema para ella era Blue. Había asumido una responsabilidad con él y ya no le parecía inteligente por su parte aceptar las misiones más difíciles. Accedió a viajar a Siria, pero en el futuro se replantearía el tipo de misiones que estaba dispuesta a aceptar. Su vida había cambiado.

Ellen no albergaba dudas sobre la capacidad de Ginny. La situación en Siria era desagradable, pero la gente necesitaba su presencia con desesperación. Estaban encarcelando a los chicos mayores de catorce años sin motivo aparente, los torturaban y en algunos casos incluso los violaban; los que sobrevivían solían salir destrozados, física y psicológicamente, casi sin posibilidad de recuperarse. Estaban deteniendo a niños todavía más pequeños, a algunos de los cuales los encarcelaban también. Cruz Roja había instalado dos campamentos para ofrecerles asistencia, con personal y mandos internacionales. SOS/HR destacaría a dos cooperantes en cada campamento. Ginny era una de ellos. Pese a que la decisión de enviarla allí era una muestra de la fe que tenían en ella, iba a ser una labor desgarradora. Debido a la dureza de la misión, habían resuelto que fuese breve. Ellen la informó de que la llevarían de vuelta al cabo de ocho semanas, a primeros de agosto. Ginny se alegró de no pasar demasiado tiempo lejos de Blue. Esa misma noche le contó las novedades.

—Me marcho la semana que viene —le dijo mientras cenaban—, lo cual significa que me pierdo tu graduación. Me da muchísima pena, pero vas a tener que mostrar madurez. La buena noticia es que volveré un mes antes de lo normal.

—Ya habían contado con que no podría asistir a la graduación. Y Ginny se alegraba de estar de regreso antes de que terminase el verano—. Te compraré un móvil antes de irme. —Aún no lo había hecho, cosa que en algunos momentos era un incordio, como cuando quería saber dónde estaba. Por eso quería que lo tuviera antes del viaje—. Tienes que estar localizable si te llama la oficial Sanders, o Andrew O'Connor, por si necesitan preguntarte algo para el caso. —Por el momento la investigación estaba empezando, pero era posible que necesitasen confirmar algún detalle con Blue o contactar con él para algo—. Yo iré llamándote siempre que me sea posible, pero no creo que pueda comunicarme mucho desde el campamento. —No deseaba resaltar los riesgos de la región y lo dijo sin añadir detalles, para restarle importancia—. Quiero que te quedes en Houston Street. Ya sé que no te gusta, pero solo serán ocho semanas. —Hablaba como si fuese lo más natural del mundo. Y esperaba que él tampoco hiciera muchos aspavientos. Ya sabía que iba a tener que quedarse en el centro de Houston Street mientras ella estuviera fuera.

—¿Y por qué no puedo quedarme aquí? —Aun a sabiendas de que Ginny iba a tener que irse, la idea de que se marchara de viaje otra vez suponía una decepción tremenda. Llegado el momento, era una realidad difícil de aceptar para los dos.

—No puedes quedarte solo en el apartamento. Tienes trece años. ¿Y si enfermas? —O si una trabajadora social descubría que estaba viviendo solo a los trece años.

—Nadie cuidaba de mí cuando enfermaba en la calle —le recordó.

—Yo me quedaré más tranquila si estás en un entorno protegido, con otros chavales y con toda la ayuda que puedas necesitar.

—Odio ese sitio. —Se cruzó de brazos y, encorvándose, se escurrió en el asiento de la silla.

—No serán más que ocho semanas. Esta vez regresaré antes y pasaré aquí casi todo agosto. Y no volverán a asignarme ninguna misión hasta septiembre. —La situación la angustiaba y le daba pena dejarlo, pero había sobrevivido sin ella hasta que se conocieron y se iría dejándolo a buen resguardo y con todas las necesidades cubiertas. Julio Fernández le había prometido que esta vez no le quitaría ojo. Además, allí podría tocar el piano del centro. Aunque aquello era solo un pequeño consuelo—. Como se te ocurra escaparte, te juro que cuando vuelva a casa me pondré como una furia: te ataré a la cama y no volverás a ver tus Converse favoritas, o cualquier cosa terrible que se me ocurra.

Él sonrió ante sus amenazas vanas. Ginny no sabía qué hacer para ser mala con él. Blue seguía sin querer ir a Houston Street mientras Ginny estaba de viaje, pero lo haría por ella, aunque fuese a regañadientes y sin parar de protestar.

Al día siguiente de que SOS/HR le comunicase su nuevo destino, Andrew O'Connor la telefoneó. Se le había ocurrido una idea y deseaba hablar con ella cuando Blue no estuviera presente. Por eso llamó en horario escolar. Ella estaba en casa, organizándose para el viaje.

—¿Blue ha ido alguna vez a un terapeuta? —le preguntó.

—Me parece que no. Me lo habría contado.

—Creo que sería buena idea que lo evaluaran. Si le han quedado secuelas psicológicas del abuso, nuestra posición como parte demandante se vería reforzada. Y, quién sabe, quizá recuerde algo que no nos haya contado o de lo que ni siquiera sea consciente. Es una idea nada más. Es un chico con un equilibrio interior sorprendente, teniendo en cuenta lo que ha vivido. Aunque estoy seguro de que usted tiene mucho que ver en eso —comentó.

Le impresionaba que ella hubiese querido implicarse tanto con él. A su modo de ver, aquello era propio de una santa. Además, saltaba a la vista que Blue y ella se preocupaban el uno por el otro. Ella era buena con él, lo trataba con respeto y con un profundo cariño.

—Yo aparecí hace muy poco en su vida —dijo con modestia—, y hasta entonces se las había arreglado bien. Ahora tiene un techo bajo el que vivir, pero su estabilidad mental es obra suya.

—Es un chico con mucha suerte —dijo Andrew, y lo decía de verdad.

Ginny, sin embargo, sabía que el exabogado del Vaticano también formaba parte de la buena suerte de Blue, al haber aceptado llevar la demanda civil sin cobrarles nada.

—Me marcho en menos de una semana, pero intentaré encontrar a alguien antes. ¿Alguna idea?

O'Connor le dio el nombre de una psicóloga con la que había trabajado en otras ocasiones, con resultados excelentes, sobre todo con niños en casos similares. Ginny anotó sus datos.

—¿Adónde viaja? —preguntó. Sentía curiosidad por ella. Aunque ya no trabajaba en la televisión, seguía pareciéndole una persona interesante y con un trabajo fascinante como cooperante internacional. Pero no sabía mucho más.

—Pues a Siria —respondió ella como si fuese normal viajar allí.

—¿A Siria? ¿Y por qué allí?

—Trabajo para SOS/HR como cooperante sobre el terreno. Suelo pasar entre tres y cuatro meses en cada destino al que me mandan, tres veces al año, casi siempre en campamentos de refugiados. Acabo de volver de Afganistán.

—¿Hace mucho que se dedica a eso? —Su respuesta lo había intrigado aún más. Obviamente, viajaba a lugares peligrosos, era una mujer con agallas y había sufrido en la vida.

—Pues desde que... —Se interrumpió—. Desde hace tres años y medio, desde que dejé los informativos. —No quería dar pena hablando de Mark y de Chris.

—¿Dónde se quedará Blue mientras usted está fuera?

—Esta vez me voy solo ocho semanas. He hecho un trato con él, pero no está nada contento con el plan. Se quedará en la residencia de Houston Street, un sitio de lo más decente. Se escapó de allí mientras yo estaba en Afganistán. Me ha prometido que no volverá a hacerlo. Voy a dejarle su número de teléfono también.

Andrew sonreía mientras la escuchaba. Era una persona de verdad y, en su opinión, una bastante extraordinaria, a juzgar por lo que estaba haciendo por Blue.

—Por cierto, creo que le va a hacer falta un permiso de su tía para la psicóloga. Puede que sin él no lo atienda. Los terapeutas pueden ser muy puntillosos con estas cosas.

—Llamaré a su tía para que me lo firme —respondió Ginny sin que le supusiese el menor problema.

—Tiene que ser frustrante que ella sea la tutora legal cuando es usted quien tiene la custodia física del chico.

—La verdad es que no. Hasta ahora ha sido muy amable siempre que le he pedido que me firme alguna autorización. La llamaré.

Charlaron unos minutos más sobre el viaje a Siria y colgaron. Como Ginny sabía que Charlene estaba en casa durante el día, pues trabajaba de noche, la telefoneó enseguida. La mujer se alegró cuando ella le contó cómo le estaban yendo las cosas a su sobrino y que se graduaba al cabo de unas semanas, pero que por desgracia ella no estaría presente en la ceremonia. Charlene no se ofreció a ir en su lugar. Entonces Ginny le explicó que necesitaba que le firmase otro permiso.

—¿Para qué esta vez? ¿Va a llevárselo a Europa de vacaciones este verano? —preguntó riéndose. La había impresionado que Ginny se lo llevase a Los Ángeles. En su opinión, su sobrino tenía mucha suerte.

—No —respondió esta seriamente—, es que me gustaría que lo viese un terapeuta.

—¿Qué clase de terapeuta? —quiso saber—. ¿Es que se ha hecho daño? Ese crío anda siempre saltando de un lado a otro. No me sorprendería.

—No, él está bien —respondió con serenidad—. Me refiero a un psicólogo, a esa clase de terapeuta.

—¿Y para qué querría que lo viese un psicólogo?

Parecía muy asustada, y Ginny se preguntó si tal vez su reacción obedecía a que su novio había agredido a Blue y no quería que se enterase nadie. Ella no tenía intención de contárselo por teléfono, pero tuvo la sensación de que no le quedaba más remedio, ya que Charlene le había preguntado y no quería mentir diciendo que era para otra cosa.

—Creo que Blue intentó contárselo hace mucho tiempo. Era muy pequeño, es probable que no se expresara de una manera muy convincente por aquel entonces. —Con eso pretendía ofrecerle a Charlene una excusa airosa por no haber escuchado a su sobrino en relación con algo tan importante—. Al parecer, Blue fue víctima de abusos sexuales por parte de un cura de la parroquia cuando tenía nueve o diez años. Vamos a iniciar acciones al respecto. La semana pasada presentamos una denuncia ante la policía contra el agresor y, en cuanto lo acusen formalmente, presentaremos también una demanda civil contra la archidiócesis.

Al otro lado del teléfono se hizo un silencio sepulcral.

—¿Qué agresor? —preguntó Charlene horrorizada.

—El padre Teddy Graham —contestó Ginny, y la tía de Blue profirió un grito agudo.

—¡No puede hacer eso! ¡Blue miente! Ese padre es el hombre más bueno de la Tierra. ¡Blue arderá por toda la eternidad en el infierno si va contando mentiras sobre ese hombre! —Saltó como loca en su defensa, para horror de Ginny.

—Lo he visto y entiendo por qué se siente usted así. Es un hombre muy afable. Pero el hecho es que abusó sexualmente de su sobrino, y puede que de otros niños de la parroquia. Está destrozando la vida a esas criaturas y eso no se puede consentir. La policía ha abierto una investigación. Y Blue no va a ir al infierno ni por eso ni por ninguna otra cosa. Fue víctima de un delito sexual. —Ginny procuraba mostrarse lo más razonable posible y no perder los estribos con Charlene.

—¡Es un mentiroso y siempre lo ha sido! Ya intentó colarme eso. Puedo asegurar que no hay ni asomo de verdad en lo que dice. Es usted la que cometerá un crimen si intenta meter a ese hombre en la cárcel. ¡El padre Teddy es un santo!

Oyéndola, a Ginny le entraron ganas de ponerse a gritar. No obstante, se obligó a mantener la calma y la razón. Necesitaba el permiso de la tía para llevar a Blue al psicólogo.

—Sé que es muy desagradable. Y no me cabe duda de que le costará creerlo, por el afecto que tiene a ese hombre. Pero creo que ha engañado a todo el mundo y que va a salir a la luz la verdad. Hablarán otros chicos. Pero, mientras tanto, necesito ese permiso para Blue.

—No pienso darle ningún permiso ni nada que sirva para que acose a ese hombre. Y no he dicho «acusar», ¡he dicho «acosar»! No voy a firmar nada que la ayude en esta empresa impía. Y ya le puede decir a Blue que se olvide de que somos familia si no retira la acusación contra el padre Teddy inmediatamente. —Charlene dejó muy clara su postura, acto seguido se despidió y colgó.

Ginny llamó enseguida a Andrew O'Connor para contarle lo que había pasado. El abogado no se sorprendió.

—Suele ocurrir. La gente se siente amenazada cuando se la obliga a enfrentarse a algo así, y es probable que ella se sienta culpable por no haber escuchado a Blue.

—No me lo ha parecido. Ese hombre es tan convincente y tan seductor... Yo misma lo comprobé. En cualquier caso, no quiere firmarme la autorización, así que no puedo llevarlo a la psicóloga. —Ginny parecía desalentada. La conversación con la tía de Blue había supuesto un mal trago.

—No se preocupe —la tranquilizó—, de momento no nos hace falta. No corre prisa. Puede volver a intentarlo cuando regrese.

Ginny dijo que lo haría, pero no le había parecido que Charlene fuese a firmar nada. Su propia hermana había adoptado la misma postura que ella, la de preservar el silencio en torno a la Iglesia, sin importar lo que hubiese hecho ese cura pervertido. Andrew le deseó buena suerte de nuevo con el viaje y se despidieron.

No quiso contarle a Blue lo de su conversación con Charlene, no iba a servir de nada.

Esa semana le compró el móvil prometido como regalo de graduación; la dejaba más tranquila saber que podría contactar con él, si ella misma lograba acceder a un teléfono.

Además llamó a su abogado para añadir una corrección en su testamento y que lo llevase al notario. Todavía tenía dinero del seguro de vida de Mark, de la venta de la casa y de sus propios ahorros, y destino una parte considerable de la herencia para Blue. Becky y su familia no lo necesitaban, y si le ocurría algo, quería que lo recibiese Blue. Le pareció que era lo que debía hacer.

El sábado lo ayudó con el traslado a Houston Street. Mientras deshacían las maletas, Blue parecía desconsolado. Le había prometido que al día siguiente se lo llevaría a comer a algún sitio, pues partía hacia Siria el lunes.

Cuando volvió a casa, comprobó si tenía correo en el buzón, y encontró una carta del instituto LaGuardia Arts para Blue. El corazón le palpitaba a toda velocidad mientras subía al apartamento con ella en la mano. Se moría por abrir el sobre, pero se contuvo. Lo guardaría y se lo daría en la comida del día siguiente, para que lo abriese él mismo. Esperaba que fueran buenas noticias.

El domingo por la mañana, fue a buscarlo a Houston Street, y Blue estaba esperándola en la entrada del centro. Comieron en la terraza de un café del Village y entonces Ginny se acordó del sobre que llevaba en el bolso. Ambos sabían de qué se trataba. Ginny miró nerviosa cómo lo abría; le preocupaba lo que podía pasar si rechazaban su solicitud. Sabía que supondría una desilusión tremenda para él y no quería marcharse dos meses de viaje dejándolo con ese mal sabor de boca. Mientras Blue leía la carta, ella observó su cara con interés; por un instante no mostró ninguna señal de nada. Entonces, cuando llevaba media misiva leída, abrió a más no poder sus grandes ojos de color azul casi eléctrico y la miró sin pestañear.

—¡Dios mío, dios mío, dios mío, me han aceptado! —exclamó. Varios clientes de la terraza se volvieron, pero no le importó—. ¡Me han aceptado! —repitió con énfasis. Se levantó, dio un salto y la rodeó con los brazos—. ¡Voy a ir al instituto LaGuardia Arts!

—Eso parece. —Ginny le sonreía de oreja a oreja desde su silla, con lágrimas en los ojos.

Para él era un logro impresionante que Ginny esperaba que le cambiase la vida, como había sido su intención cuando presentó la solicitud y lo animó a presentarse. El chico apenas logró articular palabra durante el resto de la comida. Luego dieron una vuelta por el Village, cogieron un taxi y se fueron a Central Park. Se tomaron sendos helados, pasearon un largo rato y acabaron tumbándose en la hierba. Blue estaba más feliz que nunca desde que Ginny lo conocía y orgulloso de sí mismo, con razón. Ella también estaba muy orgullosa de él. Nada más terminar de comer, Blue había mandado a Lizzie un mensaje de texto con su flamante móvil y ella se había alegrado mucho por él. A ella también la habían aceptado en el instituto de Pasadena que había elegido como primera opción. Los dos querían verse de nuevo, y Blue no paró de rogarle a Ginny que invitase a Lizzie a Nueva York.

Esta vez, cuando lo dejó en Houston Street, Blue no estaba triste. La emoción de saber que lo habían aceptado en LaGuardia Arts era demasiado grande. Nada más entrar en el centro, se lo contó a Julio Fernández.

—Pues entonces más vale que disfrutemos de tu compañía antes de que te hagas tan famoso que ya no quieras mezclarte con nosotros —bromeó Julio, y sonrió a Ginny—. Espero que pienses tocar nuestro piano mientras estés aquí. Nos vendría bien un poco de música decente —le dijo a Blue, que estaba eufórico.

Este seguía sonriendo cuando abrazó a Ginny para despedirse y ella lo besó a su vez.

—Pórtate bien. Como te escapes esta vez, te mato —le advirtió. Aunque también sonreía, y Blue se daba cuenta de que no lo decía en serio—. Te llamaré siempre que pueda. —Pero ya le había reiterado que no sería con frecuencia debido a la ubicación del campamento. Como era habitual, la mayor parte del tiempo estaría incomunicada con el exterior.

—Cuídate —respondió él con gesto cariñoso—. Te quiero, Ginny.

—Yo también te quiero, Blue. No lo olvides. Volveré —dijo para recordarle que ya no estaba solo, que ella lo quería y se preocupaba por él.

Blue estaba dando los primeros pasos hacia la vida alucinante que ella le había asegurado que tendría. Todo aquello hizo que ella misma se diera cuenta, más que nunca, de que deseaba volver a casa sana y salva después de ese viaje. Tenía que estar ahí para Blue.

14

Ginny no llamó a Becky antes de salir de Nueva York al día siguiente. No quería hablar con ella después de todo lo que había dicho sobre Blue y sobre el caso de abusos sexuales contra el cura. Le mandó un mensaje de texto para contarle que se marchaba y darle los números de teléfono en los que podría contactar con ella durante las ocho semanas siguientes, por si le ocurría algo a su padre. Aunque Becky no respondió, tenía toda la información que necesitaba.

El viaje hasta el campamento, en las proximidades de Homs, fue interminable, como de costumbre. Y una vez allí, comprobó que las condiciones de vida eran aún peores de lo que le habían contado. Había niños en situaciones terribles, tendidos en camastros, con los ojos empañados, aferrándose apenas a un hilo de vida. Chicos a los que habían violado, otros con brazos o piernas amputados, una niña preciosa a la que su propio padre le había arrancado los ojos y cuya familia la había abandonado en la carretera en lugar de cuidar de ella. Estaban torturando a niños. En comparación, el drama de Blue con el padre Teddy no parecía tan grave. Ginny pasaba su tiempo junto a jóvenes heridos en condiciones apabullantes, con suministros insuficientes y en un ambiente de tensión constante. Y cada día llegaban más niños. Cruz Roja y el personal sanitario, integrado por voluntarios, realizaban una labor heroica, y tanto Ginny como sus compañeros hacían todo lo posible por ayudar. Y debido al volátil clima político, todos los trabajadores actuaban con suma cautela, no salían del campamento y, siempre que era posible, iban a todas partes de dos en dos o en grupo. Ginny prestaba toda su atención a los niños heridos, no a los peligros que pudiera correr. Aquella misión les rompía el corazón a todos. En las contadas ocasiones en que se hallaba en algún sitio con acceso a internet, comprobaba si tenía mensajes de correo de Andrew O'Connor y de Blue. De su hermana no tuvo noticias en todo el tiempo que duró su misión. Pero al menos eso significaba que su padre seguía con vida. Ginny nunca se había sentido tan al borde de sus fuerzas, física y emocionalmente. Por suerte la relevarían al cabo de unas semanas.

A Blue parecía estar yéndole todo bien, según los mensajes que le escribía. Se quejaba de Houston Street, pero con menos acritud que antes, como si hubiese hecho las paces con la situación. Le contaba que estaba componiendo temas con el piano del centro. Eso la hizo sonreír; sabía que, si andaba enfrascado con la música, estaría bien. La ceremonia de graduación, celebrada poco después de que se marchase, había transcurrido bien y hacía trabajillos en la residencia juvenil para echar una mano. También le contaba que hacía calor en Nueva York y que, para sorpresa y alegría de Ginny, había ido a verle Andrew O'Connor. Decía que era un gran tipo.

En cuanto a los mensajes de Andrew, Ginny los encontró muy interesantes y esperanzadores. En ellos le explicaba que los investigadores de la policía habían descubierto cinco casos de abusos cometidos por el padre Teddy en la parroquia de St. Francis, correspondientes a chicos que habían decidido hablar, y otros dos en la de St. Anne, de Chicago. Andrew estaba convencido de que aparecerían más. Habían abierto la caja de Pandora del díscolo sacerdote, que había permanecido firmemente cerrada y sellada durante años. La policía sospechaba que la archidiócesis había tenido conocimiento de algunos casos y lo había trasladado a Chicago para que pudiera hacer borrón y cuenta nueva. Pero que, una vez en su nuevo destino, había vuelto a las andadas. Ginny ardía de impaciencia por regresar a casa para ponerse al día de todas las pesquisas y estar junto a Blue. Por primera vez desde que viajaba en misiones humanitarias, estaba deseando volver. Ni Andrew ni la policía habían querido contarle nada al chico en ausencia de Ginny, y no tenían intención de hacerlo hasta que ella volviese. Andrew consideraba que era mejor esperar hasta entonces, y ella compartía su parecer. Desde donde se encontraba, no podía hacer nada.

El abogado le mencionó también su visita a Blue. Había pensado que el chico se sentiría solo sin ella y por eso había decidido acercarse a verlo, como amigo. En su correo le pedía permiso para llevárselo a ver un partido de béisbol. Eso le llegó al alma y le respondió enseguida para darle las gracias y decirle que a Blue le encantaría ir con él a un partido, pues era fan de los Yankees. Andrew respondió que casualmente conocía al dueño del equipo y que tal vez podría presentarle a Blue a algunos jugadores. La siguiente vez que tuvo noticias de Blue, el chico le contaba entusiasmado lo bien que lo había pasado y a qué jugadores había conocido. Le habían firmado dos pelotas, un bate y un guante, y le había pedido a Julio que se lo guardase todo bajo llave para que no desapareciera. A modo de agradecimiento, había compuesto una pieza musical para Andrew. Le contó que Andrew también tocaba el piano y que le había gustado su composición. Ginny se sentía agradecida por el tiempo que el abogado estaba dedicando a Blue en su ausencia. Era una manera de sentirse menos desconectada de él, en la otra punta del planeta, y a la vez pensaba que era fabuloso que Blue contase con una figura masculina en su vida.

Le dio las gracias personalmente a Andrew en otro mensaje de correo electrónico, al que él respondió y aprovechó para preguntarle por su labor en Siria. No era nada fácil describir en un correo las tragedias con que se topaba a diario, situaciones terribles que allí formaban parte del día a día, injusticias que ya no sorprendían a nadie, en su mayor parte perpetradas contra mujeres y niños. Él contestó con palabras reflexivas, cargadas de empatía, y finalizó con un chiste y una tira cómica de *The New Yorker* que la hicieron reír, antes de regresar a su trabajo. Todo aquello la ayudaba a no ver tan lejana la civilización. Andrew O'Connor le parecía una buena persona, profundamente comprometida con su trabajo y con sus clientes, como había intuido el día que se conocieron.

En el campamento siguió reinando la tensión todo el tiempo que estuvo allí. Todo el mundo estaba muy ocupado. Tanto Cruz Roja como otras organizaciones internacionales habían enviado refuerzos. Iba a costar mucho volver a la vida cotidiana después de una experiencia como aquella. En comparación con lo que hacía y veía a diario, Nueva York le parecía de otro planeta. El brutal sufrimiento de esos niños tan gravemente heridos, que no tenían ninguna esperanza de vivir una vida mejor, era demoledor y le daban ganas de llevárselos a todos a casa con ella.

Sus propias condiciones de vida en el campamento eran las peores en las que había tenido que desenvolverse nunca. Aquel período en Siria se le hizo más largo y arduo que cualquiera de las misiones anteriores: las ocho semanas que vivió allí se le hicieron eternas. Cuando llegó su relevo, tan solo dos días antes de la fecha de su regreso, sintió un gran alivio. Varios cooperantes habían empezado a enfermar de gravedad y estaban enviándolos a casa. Ginny había sufrido disentería durante semanas y había perdido cuatro kilos y medio de peso. Había sido una de las misiones más duras de su carrera; muchos de los trabajadores con menos experiencia salieron de aquello profundamente abatidos, y los más avezados terminaron agotados. Cuando Ginny se fue, aún quedaba mucho que hacer, pero estaba preparada para volver a casa y ansiosa por ver de nuevo a Blue. Pasó el primer vuelo del viaje de regreso, de Homs a Damasco, durmiendo del tirón.

Al llegar a Damasco, le pareció irreal volver a la civilización; iba por el aeropuerto aturdida, sin saber qué hacer, abrumada por la gente, la multitud, las tiendas del aeropuerto, después de todo lo que había visto y vivido durante dos meses. En el segundo vuelo, de Damasco a Amán, en Jordania, fue regresando al reino de los vivos poco a poco, mientras tomaba una comida ligera y veía una película. No estaba muy segura de que su estómago volviese a ser el de antes. Y lo único que deseaba era olvidar lo que había visto en el campamento.

El viaje había sido deprimente, nunca había tenido que ocuparse de tal cantidad de personas, todas niños y jóvenes por quienes tan poco podía hacer. Sabía que aquel recuerdo la acompañaría siempre. Todo había sido diez veces peor y por momentos incluso cien veces peor de lo que le habían contado. Aun así, se alegraba de haber ido, incluso para hacer lo poco que había podido hacer. Tenía la sensación de haber estado fuera de casa un año entero, no unas semanas. Estaban a primeros de agosto y abrigaba la esperanza de poder irse unos días con Blue a algún sitio antes de que él empezase el instituto y ella tuviese que marcharse de nuevo.

Cuando el avión aterrizó en Nueva York, le dieron ganas de besar el suelo. Su aspecto era el de una refugiada recién llegada de un lugar espantoso. Así cruzó el aeropuerto. Estaba impaciente por llegar a casa y darse un baño caliente con jabón, pero le había prometido a Blue que lo recogería en la residencia de camino a casa desde el aeropuerto. En esos momentos, llevaba más de veinte horas viajando, por tierra y por aire. Cogió un taxi, dio las señas del centro de Houston Street al taxista y le informó de que, después de recoger a alguien, necesitaba que los llevara a otra dirección.

Blue sabía a qué hora llegaba, y Ginny lo avisó con un mensaje de texto al salir del aeropuerto. Estaba esperándola con las maletas preparadas cuando el taxi llegó a la residencia. Ginny entró en el edificio con aspecto agotado, pero una sonrisa le iluminó la cara al ver al chico. Él también se alegró mucho, aunque se quedó impresionado: estaba pálida, flaquísima, y tenía profundas ojeras. Los dos meses que había pasado en el campamento sirio le habían pasado factura, más de lo que ella misma se daba cuenta.

—¡Madre mía! Qué mala cara. ¿Es que no has comido nada allí? —Blue estaba visiblemente feliz de verla, pero ella tenía pinta de haber pasado verdadera hambre.

—Pues no mucho, no.

Ginny le sonrió. Llevaba la cara sucia del viaje, y el pelo, suelto. Le dio un fuerte abrazo. Se alegraba muchísimo de verlo con buen aspecto, entero, ileso, y de que nunca tuviera que pasar por las penurias a llas que se enfrentaban las criaturas y los jóvenes que acababa de dejar atrás. Le pasara lo que le pasase, jamás sería tan malo. La gente joven a la que había estado tratando de ayudar no tenía ninguna salida, ninguna escapatoria, mientras que él tenía una vida entera por delante llena de grandes oportunidades, sobre todo entonces, cuando iba a estudiar en un instituto en el que cultivaría su talento y en el que aprendería cosas nuevas todos los días.

Blue bajó sus maletas a la acera, después de que Ginny y él le diesen las gracias a Julio Fernández, quien se despidió del chico con una gran sonrisa. Blue llevaba el bate firmado y un guante que le habían regalado cuando Andrew lo llevó al partido de los Yankees, y se los había enseñado a Ginny inmediatamente diciéndole que quería ponerlos en la estantería de su cuarto.

—Algo me dice que no volveremos a verte por aquí, colega. —Julio lanzó una mirada a Ginny al pronunciar esas palabras. Esa mujer era la garantía de que Blue no acabaría de nuevo en las calles y, pese a que no se trataba de su tutora legal, ya no podía considerarse que el muchacho fuese un sintecho. La tenía a ella. Al verlos marchar del albergue, le parecieron una familia—. No te alejes demasiado, ven a vernos. Voy a echarte de menos —le dijo sinceramente a Blue.

Él le dio un abrazo y, acto seguido, bajó corriendo las escaleras de la entrada para meterse en el taxi con Ginny. Ella había vuelto, tal como le había dicho. Se le había quedado grabado. Sabía que podía fiarse de ella, siempre y cuando no le ocurriese nada. Y ella le había escrito desde Siria siempre que había podido, para tranquilizarlo.

Ginny le dio la dirección al taxista y se dirigieron a casa. Mientras charlaban, al sentir el calor tórrido que hacía ese día de principios de agosto, fue quitándose las capas de ropa que había llevado durante el viaje. Al llegar a casa, quería tirar todo lo que llevaba puesto a la basura. Se sentía todavía más sucia de lo que aparentaba, pero, aun así, no dejaban de sonreírse y Blue hablaba a mil por hora.

—Bueno, ¿y qué has hecho que no me hayas contado por e-mail? —le preguntó ella mientras cruzaban la ciudad.

—Pues Andrew nos ha invitado a otro partido de los Yankees, por mi cumpleaños. —Estaba entusiasmado. Iba a cumplir catorce años, y Ginny se alegraba muchísimo de haber vuelto a casa a tiempo para celebrarlo—. ¿Podemos ir?

Ginny no tenía más planes que estar con él durante el siguiente mes o mes y medio. Había recibido un correo electrónico de Ellen en el que le decía que quizá la enviasen a la India. Pero, por el momento, lo único que tenía en mente era Blue, pasar tiempo con él y llevarlo al instituto después del día del Trabajo, el 4 de septiembre.

—Claro que sí —respondió con una enorme sonrisa.

—Andrew es guay. Lo sabe todo de los mejores jugadores de los Yankees. No me puedo creer que antes fuese cura. —Viniendo de él, era todo un halago.

Le contó todo lo que recordaba de los dos partidos de los Yankees a los que había ido con Andrew, quien además lo había llevado a ver a los Mets. Por su parte, Jane Sanders, a cargo de la investigación policial, también se había pasado a verlo por el centro de menores. Blue le contó a Ginny que había tocado el piano para ella. Sin embargo, en ningún momento mencionó la investigación, y Ginny no le preguntó. Pensaba llamar a Jane Sanders para que la pusiera al corriente de las últimas novedades.

Cuando llegaron al apartamento, a los dos les pareció que estaban en el cielo. Ginny mandó a Blue a hacer la compra mientras ella se dirigía al baño. No podía esperar para darse un baño de verdad. Cuando salió con el albornoz rosa de rizo, con la piel limpia frotada a conciencia, se comió un sándwich con Blue. Se le cerraban los ojos; le dijo que lo quería y se fue a dormir. Blue, entretanto, se acomodó en el sofá a jugar a los videojuegos y a ver películas. Estaba feliz de hallarse de nuevo en casa con ella y de dormir en su cuarto, en su propia cama.

Ginny durmió hasta el día siguiente y se despertó llena de vitalidad y lista para ponerse manos a la obra con Blue. Llamó a Jane Sanders para interesarse por las novedades del caso y a Andrew O'Connor para darle las gracias por su amabilidad con Blue y aceptar su invitación a ir a ver a los Yankees para celebrar su cumpleaños.

—En tus mensajes describías una vida muy dura —comentó Andrew al teléfono, tuteándola. Parecía impresionado.

—Ha sido bastante difícil —admitió ella—. Resulta agradable estar de vuelta en casa. Blue está estupendo. Gracias por sacarlo de vez en cuando y por ir a verlo. —Había pasado a tener una vida a la que regresar, lo cual suponía todo un cambio para ella, como lo era para Blue.

—Es un chico genial —dijo Andrew sin ningún pudor— y tiene un talento increíble. Ha tocado el piano para mí un par de veces, cuando he ido a verlo.

—Dice que tú también eres bastante bueno —contestó Ginny con simpatía, añadiéndose al tuteo y disfrutando de la conversación.

—Yo a su lado soy un triste aficionado. Si hasta me compuso una pieza original.

—LaGuardia va a ser fantástico para él —comentó Ginny encantada.

—Tú sí que eres fantástica para él. El chico estaba ansioso por que volvieses —le aseguró Andrew.

—¡Y yo! Ha sido un viaje muy duro, más corto de lo habitual, pero mucho más duro. —Habían sido ocho semanas en el infierno, como él había deducido incluso con la poca información que le había dado.

—¿Y adónde será el siguiente? ¿Lo sabes ya? —Se lo preguntaba con verdadero interés.

—No lo sé seguro. Puede que a la India, en septiembre. Me da mucha rabia tener que separarme tan pronto de Blue.

Andrew no quería decirle cuánto la había echado de menos el muchacho. No había parado de hablar de Ginny y se había preocupado por ella. Ginny era el centro de su existencia y la única adulta a la que había conocido en la vida en la que pudiera confiar, con la que pudiera contar y que nunca lo hubiera defraudado.

—Puede que ahora te dejen pasar más tiempo en casa entre viaje y viaje —comentó Andrew con optimismo.

Ella también lo había pensado, pero no sabía cómo se lo tomaría Ellen. Su trabajo conllevaba estar fuera de casa nueve meses al año como mínimo, ese era su acuerdo con SOS. Y en su día les había dicho que no tenía ataduras personales, que era dueña de sí y libre.

—Ya veremos —respondió Ginny distraídamente.

Andrew se despidió diciendo que la llamaría al cabo de unos días para ver qué tal iba todo.

Blue y ella prepararon la comida. Daba la impresión de que el chico había crecido cinco centímetros en esos dos meses. Ginny sabía que era imposible, pero lo veía más alto. Y sano. Lo habían alimentado bien en Houston Street; como casi todos los residentes eran adolescentes, las raciones eran grandes.

Ginny estaba feliz de estar en casa. Se había preocupado por él, pero no se había escapado del centro. Se sentía orgullosa de que hubiese cumplido su palabra y se lo dijo cuando terminaron de comer y metieron los platos en el lavavajillas, antes de bajar a un concierto al aire libre, en el parque.

—Como me dijiste que me matarías si me iba, me quedé —bromeó él. Entonces le enseñó su diploma. Lo había encontrado esa mañana entre el correo mientras ella dormía.

Ginny le prometió que lo enmarcaría y que lo colgaría de la pared de su cuarto, junto con todos los objetos de los Yankees.

La noche anterior le había mandado un mensaje de texto a Becky y no había recibido respuesta, así que decidió llamarla después de comer. Hacía más de dos meses que no hablaban ni se comunicaban de ninguna manera. Su última conversación, si es que podía llamarse así y no «pelea», les había dejado mal sabor de boca a las dos. Ninguna estaba loca por hablar con la otra. Becky pensó que se habría puesto de nuevo como una furia, como empezaba a ser costumbre en ella, desde que le daba por meterse en historias a cuál más peregrina, y Ginny por su parte opinaba que su hermana era una insensible y una majareta por empeñarse en proteger a curas pederastas, por el respeto que profesaba a la Iglesia católica pero sin la más mínima consideración hacia las criaturas a las que habían hecho daño, como Blue. Pero Ginny quería saber de su padre y no había tenido noticias de él desde el mes de junio. Deducía que todo seguía igual.

Becky contestó sorprendida.

—¿Has vuelto?

—Sí. Sigo viva. ¿Qué tal papá?

Blue, sentado delante de su ordenador, aguzó el oído. Lizzie le había contado por mensaje que su abuelo seguía más o menos igual.

—Pues apagándose poco a poco. Ahora solo se despierta varias veces al día y vuelve a dormirse —respondió Becky—. Ya no nos reconoce a ninguno de nosotros.

Ginny sintió lástima por ella, sabía que tenía que ser duro presenciar su deterioro día tras día. Eso mitigó el enojo que sentía por la diatriba que le había soltado en contra de su denuncia del cura.

—¿Y tú qué tal? —preguntó entonces con un tono más amable.

—Yo bien. ¿Y tú? ¿Dispuesta ya a dejarte de cazas de brujas?

Becky albergaba la esperanza de que su viaje a Siria la hubiese disuadido de sus disparatados planes de ayudar a Blue a demandar a la archidiócesis y a presentar acciones penales contra un sacerdote. Cada vez que se acordaba, seguía sacándola de sus casillas. Pero Ginny se vino abajo al oírla. Becky no había cambiado, era la misma de siempre, con sus limitaciones, sus prejuicios y su estrechez de miras. Para Ginny era decepcionante oírla decir eso.

—No es ninguna caza de brujas —replicó, haciendo de tripas corazón—. Es real: hay curas que están haciendo daño a niños de carne y hueso, que están cometiendo delitos reales. Imagínate cómo te sentirías si se lo hubiesen hecho a Charlie.

Becky hizo oídos sordos.

—¡Por el amor de Dios, Ginny! Déjalo ya —la abroncó exasperada.

Alan tampoco estaba conforme con la idea. Lo habían hablado largo y tendido, y los dos estaban horrorizados ante lo que se disponía a hacer Ginny. Él se lo tomaba aún más a pecho que Becky, consideraba que iniciar ese pleito era pecado y que sería una vergüenza para la familia. Y rezaba por que no se enterase ningún conocido. También a sus hijos les habían explicado que era un gran error. Lizzie le había contado a Blue lo que opinaban sus padres y le había dicho que ella no estaba de acuerdo y que le parecía que estaba siendo muy valiente. Él se lo agradeció. Lo reconfortaba saberlo. Y ella no le hizo preguntas al respecto. Era una chica educada, le gustaba mucho Blue y no quería que se sintiera incómodo con ella, pues ya se habían hecho amigos.

La conversación con Becky fue tensa, dado que ninguna de las dos había suavizado su postura. Ginny colgó en cuanto le fue posible. Lo que quería era saber cómo estaba su padre; Becky la había informado y no tenían nada más que decirse. Ginny trató de quitárselo de la cabeza y, media hora después, salía con Blue camino del concierto en Central Park.

Escuchar a Mozart en aquel entorno apacible, rodeados de gente alegre con aspecto saludable, después de dos meses viviendo los rigores del campamento en Siria, se le hizo muy extraño. Seguía resultándole irreal estar de nuevo en casa. Pero a Blue y a ella les gustó muchísimo el concierto.

Cuando volvieron al apartamento, recibió una llamada de Andrew. Había tenido noticias de la archidiócesis esa misma tarde. No podía haber sido en un momento más oportuno, con ella de vuelta en Nueva York.

—Quieren vernos —le dijo contento—. Así que la semana que viene tenemos cita con el religioso que se ocupa de estos casos, en la archidiócesis. Es un viejo cabezota, también jesuita. Trabajé con él dos años en Roma. No nos lo pondrá fácil. Pero también es un hombre inteligente y acabará dando su brazo a torcer. No tienen modo de defender al cura —le contó—. Hoy he hablado con Jane. Están apareciendo más víctimas, algunos son hombres hechos y derechos ya, el mayor que he visto en la lista tiene treinta y siete años. Tenía catorce cuando el padre Teddy abusó de él, recién salido del seminario, en Washington, D. C. Todo esto pinta muy mal para él. Es evidente que este cura tiene un problema desde hace años, y ellos lo saben. Viene a reforzar aún más la acusación de Blue.

226

—¿Sabes algo del amigo de Blue, Jimmy Ewald? —le preguntó, satisfecha con lo que le había contado.

—Un investigador de la policía ha hablado con él. Lo niega todo. Dice que el padre Teddy es la mejor persona que ha conocido en su vida. Yo no le creo, pero me parece que está demasiado asustado. El padre Teddy debió de amenazarlo también.

Tal como estaban las cosas, aun antes de que concluyese la investigación, había cada vez más pruebas. Andrew le contó también que se habían presentado quince chicos más, contando historias prácticamente idénticas a la de Blue, sobre abusos sexuales cometidos contra ellos por el carismático sacerdote. El responsable diocesano quería reunirse con ella y con Andrew, pero no con Blue. Iba a ser un encuentro de lo más interesante. El abogado le aseguró que todo iría bien, pero a ella le preocupaba que la archidiócesis invirtiera todos sus esfuerzos en defender al padre Teddy y a la Iglesia, en lugar de intentar compensar a Blue por todo lo que le habían hecho. Andrew la avisó de que era posible que aún pretendieran desacreditar y minar a Blue, y que casi con toda seguridad sería lo que intentarían en esa primera reunión.

—Pero no te preocupes, lo conseguiremos —quiso tranquilizarla Andrew—, aunque empiecen pegando fuerte. No me dan miedo. Recuerda que en su día fui uno de ellos. Eso me da una ventaja sin igual, aparte de que conozco a muchos de los jugadores, sobre todo a los que tienen poder. Conozco muy bien a ese prelado, es un hombre implacable, pero es justo y honrado.

Ginny sintió de nuevo curiosidad por la historia del abogado, por los motivos que lo habían llevado a abandonar la Iglesia. Pero no se le ocurriría preguntar nada, del mismo modo que él tampoco la sondeaba acerca de los crímenes nefandos que pretendía expiar ella viviendo en campamentos de refugiados del mundo entero.

Quedaron en verse media hora antes de la reunión en la archidiócesis, el lunes, en un pequeño restaurante cercano. Cuando colgó, se lo contó a Blue.

—¿Y eso es bueno o malo? —preguntó el chico, preocupado por la reunión.

—Es el procedimiento habitual —respondió ella con calma—. El prelado al cargo quiere vernos para hablar del tema. No hace falta que vengas, iremos solo Andrew y yo.

Blue pareció aliviado. Esa noche fueron al cine, y al día siguiente, a Coney Island, para que Blue montase en el Cyclone. Luego comentó que no era tan bueno como la montaña rusa de Magic Mountain y escribió a Lizzie para contárselo. Después se tumbaron un rato en la playa. Lo pasaban bien juntos, y Ginny no podía estar más feliz de hallarse en casa.

Estaban volviendo a la ciudad cuando Becky llamó por teléfono a Ginny. Nada más atender la llamada, detectó tristeza en la voz de su hermana y supo lo que había pasado antes de que Becky pronunciase palabra.

—¿Papá? —fue todo lo que Ginny preguntó, y Becky confirmó sus temores.

—Sí. Hace una hora. He subido a ver cómo estaba, después de comer, y he visto que dormía tranquilamente. Luego, he vuelto al cabo de media hora y ya no respiraba. No he podido despedirme de él. —Entonces rompió a llorar, y Ginny también.

—Has estado despidiéndote de él día tras día desde hace más de dos años, con todo lo que has hecho por él, con tu forma de cuidarlo, dejándolo vivir en vuestra casa. Estaba listo para irse. La vida que llevaba ya no merecía la pena. Es mejor así —dijo Ginny en voz baja.

—Sí, tienes razón. Pero me da pena. Voy a echarlo de menos. Ha sido precioso poder hacer todo esto por él. Siempre fue tan bueno con nosotras... —añadió Becky entre lágrimas.

Había sido un padre maravilloso hasta el final. Para ellas había sido una bendición contar con él, y también su madre había sido una mujer buena y afectuosa. Habían tenido unos padres magníficos, no como Blue, que se había quedado solo en el mundo después de la muerte de su madre. Precisamente las historias como la de Blue inspiraban a Ginny a ser caritativa con quienes tenían menos suerte que ella.

—Ahora está con mamá —aseguró Ginny con serenidad, mientras le resbalaban las lágrimas por el rostro—. Seguro que prefiere estar con ella.

Ambas sabían que así era, que sus padres se habían querido durante toda su vida juntos.

—¿Cuándo vienes? —le preguntó Becky.

—No lo sé. Deja que lo mire cuando llegue a casa. Supongo que mañana. ¿Ya sabéis cuándo queréis celebrar el funeral? —se interesó Ginny.

Frente al dolor compartido, las dos hermanas habían dejado a un lado al instante sus recientes fricciones. Eso era más importante y las acercaba. A pesar de la riña que habían tenido hacía poco tiempo, tanto Becky como Ginny enterraron el hacha de guerra. Al menos de momento, se había instaurado una tregua.

—Dentro de unos días, supongo. Todavía no he llamado a la funeraria. Se lo acaban de llevar.

Había sido desgarrador ver cómo se lo llevaban en una camilla, envuelto en una manta que le tapaba la cara. Menos mal que los niños no estaban en casa. Aún no se lo había contado, quería comunicárselo antes a Ginny, aunque había telefoneado a Alan inmediatamente a su oficina y en esos momentos estaba volviendo a casa para estar con ella. Llevaban meses esperándolo, pero no por eso dejaba de ser triste. Tras perder a sus dos padres, Ginny se sintió mayor. Ya solo le quedaba su hermana y la familia de ella. Y Blue. Ya no tenía ni padres ni familia propia.

—Te daré los datos de nuestro vuelo en cuanto reserve los billetes —dijo Ginny con dulzura—. Te mandaré un mensaje de texto —prometió.

Tan pronto como llegaron a casa, Ginny entró en internet y reservó dos asientos, para ella y para Blue, en el primer vuelo de la mañana siguiente.

A continuación telefoneó a Andrew O'Connor para decirle que no podría acudir a la reunión en la archidiócesis porque su padre acababa de fallecer, en Los Ángeles, y no volvería a tiempo.

—Lo siento mucho. Cambiaré la cita, no te preocupes. ¿Cuándo crees que estarás de vuelta por aquí? —Se le notaba empático y con espíritu práctico. Además, percibió perfectamente el pesar de Ginny.

—Pues dentro de cuatro o cinco días quizá, una semana como mucho —respondió ella.

Después de las disposiciones necesarias y del funeral, Becky y ella tendrían que encargarse de las cosas de su padre, si bien el hombre no había dejado mucho. Ya habían vendido su casa cuando se mudó a la de Becky.

—¿Ha sido muy repentino? —Andrew se interesaba de buena fe, con piedad y, al oír su forma de hablar, Ginny de pronto se lo imaginó en el papel de sacerdote. Era amable, se preocupaba por los demás y sabía escuchar.

—No, llevaba mucho tiempo enfermo. Ha ido apagándose poco a poco. Fui a verlo antes de irme a Siria, tenía la sensación de que sería la última vez. Es mejor así, aunque a nosotros se nos haga raro. Padecía Alzheimer y ya no tenía calidad de vida.

—No te preocupes por la reunión. Tenemos tiempo. Creo que solo quieren sondearnos y ver si vamos en serio.

—Muy en serio —puntualizó ella con tono firme, y él se rio. Estaba triste por haber perdido a su padre, pero eso no le impedía concentrarse en el caso de Blue.

—Yo también —aseguró él—. Es el abuso máximo de confianza, el de la peor clase. Espero que Blue se recupere plenamente, pero es posible que no lo haga. Aquello tendrá un impacto en él para toda la vida. Y por eso se merece una compensación como es debido. —Y Andrew tenía la intención de conseguirla para él.

—Yo creo que puede recuperarse —dijo Ginny pensativa. Estaba decidida a que así fuera, con ayuda de todas las otras cosas buenas que estaban pasando en su vida—. Es lo que deseo. No pienso permitir que ese malnacido le arrebate su vida, su futuro. Blue tiene todo el derecho del mundo a dar carpetazo a este asunto. Y yo pretendo hacer todo lo que esté en mi mano para ayudarlo a conseguirlo.

La fuerza con que lo dijo cogió a Andrew por sorpresa. En ocasiones Ginny era una mujer de hierro.

—Todos tenemos nuestros demonios —respondió él sin alzar la voz—. Solo que unos son peores que otros.

Al oírle decir eso, Ginny sospechó que él también tenía los suyos. A fin de cuentas, por alguna razón debía de haber dejado el sacerdocio.

—Blue es demasiado joven para llevar esa carga sobre los hombros el resto de su vida. No hay derecho. —Estaba deseando hacer todo lo que fuera posible para ayudar a Blue a recuperarse del todo de lo que había pasado.

—Por eso precisamente es por lo que son tan importantes estos casos. Porque no es justo. —Andrew coincidía con ella—. Puede que lo que estás haciendo por Blue sirva para demostrarle cuánto te importa. Es conmovedor que creas tanto en él. Es un regalo para cualquiera. —La propia tía de Blue no lo había creído. Pero el chico sabía que Ginny sí. Eso le había llegado al alma al exjesuita y era un rasgo de ella que lo impresionaba.

—Quiero que salga indemne de todo esto.

Andrew pensó que era un deseo precioso, pero no muy realista. Él había visto a demasiados clientes, adultos, incapaces de llevar una vida normal después de haber sufrido abusos siendo niños. En ocasiones no bastaba el amor para curarlos. Y el dinero que obtenían de esas indemnizaciones era un consuelo, pero no les devolvía la inocencia, la confianza y el equilibrio que habían perdido. Varios de esos clientes que habían sufrido abusos de pequeños no habían logrado tener relaciones normales en la edad adulta. No podía sino cruzar los dedos por que Blue no fuese uno de ellos, con independencia de lo comprometida que estuviera Ginny.

—Haremos todo lo que podamos —le prometió Andrew, emocionado ante su fortaleza y su dedicación al chico—. Te informaré sobre la cita. Te escribiré por correo electrónico cuando llegues a Los Ángeles.

—Muchas gracias.

Ginny colgó y se quedó pensando un momento en el abogado. Era cierto que era un hombre afable, pero también se advertía en él cierta distancia, como si protegiese sus propias heridas. Ginny se preguntó si esa mezcla curiosa obedecería a que había sido sacerdote. Seguía intrigada por los motivos que lo habían llevado a abandonar la Iglesia y fantaseó con la hipótesis de que tal vez se hubiese enamorado de una monja. Siempre le había despertado curiosidad la gente que dejaba la Iglesia.

Ginny envió a Becky un mensaje de texto para informarla de la hora de llegada del vuelo. Luego fue a ayudar a Blue a hacer la maleta.

—Cuando lleguemos a Los Ángeles, habrá que comprarte un traje. Ahora no tenemos tiempo.

El chico no disponía de ropa formal para asistir al funeral de su padre. Salir a por un traje para él sería una buena excusa para no tener que pasarse el día metidos en la funeraria.

Esa noche cenaron en silencio, y Blue se acostó temprano. Ginny se quedó despierta pensando en su padre, a solas. Su fallecimiento perturbaba por completo su regreso a casa, pero al menos la había pillado en Estados Unidos. Saber que su padre ya no estaba en este mundo le producía un sentimiento extraño, doloroso. Más que nunca, dio gracias por tener a Blue, que llenaba los vacíos de su vida, a los que acababa de sumarse uno más.

15

Esta vez el vuelo a Los Ángeles se hizo eterno. Viajar con rumbo oeste siempre llevaba más tiempo, pero en esta ocasión, además, no había ningún motivo alegre para viajar. Hasta Blue estaba más apagado en el avión. Él había sufrido la pérdida de seres queridos, en concreto sus padres. Los funerales le gustaban tan poco como a Ginny.

—¿Estás bien? —le preguntó él con dulzura cuando estaban a punto de aterrizar. Había visto que Ginny tenía lágrimas en los ojos y le sonrió con nostalgia.

—Es que se me hace tan raro que ya no esté...

Por toda respuesta, Blue asintió con la cabeza y la cogió de la mano.

Ella alquiló un coche, como la última vez. Cuando llegaron a casa de Becky, encontraron a toda la familia sentada a la mesa del desayuno con caras largas. Lizzie se levantó de un brinco en cuanto los vio entrar y echó los brazos al cuello de Blue para abrazarlo. Él también se alegró mucho de verla. Aquello los animó de pronto y, cuando Ginny y Blue se sentaron con ellos, empezaron a hablar todos a la vez.

Después de desayunar, las dos hermanas salieron discretamente y fueron en coche a la funeraria. Allí escogieron todo lo necesario: el ataúd, las tarjetas de la misa, el programa, el álbum de invitados encuadernado en piel para el rosario, y a continuación se dirigieron a la parroquia, donde habían quedado con el párroco para elegir la música, las oraciones y las personas que tomarían la palabra. Habían pasado bastantes años desde que su padre había visto por última vez a sus amigos. Muchos aún vivían y se encontraban bien, pues él tampoco era tan viejo. Sin embargo, hacía años que su cabeza ya no funcionaba como era debido y había dejado de verlos a medida que el Alzheimer iba apoderándose de él.

Becky salió de la iglesia en silencio, y se quedó mirando a su hermana mientras esta conducía de vuelta a la casa.

—Me sorprende que no te haya dado vergüenza hablar con el cura, teniendo en cuenta lo que estás a punto de hacer en Nueva York —soltó con un dejo cortante.

—Que yo sepa, el padre Donovan no viola a niños pequeños —respondió Ginny, sin dejar de mirar la carretera.

—¿Y cómo estás tan segura de que ese cura de Nueva York lo hace? Ya sabes que muchos de los críos que acusaban de eso a sus párrocos resultó que estaban mintiendo. ¿Tan segura estás de que Blue te ha contado la verdad? —Su voz reflejaba escepticismo.

—Pues sí. Y quince más que han aparecido durante la investigación. Becky, esto no es ninguna nimiedad. Destroza la vida a la gente. —Ginny quería hacerla razonar, pero Becky estaba convencida de estar en lo cierto.

—¿Y qué pasa con el cura? ¿No vais a destrozarle la vida si al final acaba en la cárcel por un delito que no ha cometido? Eso también ocurre todo el tiempo. —Ni siquiera conocía a Ted Graham en persona y, aun así, estaba segura de su inocencia solo porque era sacerdote.

—¿Y si es verdad lo que dicen todos esos chavales? ¿No te da miedo que ande suelto un individuo que comete abusos sexuales contra niños pequeños, especialmente si es un cura?

Becky no respondió, se quedó pensando en ello. Pero seguía empeñada en que se trataba de una más de las cruzadas de Ginny. Siempre andaba metida en alguna causa: la lucha por los derechos humanos, un niño de la calle y una *vendetta* contra la Iglesia. No le quedaba nada más en la vida que esas causas. Desde que Mark y Chris habían muerto, había llenado su existencia con luchas ajenas a ella y con víctimas a las que salvar. Había cambiado totalmente como persona, y a Becky le costaba mucho identificarse con ella. Se había transformado en una especie de luchadora por las libertades, metiéndose en guerras que no iban con ella, y todo porque no tenía una vida propia.

—Yo solo creo que estás completamente equivocada. No se ataca a la Iglesia —repuso Becky con rabia—. Va contra todo lo que nos han enseñado.

—Pero hay que hacerlo si alguien de dentro hace algo malo —respondió Ginny sin alterarse. No albergaba la más mínima duda sobre la sinceridad de Blue ni sobre el caso.

Hicieron el resto del trayecto en silencio, separadas por un abismo de un kilómetro de ancho. Después Ginny se llevó a Blue al centro para comprarle un traje. Se decidieron por uno azul oscuro, sencillo, que Ginny consideró que podría utilizar en alguna otra ocasión, quizá para algún recital del instituto. El chico salió de la tienda muy ufano con su traje nuevo, más una camisa blanca y una corbata oscura para completar el conjunto. Y esa noche, cuando se lo puso para asistir al rezo del rosario, parecía todo un hombre.

Lizzie y él se sentaron en uno de los bancos del fondo, conversando en voz baja, mientras Margie y Charlie seguían las oraciones junto a sus padres. Ginny y Becky se encargaron de saludar a los presentes, cosa que dio a aquella la oportunidad de comprobar que había pasado mucho tiempo fuera de Los Ángeles. No reconoció a casi nadie, pues la mayoría de los asistentes eran amigos de Becky y de Alan. Por otro lado, todo le recordaba a la misa por Mark. En cuanto hubo terminado el rosario de difuntos, salió a toda prisa de allí y, una vez en casa de su hermana, se sirvió una copa de vino. Había dejado el ordenador en la mesa. Al verlo se dio cuenta de que tenía un e-mail de Andrew O'Connor. Dio un sorbito al vino, abrió el mensaje y lo leyó. Andrew había trasladado la cita de la archidiócesis a una semana más tarde. Resultaba agradable recibir noticias del mundo exterior; el ambiente en el rosario de difuntos había sido asfixiante.

Los chicos bajaron luego a la sala de juegos del sótano. Al poco, los mayores oyeron a Blue tocando el piano y bajaron para estar con ellos. Blue los obsequió con un pequeño recital improvisado, haciendo que todos lo acompañasen cantando. Aquello convirtió su tristeza en baile, como decía la Biblia. Al final cantó una canción de góspel, con una voz limpia y rotunda que los emocionó a todos e hizo que a Ginny se le saltaran las lágrimas.

—Mi madre me cantaba esta canción —le dijo él en voz baja.

Después de oírlo cantar, con aquella voz potente, se sentaron a su alrededor y charlaron durante un rato. Blue los había animado a todos al piano.

Al día siguiente se celebraba el funeral. Blue bajó vestido de nuevo con el traje de chaqueta. Unos minutos después, bajó Lizzie con un vestido negro de falda corta que había elegido su madre para ella. Se veían los dos muy mayores de esa guisa. Una hora más tarde, la familia al completo salía hacia la iglesia en las dos limusinas negras que habían contratado en la funeraria el día anterior.

La parroquia estaba más concurrida de lo que había esperado Ginny, con una cantidad considerable de allegados y conocidos que habían querido estar presentes en el funeral por su padre. Mientras Becky y su familia ocupaban su banco de la iglesia, Blue se quedó a su lado, orgulloso de encontrarse allí también.

Tras la ceremonia, salieron a saludar a los asistentes y finalmente fueron al cementerio para acompañar el ataúd de su padre. Ginny vio de pronto las sepulturas de Mark y Chris, y la sensación de soledad que la embargó fue tan abrumadora que casi la dejó sin respiración. Blue captó la expresión de su rostro y se acercó a Lizzie.

—¿Son ellos? —le preguntó susurrando, señalando las dos tumbas con la cabeza.

Ella asintió en silencio. Al lado de las sepulturas, había un sitio para Ginny, quien había comprado los tres nichos el mismo día. La lápida de Chris era ligeramente más pequeña. Una vez terminado el responso ante la tumba, Ginny se acercó a ver las sepulturas mientras los demás se alejaban. Se agachó y, con las lágrimas rodándole por las mejillas, acarició la lápida de su hijo. Entonces, al volverse, vio a Blue de pie a su lado con dos rosas blancas de tallo largo en la mano. Dejó una en cada tumba, y Ginny se abrazó a él. Permanecieron unos minutos así, mientras ella lloraba. Luego él la condujo con delicadeza hasta los coches, montaron en la limusina y le sostuvo la mano todo el camino.

En la casa ya había gente esperándolos, así como un bufé en el que no faltaba de nada. Los invitados estuvieron con ellos hasta primera hora de la tarde y después, al fin, la familia se quedó a solas de nuevo. Charlie se puso unos vaqueros, y llegó su novia y los más jóvenes decidieron darse un chapuzón en la piscina. Ginny los observaba desde la ventana de la cocina, sonriendo. Entonces se volvió hacia su hermana. La ceremonia había sido preciosa, tradicional, tal como imaginaron que sería apropiada para su padre. Entre las dos habían acordado todos los detalles.

—Esto es lo que hubiese querido papá, verlos ahí fuera jugando así. —Siempre había sido un hombre alegre y disfrutaba mucho cuando tenía a sus nietos cerca. Ginny sentía que, pese a lo inusual de las circunstancias, le habría gustado conocer a Blue.

—¿Qué piensas hacer con él ahora? —le preguntó Becky al ver a su hermana mirando a Blue en la piscina.

—¿Qué quieres decir?

—No puedes tenerlo contigo eternamente. Ya no es un

niño, y tú pasas prácticamente todo el tiempo de viaje. No irás a adoptarlo, ¿verdad?

—No lo sé. No lo he pensado. Lo dices como si fuera un pez al que tuviera que devolver al agua. —Pero lo cierto era que Blue no tenía adónde ir y que los dos se querían. El muchacho se había convertido en una parte importante en su vida, y Becky no parecía entenderlo—. No tiene mucho sentido que lo adopte, dentro de cuatro años cumplirá dieciocho. —Pero su tía Charlene no lo quería con ella y Ginny no deseaba dejarlo en un centro de acogida—. A lo mejor se queda conmigo tan solo hasta que tenga edad para valerse por sí mismo. Empieza en el instituto el mes que viene.

—Pero no es tuyo, Ginny. No es de la familia. No tiene por qué estar contigo. Y tú ya no tienes la vida montada para que haya un chico en ella, con el trabajo que haces, siempre de aquí para allá por el mundo.

—Y si yo no me ocupo de él, ¿quién lo hará? —Ginny se volvió para mirar de frente a su hermana, quien parecía no querer hacer sitio en su vida para nada que se saliera de lo normal, solo para lo que encajase perfectamente. Y todo en la vida de Ginny era fuera de lo normal. Ya no parecían tener nada en común, salvo su padre, y había fallecido. Becky siempre estaba atacándola, aunque no fuera su intención.

—No es problema tuyo. Tú no eres «el guardián de tu hermano», ni el guardián del hijo de nadie —insistió Becky, obstinada.

—Si eso fuera cierto, ningún niño adoptado de este mundo tendría un hogar —replicó Ginny en voz queda—. Yo no sé por qué Blue y yo nos encontramos el uno al otro, pero así fue. Quizá sea suficiente por ahora.

Salieron a la piscina y estuvieron viendo a los chicos jugar a Marco Polo con Alan. Se lo estaban pasando todos en grande. Era el final perfecto para un día agridulce, pues había un componente de paz y sosiego en ello. No fue como el dolor desesperado que tiñó los funerales por Mark y Chris, en los que absolutamente todo era extraño e incomprensible. Eso, por el contrario, era ley de vida: los padres desaparecían sin hacer ruido, y las nuevas generaciones ocupaban su lugar.

Los chicos se quedaron en la piscina hasta que se hizo de noche. Luego cenaron los restos del bufé que la empresa de catering había llevado y todo el mundo se fue a dormir temprano. A solas en su habitación, Ginny estuvo dando vueltas a lo que había dicho su hermana. La asombraba la poca capacidad que tenía para entender que la gente podía vivir la vida de un modo distinto del suyo. Su mundo se limitaba a Pasadena y en él solo había cabida para gente «normal», cuya vida era fiel reflejo de la de ella y Alan. No había espacio para un chico como Blue ni para nada que se saliese de lo corriente. Entonces recordó la pregunta que le había hecho Becky esa tarde, si tenía planes de adoptar a Blue. En realidad no se lo había planteado hasta ese momento, pero de pronto se vio considerando si debía dar el paso. El muchacho necesitaba una familia y un hogar. Le dio que pensar.

Pasaron un día más en Pasadena; después Blue y ella regresaron a Nueva York. Tenían vidas que retomar, además de una batalla que emprender contra la archidiócesis. El mismo día en que llegaron a casa, Ginny telefoneó a Andrew O'Connor. Tenían la cita con el superior eclesiástico al cabo de dos días.

—Solo quería que supieras que ya estamos aquí —le informó, con tono cansado.

—¿Cómo ha ido todo? —preguntó él.

—Más o menos como cabía esperar: con pena pero como era debido. Con mi hermana la situación ha sido algo incómoda. Está furiosa por que desafiemos a la Iglesia. Según ella, estamos cometiendo un sacrilegio y los curas nunca pueden hacer nada malo. Su marido y ella son muy tradicionales. Yo trato de evitar el tema, pero ella se empeña en discutirlo conmigo y en hacerme ver lo equivocada que estoy. Realmente no lo entiende.

—Le pasa a mucha gente. No quieren creer que estas cosas ocurren ni ver el daño que producen. Hay que tener agallas para ir contracorriente, pero es lo que debe hacerse. Cuando empecé a llevar este tipo de casos, recibía amenazas de muerte. Siempre me ha parecido interesante que la gente amenace de muerte a otros en nombre de la religión cuando no les gusta lo que hacen. Es una contradicción fascinante.

Ginny nunca había pensado en el riesgo que podía entrañar para él aceptar casos contra la Iglesia.

—Entonces supongo que tú también eres bastante valiente —dijo ella con admiración.

—No, solo estoy convencido de que lo que hago es lo correcto. Siempre me ha traído por el camino de la amargura, pero es como quiero vivir. —Su tono era decidido.

—Mi vida era distinta antes de que murieran mi marido y mi hijo. Ellos la llenaban. Ahora me he volcado en luchar contra las injusticias del mundo y en intentar que las cosas cambien para quienes no pueden valerse por sí mismos. Pero imagino que para la gente supone una amenaza que otros plantemos cara y corramos este tipo de riesgos. No les gustan las posturas impopulares que los obligan a revisar sus creencias y a poner en tela de juicio sus bondades.

—Es verdad —coincidió él—. Mi familia pensaba que estaba como una cabra cuando ingresé en la Iglesia. Se opusieron de manera virulenta, les parecía rarísimo. Y después se horrorizaron aún más cuando dejé el sacerdocio. Supongo que me paso la vida escandalizándolos con cosas que encuentran censurables. —No parecía molesto por eso, y Ginny se rio.

—Así es como está mi hermana conmigo.

—Está bien tenerlos siempre alerta —bromeó Andrew, y se rieron ambos. Pero luego añadió, más serio—: Nunca estuve en la Iglesia por los motivos correctos. Tardé mucho en darme cuenta. Creí que tenía vocación, pero no era así.

Nunca le había contado nada de eso a un cliente suyo. Pero Ginny era una mujer dotada de empatía, abierta de corazón y de mente, y a Andrew le agradaba hablar con ella. Además, la admiraba mucho por lo que estaba haciendo por Blue.

—Eso puede ser un error grave —contestó con absoluta sinceridad— y entiendo que, al colgar los hábitos, diste un golpe de timón importante en tu vida. Debió de ser una decisión difícil.

—Lo fue. Pero cuando fui a Roma me di cuenta de que la Iglesia, en su estratosfera superior, es un ente sumamente político, lleno de intrigas, una especie de lucha de poder. Yo nunca entendí la Iglesia como una arena política. De todos modos, estar en Roma fue muy interesante, la verdad, con todos los cardenales pululando por allí. Y trabajar en el Vaticano fue como un sueño, era todo muy embriagador. Pero yo no había ingresado en el sacerdocio para eso. Ahora soy más útil haciendo lo que hago que cuando era cura. En el fondo no era más que un abogado con alzacuellos y no tenía vocación para servir en una parroquia, sobre todo después de venir de Roma. En cuanto lo comprendí, sentí que era el momento de dejarlo. No estaba ayudando a nadie. Además lo que de verdad quería ser era abogado, no cura. —Se veía que estaba completamente satisfecho con la decisión que había tomado y transmitía la sensación de haber acertado.

—Pues me decepciona oírte decir eso —dijo ella, y se rio con dulzura.

A Andrew le gustaba su voz. Notaba, por su forma de relacionarse con la gente, que no era ajena al sufrimiento humano, incluyendo el suyo propio.

—¿Y eso? —preguntó, desconcertado por su comentario.

—Tenía algo así como la esperanza de que te hubieses enamorado de una monja, que hubieseis huido juntos y que después hubieseis vivido felices y comido perdices. Me encantan esas historias. Supongo que en el fondo soy una romántica. Un amor imposible que al final acaba triunfando.

—A mí también me gustan esas historias —admitió él—. No pasan muy a menudo. Además, aceptémoslo, la mayoría de las monjas de hoy en día no se parecen a Audrey Hepburn en *Historia de una monja*. Son más bien corpulentas, llevan cortes de pelo raros, dan la impresión de no acordarse mucho de peinarse y van en vaqueros y con sudadera; solo visten los hábitos cuando van a Roma, y entonces parece que siempre se ponen la toca torcida. —Se notaba que hablaba por experiencia. Ginny se rio de lo que acababa de decir, aunque su hermana se habría llevado las manos a la cabeza ante su irreverencia. No obstante, no lo decía de mala fe, sino con sentido del humor. Y era cierto—. De lo único que me enamoré cuando trabajé en el Vaticano fue de estudiar derecho canónico. Era fascinante. Pero nunca vi a ninguna monja que me acelerase el corazón.

Ginny se preguntó si alguien le había provocado ese efecto desde entonces. Era un hombre inteligente y muy interesante.

Él respondió a su pregunta sin necesidad de que la formulase, como si le hubiese leído el pensamiento.

—Nunca terminé de reintegrarme en la vida secular. Puede que fuese demasiado mayor cuando dejé la Iglesia o que esperase más de la cuenta. Me concedieron la dispensa total de los votos religiosos hace cinco años, a los cuarenta y tres. Algo así como una baja con honores. —Ginny se sorprendió. Era mayor de lo que aparentaba; ella le había echado unos treinta y nueve o cuarenta años, no cuarenta y ocho—. Pero la mayor parte del tiempo todavía me siento como un sacerdote, con toda la típica culpa católica. Es posible que lo de ser jesuita sea para siempre. En mí tuvo mucho calado. Era muy joven cuando ingresé. Demasiado. La gente hoy en día no entra en la Iglesia tan joven, y es mejor así. De esa forma saben lo que hacen cuando toman la decisión. Yo iba con un montón de elevados ideales que en realidad nunca tuvieron sentido. Pero tardé mucho en comprenderlo. Han pasado veinticinco años desde que me ordené sacerdote. E imagino que tardaré el doble en salir del todo, si es que salgo algún día. En definitiva, que por ahora me complacer ser un agitador que persigue a los malos como el padre Teddy Graham. —No disimuló su desprecio al referirse a él—. Esto es lo que de verdad quería hacer al principio. Entonces era una especie de cruzado. Quería ser un buen sacerdote en lugar de uno malo. Ahora simplemente me alegro de llevar a los malos a la cárcel y aprovechar para obtener indemnizaciones para sus víctimas. No es un empeño del todo noble, pues hay dinero de por medio, pero mientras el dinero no sea para mí, funciona.

En el fondo era un purista. Y Ginny volvió a preguntarse si provenía de una familia acaudalada y gracias a eso podía aceptar casos como el de Blue sin cobrar nada a cambio. Tenía cierto aire aristocrático, solo que sin pretensiones, con humildad.

—Supongo que los dos somos cruzados por los derechos humanos —comentó ella pensativa—. De eso precisamente me acusaba hace poco mi hermana. De ser una cruzada, de tener complejo de Juana de Arco. Según ella, todo esto es absurdo. Pero para mí tiene todo el sentido del mundo. Yo no tengo marido ni hijos. Dispongo de tiempo para tratar de cerrar las heridas del mundo.

—Antes o después, todos encontramos el camino que va con nosotros. Algunos antes que otros. A mí me da la impresión de que has sacado lo mejor de una situación dramática y lo has aplicado a un fin bueno. Eso es un arte —dijo él.

Era lo que le infundía respeto hacia ella. Y un chico con suerte llamado Blue se había beneficiado de ello. Ginny podría haberse pasado el resto de su vida llorando la muerte de sus seres queridos, pero, en lugar de eso, se había puesto al servicio del prójimo.

—Mi hermana me preguntó si estaba pensando en adoptar a Blue. A decir verdad, no me lo había planteado seriamente hasta que me lo dijo. Quizá deberíamos hablar de ello uno de estos días.

—Sería fabuloso para él, si de verdad quieres hacerlo. Piénsalo con calma para estar segura.

—Eso haré. Es un buen consejo.

—Bueno, nos vemos el lunes en la archidiócesis. Quedamos en el pequeño restaurante de la esquina. Allí te daré algunos detalles y te hablaré del elenco de personajes. Nunca está de más contar con la visión de alguien de dentro.

—Genial. Gracias otra vez —respondió ella con afecto.

—Y mi más sincero pésame de nuevo —dijo él, y colgaron.

Ginny fue a ver qué andaba haciendo Blue. Cuál no sería su sorpresa cuando le dijo que se encontraba mal.

—¿Cómo de mal? —le preguntó, y le acercó el dorso de la mano a la frente para ver si tenía fiebre, pero no—. Seguramente es solo cansancio del viaje.

Entre el funeral, el rosario de difuntos, el vuelo a California y la vuelta a Nueva York, habían sido unos días de locos. Ginny, no obstante, advirtió que estaba pálido. Y justo antes de acostarse esa noche, vomitó. Ella pensó que tendría algo de gastroenteritis. Se sentó a su lado un rato y, cuando al fin se quedó dormido, se fue a la cama.

Al cabo de lo que parecieron apenas unos minutos, alguien la zarandeó para despertarla. Ginny abrió los ojos sobresaltada. Alzó la vista, sin saber por un instante dónde se encontraba, y vio a Blue de pie al lado de la cama, llorando. Era la primera vez que lo veía llorar.

—¿Qué te pasa? —le preguntó al tiempo que se levantaba de la cama de un salto.

—Me duele la tripa. Me duele mucho... mucho.

Ginny le dijo que se tumbara en su cama y pensó en llamar a un médico. Entonces Blue volvió a vomitar y se dobló de dolor. Cuando le indicó dónde le dolía, Ginny vio que se trataba del cuadrante inferior derecho del abdomen. Tenía suficiente formación en primeros auxilios para saber qué era. Se vistió inmediatamente y le dijo con delicadeza que irían a Urgencias. Él respondió que estaba demasiado mal para vestirse solo, así que ella lo ayudó a ponerse una bata encima del pijama y el chico se calzó las Converse. Cinco minutos después estaban en la acera, haciendo señas a un taxi. Ginny pidió al taxista que los llevase al hospital Mount Sinai, el más próximo a su apartamento.

Al cabo de cinco minutos, estaban en Urgencias. Blue describió los síntomas a la enfermera, mientras Ginny se ocupaba del papeleo en el mostrador de admisiones. Rellenó todos los impresos que le pidieron y entonces se dio cuenta de que no tenía tarjeta de seguro sanitario para él. Volvió corriendo al despacho de las enfermeras para consultarlo con él. Allí se lo encontró sentado en una silla de ruedas, con la cara verde y una palangana debajo de la barbilla por si volvía a vomitar.

—Blue, ¿tienes seguro médico? —le preguntó con delicadeza. Él negó con la cabeza y ella regresó corriendo al mostrador de admisiones para decirles que el muchacho no tenía seguro. La encargada de admisiones no puso cara de felicidad precisamente—. Pueden cobrármelo a mí directamente —añadió Ginny enseguida, e incluyó su dirección en el impreso. Había vacilado un momento antes de rellenar la parte en que le pedían que indicase el nombre de un pariente cercano y pensó en poner sus datos, pero al final había escrito los de la tía del chico. Ella se había inscrito como la persona que lo había llevado al hospital.

—No nos permiten hacer eso. No podemos cobrárselo a usted —dijo la administrativa al revisar el impreso—. Sería mejor si el chico tuviese tarjeta de seguro. —Anotó «Sin seguro» en el formulario—. ¿Es su madre? —inquirió con recelo.

—No —respondió Ginny sin afán de mentir, y se preguntó si habría metido la pata.

—Pues entonces no puede firmar el impreso de admisión. El chico es menor de edad. Tiene que firmarlo un familiar, sus padres o el tutor legal.

—Son las cuatro y media de la madrugada, y no quiero perder el tiempo buscando a su tía —replicó Ginny desquiciada.

—Podemos atenderle si es una urgencia, pero deberíamos notificárselo —contestó la mujer sin ceder un ápice.

Ginny se preguntó si Charlene estaría trabajando en el hospital en el turno de noche. Eso simplificaría las cosas.

A esas alturas, Blue había pasado con el médico, que estaba examinándolo. Ginny entró para estar con él. Blue la miró con cara de tener mucho miedo, y ella le dio unas palmaditas en la mano. El médico salió con ella de la consulta para informarla en el pasillo.

—Tiene el apéndice inflamado —le explicó—. Hay que extirpárselo esta misma noche. No quiero esperar.

Ella asintió; era lo que se había imaginado.

—Me parece bien. Pero tenemos un problema. No soy su tutora legal, es huérfano de padre y madre, y solo tiene una tía que es su tutora pero a la que no ve nunca. Vive conmigo. ¿No puedo firmar yo el impreso?

El médico negó con la cabeza.

—No, pero no hace falta que firme nada. Puede intentar localizarla mientras lo operamos. Puedo llevármelo ahora mismo al quirófano. Pero al tutor legal hay que avisarlo.

Ginny se mostró de acuerdo y decidió esperar a llamar a Charlene hasta que se llevasen a Blue para operarlo. Así pues, volvió con él a la consulta. El chico estaba vomitando de nuevo, mientras una enfermera le sujetaba la palangana. Estaba hecho una pena, con los ojos más grandes que nunca y la cara muy blanca de repente. Estaban impacientes por llevárselo al quirófano y le habían puesto una vía en el brazo. Un minuto después, entró un enfermero y explicó a Blue lo que iban a hacerle. El chico se echó a llorar. Ginny le dio un beso en la frente antes de que lo sacaran por la puerta en la cama. Unos instantes más tarde, lo metían en el ascensor y se lo llevaban a otra planta. Ginny se quedó en el pasillo, sola. También ella estaba llorando.

Entonces llamó al móvil de Charlene, cruzando los dedos para que estuviera trabajando. Sin embargo. respondió una voz somnolienta. Era ella. Se asustó al oír a Ginny llorando al otro lado de la línea. Ginny le explicó la situación. Junto a Charlene, le llegó una voz de hombre que se quejaba de que los hubiesen despertado a las cinco de la madrugada. Ginny dedujo que era Harold, el novio de Charlene.

—Se pondrá bien —dijo esta, menos preocupada, al parecer, que Ginny—. Mañana cuando vaya a trabajar firmaré el impreso de admisión. —No parecía importarle gran cosa, lo que molestó a Ginny.

Colgaron enseguida. Y Ginny fue a sentarse en una sala de espera hasta que Blue volviese de quirófano. Primero tendría que pasar por la sala de reanimación. Ese tiempo le sirvió para reflexionar acerca de su situación. Desde el punto de vista legal, Blue y ella estaban en un limbo, por lo que, al haberse puesto malo, Ginny comprendió que tenía sentido que ella fuese su tutora legal. Charlene no quería hacerse responsable de él, y Ginny, sí.

Blue volvió de la sala de reanimación a las ocho de la mañana. Lo metieron en una habitación semiprivada que tenía una cama vacía. Estaba grogui. Siguió durmiendo hasta las doce, cosa que aprovechó Ginny para volver a casa, darse una ducha y cambiarse de ropa. Cuando regresó, se sentó en una silla junto a su cama y dio una cabezada mientas él dormía toda la tarde. A las cinco en punto, Ginny bajó a la cafetería, donde había quedado con Charlene. Ginny llevaba los formularios de admisión, que Charlene firmó y le devolvió. Entonces dijo algo que sobresaltó a Ginny.

—Ya no quiero seguir siendo su tutora legal. No lo veo

nunca. No es hijo mío. Y vive con usted —concluyó con toda lógica.

Sus palabras tenían todo el sentido del mundo. Ginny constató que ella sí quería ser su tutora legal. Pero la última palabra la tenía Blue y deseaba preguntárselo.

Pasó toda la noche en el hospital con él. Dos días después de su operación, se lo llevó a casa y lo mimó como correspondía. Vieron la tele juntos, en el sofá, y en un momento dado ella le preguntó qué le parecía si se convertía en su tutora legal. Una sonrisa enorme se dibujó en el rostro del chico.

—¿Harías eso por mí? —le preguntó con lágrimas en los ojos.

—Si tú quieres, sí. Puedo consultárselo a Andrew.

Eso hizo. Y él contestó que era un procedimiento muy sencillo, sobre todo teniendo en cuenta la edad del chico. Con catorce años, tenía voz y voto. Por tanto, dado que Blue quería que ella fuese su tutora, que Ginny lo deseaba también y que Charlene había pedido renunciar a su tutela, la vista con el juez sería un mero trámite. Ginny era una persona responsable, y Andrew le dijo que ningún juzgado pondría objeciones. Además, cuando salía de viaje, siempre dejaba todo arreglado en lo que atañía al chico.

—Puedo ocuparme del papeleo, si quieres —se ofreció Andrew.

Ginny le pidió entonces que iniciara el procedimiento. Andrew solicitaría una vista lo antes posible, debido a las circunstancias en que se hallaba Blue. Además, con la investigación en curso, el abogado estaba seguro de que las autoridades competentes procederían a hacer el cambio de tutela sin demora.

Solo con hablarlo, Ginny y Blue estaban felices. Ella sabía que era la mejor decisión que podía tomar, y Blue, por su parte, estaba radiante de saber que ella lo quería en su vida a largo plazo y que estaba dispuesta a asumir la responsabilidad de cuidar de él. Todo lo demás pasó a un segundo plano. Mientras el chico se recuperaba de la operación, hicieron planes. Hablaron de lo que harían en cuanto pudiera salir de casa. Ella le cocinó los platos que más le gustaban y vieron juntos las películas favoritas del muchacho. La noticia de que sería su tutora legal reforzó el vínculo que se había creado entre ambos. La apendicitis resultó ser un regalo del cielo para los dos. Estaban impacientes por que llegara el día de la vista con el juez para confirmar el cambio.

16

Andrew fue a visitar a Blue al apartamento durante su convalecencia. Le llevó revistas de deportes y un videojuego. Para entonces, el chico ya se encontraba mejor y se alegró de verlo. Le pareció muy amable de su parte que fuera a visitarlo y le gustó el juego. Andrew les contó a los dos que había iniciado los trámites para el cambio de tutela y había solicitado la vista con el juez. Además, había conseguido que pospusiesen la cita con la archidiócesis del lunes al viernes, para que Ginny pudiese cuidar de Blue durante el postoperatorio.

—Es un tío majo —dijo Blue, tumbado en el sofá después de la visita de Andrew.

—Sí que lo es —convino Ginny. Ella ya estaba pensando en la reunión de la archidiócesis, que tendría lugar al cabo de dos días.

—Deberías estar con alguien como él —sugirió Blue.

A ella le chocaron sus palabras.

—¿Y por qué iba a querer yo eso? No quiero estar con nadie —replicó. Seguía sintiéndose casada con Mark y estaba convencida de que siempre se sentiría así. Nunca se había quitado la alianza—. Además, ahora te tengo a ti.

—Eso no es suficiente —respondió él sabiamente.

—Sí que es suficiente. —Sonrió. Y teniendo en cuenta que iba a convertirse en su tutora legal, era más que suficiente.

La mañana de la reunión con la archidiócesis, Ginny lo dejó en la cama con el portátil y una pila de videojuegos. Ella cogió un taxi que la llevó al pequeño restaurante donde había quedado con Andrew. Llegaba diez minutos tarde y se deshizo en disculpas.

—Lo siento. Tenía que dejar organizado a Blue antes de salir.

Andrew iba vestido con unos pantalones caqui, una americana de lino azul marino y una camisa azul con el cuello abierto. La advirtió de que tanto el prelado como los otros cargos que estuvieran con él adoptarían una actitud dura con ella para tratar de acobardarlos y que desistieran, y que era posible que acusaran a Blue de mentir, incluso. Al margen de lo que pensasen, inicialmente saldrían de defensa del padre Teddy y negarían todo lo que había dicho Blue. Andrew conocía su juego.

—La teoría de monseñor Cavaretti siempre ha sido que la mejor defensa es un buen ataque. Que no te impresione. No es tonto, sabe que llevamos las de ganar y por eso intentará asustarte para que cedas, si puede. No le conviene la mala publicidad que generará el caso, y si la archidiócesis sabe en qué andaba Ted Graham, le espera una buena dosis de mala prensa por haberlo encubierto y haberlo trasladado a otra parroquia. Todo pinta bastante mal para ellos. —Además, en última instancia, desde su punto de vista Blue sería un testigo inmejorable, pues era un chico directo y franco—. Lo tengo todo planeado —añadió para tranquilizarla mientras pagaba los cafés.

Entonces salieron y doblaron la esquina para acudir a la reunión.

La sede de la archidiócesis era un edificio imponente. Al llegar, condujeron a Andrew y a Ginny hasta una sala de espera de techos altos, mobiliario antiguo, bonito pero serio, revestimiento de madera tallada y un crucifijo en la pared. El lugar contaba con aire acondicionado, lo cual lo hacía agradable en medio del calor estival de Nueva York. Por un momento, Ginny se sintió abrumada.

—¿Estás bien? —le preguntó Andrew en voz baja.

Ella respondió afirmativamente con la cabeza. Sin embargo, el escenario resultaba sobrecogedor. Al poco un sacerdote joven se asomó y los acompañó al despacho de monseñor Cavaretti, en la planta superior. La sala también era imponente, con detalles preciosos. Ginny vio que los esperaban tres prelados. Nada más entrar, un hombre de corta estatura y complexión gruesa, ataviado con la vestidura propia de los prelados, se acercó a Andrew con una sonrisa amable. Monseñor Cavaretti llevaba en el sacerdocio casi cincuenta años, pero tenía en la mirada el brillo y la viveza de alguien mucho más joven.

—Me alegro de verte, Andrew. —Le dio unas palmadas afectuosas en el hombro y lo miró con alegría sincera—. Bueno, ¿cuándo volverás con nosotros? —bromeó—. Deberías estar trabajando a nuestro lado en este asunto —añadió más serio.

Habían colaborado codo con codo en numerosos proyectos en Roma durante dos de los cuatro años que Andrew pasó allí, y el prelado sentía un gran respeto por su capacidad. Siempre había dicho que era uno de los mejores juristas del Vaticano y que algún día llegaría a cardenal. Cuando se enteró de que Andrew había pedido la dispensa de sus votos, se llevó una honda decepción. Sin embargo, no lo había sorprendido del todo. Andrew siempre había sido muy independiente y librepensador, en ocasiones se empleaba más a fondo en la lucha por los ideales del derecho que en la Iglesia y poseía un intelecto que todo lo ponía en cuestión, a veces con un toque de cinismo. Jamás había dado nada por válido sin cuestionárselo ni hacía lo que le ordenaban. Antes de hacer nada, tenía que estar convencido de que era lo correcto y conforme a sus propios principios, lo que a veces lo convertía en un oponente formidable. Sospechó que en esa ocasión también sería así. Al igual que Andrew no lo subestimaba a él, Cavaretti no subestimaba a Andrew.

En Roma el prelado lo había tratado como a un hijo, le había enseñado los entresijos de la política vaticana, y juntos habían pasado muchas noches tomando vino hasta tarde en la cancillería de la ciudad eterna. Fue en esa época cuando Andrew había empezado a dudar de su vocación y del camino que había escogido. Sus razones para dejar el sacerdocio lo volvían aún más peligroso, y monseñor Cavaretti era muy consciente de ello. Andrew era un idealista y esos casos eran para él como una cruzada santa, mientras que para el prelado no eran sino una parte más del trabajo que desempeñaba para la Iglesia. Cavaretti conocía los puntos débiles de los sacerdotes además de los de los hombres.

—Un día de estos, volverás —le dijo a Andrew con tal seguridad que Ginny se sorprendió y se preguntó si sería cierto.

—Pero aún no —contestó Andrew siguiéndole el juego—. Y entretanto tenemos trabajo que hacer. —Acto seguido le presentó a Ginny, y el prelado le estrechó la mano.

Monseñor Cavaretti presentó a los otros dos prelados que aguardaban sin tomar asiento, y Andrew les explicó que Ginny iba a ser la nueva tutora legal de Blue, que vivía con ella. Entonces el eclesiástico bajo y regordete les indicó que se sentaran en un sofá que tenía una mesa de centro delante y varios sillones cómodos alrededor. Deseaba establecer un tono informal para esa primera conversación, con el fin de comprobar si podrían disuadir a Ginny y a Andrew de seguir adelante. La policía aún no había acusado formalmente a Ted Graham, por lo que era el momento idóneo para intentar hacerlos cambiar de idea, sobre todo antes de que el caso llamase la atención de los medios de comunicación. Por lo pronto, no se habían producido perjuicios, cosa que cambiaría en cuestión de pocas semanas, cuando llegase la fecha en que el gran jurado tuviese que estudiar el caso.

Monseñor Cavaretti observó atentamente a Ginny para tratar de calarla. Se había puesto un traje de chaqueta y pantalón de lino negro, y no llevaba ninguna joya, excepto la alianza. Lo sorprendió ver que estaba casada, la información que le habían facilitado decía que el chico, antes sin hogar, vivía solo con ella. Se preguntó cuál era el motivo por el que esa mujer se había implicado con él. Además, tenía conocimiento de que había sido periodista de televisión, lo cual al prelado le parecía un cóctel peligroso en combinación con la pasión ardiente de Andrew por defender una causa, si para colmo ella era una profesional con espíritu inquisitivo. Podrían acabar siendo un tándem peligroso. Cavaretti tomaba esos detalles en consideración y actuaba con cautela.

—Bueno, pues aquí estamos. —Los sonrió a los dos después de que el joven sacerdote que ejercía de asistente suyo les hubiese ofrecido a todos café, té o algún refresco que habían declinado—. ¿Qué vamos a hacer con este desafortunado asunto? —preguntó con tono amable. Se había hecho con el control de la reunión en cuanto ellos habían entrado en el despacho, con sus recuerdos de Roma con Andrew, sus comentarios jocosos y sus alabanzas hacia él—. Lo que está en juego es el futuro de un joven cura, no ya solo en la Iglesia, sino también ante los ojos del mundo. No cabe duda de que este caso lo destrozará, a él y su carrera, así como su fe en sí mismo si acaba ante un juez o, peor aún, en la cárcel.

Ginny no podía creer lo que estaba oyendo. Pero ni ella ni Andrew pronunciaron palabra.

—Además, por nuestra parte, debemos considerar qué efecto tiene este tipo de acusaciones en la Iglesia, cómo nos mina. Y también debemos respetar las leyes. Este caso tiene que ver con las personas, no solo con una parroquia, sino con nuestro interés por velar también por nuestros feligreses. —El hombre hablaba con ademanes tranquilos y benevolentes—. El padre Ted Graham es muy querido, tanto en su parroquia anterior como en la actual.

—¿Y por eso lo trasladaron a Chicago, en lugar de encargarse del asunto aquí? —preguntó Andrew sin alzar la voz.

Acababa de lanzarles un primer cañonazo de advertencia y, a juzgar por la mirada del viejo sacerdote, había dado en el blanco. Cavaretti, sin embargo, era demasiado listo para que el comentario de Andrew lo pillase desprevenido, y además lo conocía muy bien. Estaba preparado.

—Le había llegado el momento de trasladarse a otra parroquia. Eso lo sabes, Andrew. Evitamos el apego excesivo a los sitios, que afectaría nuestra objetividad y perspectiva. En Chicago se produjo una vacante en el momento adecuado y se le necesitaba mucho allí. En todos los lugares en los que ha estado ha sido una figura sumamente apreciada y un cura ejemplar.

—¿Era el momento adecuado porque se quejó alguien, como por ejemplo los padres de algún monaguillo que sí creyeron a su hijo? —Ambos sabían que no era lo habitual. Los padres tendían a depositar su fe en el párroco más que en sus propios hijos, por costumbre y por respeto a la Iglesia, al margen de lo escasamente fundado que este fuese. Pero Andrew sabía que era un error y siempre daba crédito a las palabras de los niños. Todavía no se había topado con ningún caso en el que el niño mintiera, siempre era el cura descarriado el que lo hacía. Eso también lo sabía Cavaretti—. ¿O acaso otros curas vieron algo que encontraron preocupante? Al parecer, todos sus feligreses de Nueva York estaban locos con él, era un párroco adorado. Entonces ¿por qué trasladarlo a Chicago?

—El párroco de St. Anne había fallecido de repente un mes antes y en esos momentos no contábamos con nadie más. —El viejo y astuto sacerdote miró a Andrew a los ojos con osadía. En lo que se refería al traslado del cura, la Iglesia tenía todas las bases cubiertas—. El traslado estaba justificado.

—Ojalá pudiera decir que lo creo —replicó Andrew con

cinismo, retándolo a su vez—. Siempre hay otros candidatos, en especial si tienen a un párroco que lo está haciendo bien en la parroquia en la que está y que es tan apreciado. En esos casos prácticamente nunca los cambian de parroquia. Y resulta interesante que ahora tengamos quince casos, además del de Blue, en St. Francis y en St. Anne. Monseñor, creo que tienen un problema grave y lo saben. —Andrew era respetuoso pero implacable.

El semblante de Cavaretti no delataba reacción alguna. Los otros dos prelados no habían intervenido desde las presentaciones, y Andrew estaba seguro de que les habían indicado que permanecieran en silencio. Él ya contaba con que Cavaretti llevaría la voz cantante. Era el más veterano de la sala y conocía bien a Andrew, lo cual le daba ventaja.

Ginny estaba fascinada oyendo todo aquello y presenciando el estilo con que hablaban los dos hombres, que pugnaban entre sí con elegancia. Era casi como una danza. A esas alturas no era fácil predecir cuál de los dos ganaría. Ella apostaba por Andrew, por el bien de Blue. Pero monseñor Cavaretti era muy hábil también.

—Yo creo que todos debemos considerar el daño que se causará si no se desestima el caso —dijo el prelado en tono serio—. Las vidas que quedarán destrozadas, no solo la del padre Graham, también la del chico. ¿De verdad le hará algún bien sacar esto a la luz, incluso si lo que dice es cierto, cosa que no creo? Yo pienso que es un chico que tiene miedo, que tal vez intentó seducir a un sacerdote y luego se lo pensó dos veces, y entonces quiso darle la vuelta a la situación para sacar algún provecho. No vamos a pagarle un centavo por sus mentiras —puntualizó Cavaretti, clavando la mirada en los ojos de Andrew y a continuación en los de Ginny, que se había quedado con cara de espanto ante lo que estaba oyendo.

—Esto no tiene nada que ver con el dinero —lo corrigió Andrew con rotundidad. Ginny, por su parte, casi se levanta de un salto, pero se controló—. Ni con la supuesta seducción de un hombre de más de cuarenta años por parte de un crío de nueve. Es una hipótesis astuta, monseñor, pero aquí hará aguas. La víctima inocente es mi cliente, no el padre Graham. Y la Iglesia pagará lo que decida el juez, por haberle dejado secuelas de por vida. Usted conoce el precio que han de pagar las víctimas por estos casos tan bien como yo. Estamos hablando de un crimen, monseñor. Un crimen grave cometido contra un niño. Ted Graham tiene que estar en la cárcel, no reincidiendo de parroquia en parroquia.

»Si llega a los tribunales, y llegará, el mundo entero los mirará a ustedes y les preguntará por qué lo cambiaron de parroquia en lugar de impedir que volviese a hacerlo. Es un crimen grave, cometido contra mi cliente. Todos ustedes son responsables por no detener al criminal y por trasladarlo a otra ciudad. Me conoce bien para saber que no cejaré en mi búsqueda de la justicia, moral y material, como señal de su arrepentimiento y buena voluntad.

Dicho esto, el jurista y el prelado se miraron en silencio durante largo rato. Andrew se levantó e hizo una señal a Ginny para que lo siguiera. Ella se había quedado mirando asombrada a Cavaretti. Advirtió que fruncía los labios. Al prelado no le hacía ninguna gracia la postura de Andrew ni su renuencia a abandonar el caso, ni tampoco a sentirse intimidado por él como hombre de más edad. Había tenido la esperanza de que la reunión con Andrew fuese mejor de lo que fue. De momento al menos, Andrew no cedía ni un ápice.

Entonces el viejo prelado miró a Ginny.

—Le ruego que hable con el chico y que piense en las vidas que se dispone a destruir, en especial la suya. Este caso se pondrá feo y acabará haciendo daño a todos los implicados, incluso al propio Blue. Nosotros no dejamos piedra sin remover.

Era una amenaza directa. Pero Andrew intervino antes de que pudiera contestar. Ginny no sabía qué decir, aparte de que creía a Blue, que era precisamente la víctima de todo aquello, y que su sacerdote era un mentiroso y un pervertido, además de que la policía estaba recabando testimonios y pruebas para demostrarlo, entre las demás víctimas. Eso no iba a ser ninguna nimiedad, ni para el padre Teddy Graham ni para la Iglesia, sobre todo cuando el caso saltase a los medios.

—Gracias por su tiempo, señores —dijo Andrew cortésmente. Entonces se volvió de nuevo hacia Cavaretti—. Me alegro de haberlo visto, monseñor. Que pase un buen día. —Dicho esto, sacó a Ginny del despacho empujándola por el codo, le hizo una seña de que no dijera nada, bajaron sin esperar a que nadie los acompañara y salieron a la calle. Andrew tenía una mirada acerada. Cuando se alejaban de allí, explicó—: Es un viejo diablo taimado. Sabía que intentaría amedrentarte amenazando a Blue. Y, no cabe duda, será un caso duro, como siempre que alguien osa alzarse contra una institución mastodóntica como la Iglesia católica. Pero el bien y la verdad están de nuestra parte, no de la de ellos, y lo saben. Y cuando empecemos a sacar testigos adolescentes con relatos similares al de Blue, van a suplicarnos misericordia. No va a ser un caso bonito para ellos. Y saldrá caro para todos. Por eso, si pueden asustarte, lo harán. ¿Sigues decidida a continuar?

Andrew observó a Ginny con preocupación. Ella, sin embargo, era mucho más dura de lo que imaginaba. Y estaba furiosa con lo que había escuchado.

—Pero ¡qué vileza! ¡Lo que han hecho está tan mal! —exclamó indignada—. ¡Deberían ponerse de rodillas por lo que ocurrió!

—Al principio no son más que poses. No pueden darnos la razón nada más empezar. Tienen que jugar sus bazas. Pero acabarán pagando. A veces mucho dinero. En estos casos desembolsan unas indemnizaciones tremendas por daños y perjuicios. Eso no cambia lo ocurrido, pero a Blue le podría proporcionar una vida mejor de la que hubiese vivido de no ser así, y también algo de seguridad para el futuro. Eso podría ser muy importante para él. —Lo único que podía hacer Andrew para ayudarle en ese momento era convencer a la Iglesia de que le pagase una indemnización elevada. Y no descansaría hasta conseguirlo.

—¿De qué iba esa reunión? Yo creí que íbamos a hablar seriamente sobre lo que haríamos. Y resulta que solo querían meternos miedo.

Ginny estaba furiosa. Pero Andrew sabía que el baile no había hecho más que comenzar.

—A mí no me asustan —respondió con calma—. Y espero que a ti tampoco. Querían comprobar si abandonaríamos el caso antes de que llegue al gran jurado y se convierta en un dolor de cabeza mucho más grande para ellos. La identidad de Blue quedará preservada por el derecho al anonimato, al ser menor de edad. Es hora de que el padre Teddy pague por sus crímenes. Todo eso han sido alardes sin consecuencias. A partir de ahora, la cosa se pondrá seria, y atacarán con más dureza antes de ceder.

—¿Crees que cederán? —preguntó ella con cara de preocupación. Por dentro se sentía aliviada por que no hubiesen querido que Blue estuviera presente en la reunión. Aunque lo hubiesen pedido, ella no lo habría llevado. Cavaretti habría intentado presionar a Blue para obligarlo a retractarse y confundirlo sobre lo que realmente había pasado.

—En realidad no les queda otra, si Blue mantiene su historia.

—No es ninguna historia, es lo que pasó —replicó Ginny enardecida.

—Por eso estoy yo aquí —contestó Andrew sin levantar la voz—. Intenta que no te irriten tan pronto. Nos queda mucho trecho que recorrer. Y eso me recuerda... en cuanto te concedan la tutela, quiero que lo lleves a la psicóloga que te dije. Me interesa disponer de una evaluación de su estado mental y de la gravedad de las secuelas psicológicas, desde el punto de vista de un terapeuta. —Ya había solicitado la tutela temporal para Ginny a la espera de la vista con el juez. Estaba prácticamente seguro de que se la concederían.

—¿Lo hipnotizará o solo hablará con él? —preguntó preocupada.

—Dependerá de lo que piense ella. Quizá recurra a la hipnosis si sospecha que el cura lo sodomizó y él no lo recuerda. Pero un testimonio basado en la hipnosis puede ser demasiado esquemático y poco fidedigno, y hay jueces que no lo darán por válido. Yo me fiaría de la evaluación que haga y de lo que dice el propio Blue.

Ginny asintió con la cabeza. Ella solo quería avisar a Blue de lo que pasaría cuando fuera a ver a la terapeuta. Ya le había comentado que seguramente tendría que evaluarlo un psicólogo y no había puesto objeciones. Era como un libro abierto.

—Bueno, intenta hacer algo más agradable lo que queda del día —le sugirió Andrew al despedirse de ella en la esquina. A él no lo había sorprendido nada de lo ocurrido durante la reunión, pero Ginny estaba disgustada y afectada.

Andrew tenía por delante una tarde muy ocupada. Iba a atender a un cliente nuevo con un caso parecido, solo que el chico en cuestión había sido sodomizado, lo cual lo había llevado a sufrir psicosis, y acababan de darle el alta de un hospital psiquiátrico en el que había ingresado a raíz de un intento de suicidio. Andrew conocía casos mucho peores que el de Blue, pero el suyo también era importante y se lo tomaba muy en serio, como hacía con todos ellos. Había en juego frágiles vidas jóvenes que quedarían marcadas para siempre, de maneras sutiles y también evidentes. Su forma de vengarlos era lograr que todos los culpables acabasen en prisión.

Sonrió a Ginny. Lamentaba no poder facilitarles las cosas a ella y a Blue.

—Si no es inconveniente para ti, fírmame un permiso para la psicóloga para que pueda hablar del caso con ella. Estaremos en contacto. Estoy esperando noticias de Jane Sanders sobre la fecha en que verá el caso el gran jurado. Por lo que me dijo ayer, creo que les queda poco para remitirlo, y a partir de ahí iremos a por todas.

Ginny asintió. Era un profesional eficiente, siempre pendiente de todos los detalles, además de sumamente competente a la hora de verse las caras con sacerdotes viejos. La había impresionado su actuación en la reunión. Era la clásica mano de hierro con guante de terciopelo, y mucho más duro de lo que había pensado. De alguna manera, además, había ido bien que hubiese sido sacerdote. Era como un agente secreto que se hubiese pasado al otro bando y que conociese todos los tejemanejes ocultos de la Iglesia. Andrew O'Connor no era cojo ni manco. Por otra parte, la intrigaba lo convencido que estaba el viejo prelado de que Andrew regresaría a la grey, sobre todo teniendo en cuenta que lo conocía muy bien.

—Te llamaré —le aseguró—. Saluda a Blue de mi parte. —Se despidió con la mano y se metió en un taxi.

Ella cogió el metro para volver a la parte alta de la ciudad.

Blue preguntó por la reunión en cuanto Ginny entró por la puerta, pero ella no quiso inquietarlo.

—¿Qué os han dicho? —Se le veía preocupado. Había estado tumbado en el sofá, viendo la tele. Todavía estaba pálido como consecuencia de la operación.

—Poca cosa —respondió ella sin faltar a la verdad. En esencia, todo habían sido bravatas y amenazas veladas, junto con alguna que otra floritura y alguna que otra pulla por parte de Andrew. A Ginny le gustaba su estilo—. Más que nada querían saber si íbamos en serio con la acusación. Andrew les ha dicho que sí, pero con más palabras. También los ha amenazado un poquito y luego nos hemos ido. —Ginny lo había resumido sucintamente, eliminando las frases con segundas del prelado y sus intentos de chantaje—. Andrew conocía al prelado de antes, lo que no nos vendrá nada mal. Creo que después de esto la archidiócesis se pondrá más seria. Sospecho que tenían la esperanza de que tirásemos la toalla antes de que la cosa llegase al gran jurado, pero no va a ser así.

Se cambió y se puso unos vaqueros, una camiseta y sandalias. Después, ya más relajada, telefoneó a la terapeuta que le había recomendado Andrew y esta le dio cita para la semana siguiente. Entonces le habló a Blue del asunto.

Andrew llamó esa noche para ver qué tal estaba el chico. Ginny lo notó cansado, y él reconoció que había tenido un día muy largo.

—¿Qué tal va el paciente? —preguntó Andrew ya prácticamente como un amigo.

—Pues empezando a impacientarse, diría yo. Quiere ir a la playa mañana, pero creo que debería esperar unos días más.

—¿Qué te parece si me paso mañana a verlo por la noche y os llevo algo de cena? —propuso él.

A Ginny le pareció todo un detalle.

—Está que mata por una Big Mac —respondió riéndose.

—Creo que podemos cenar algo mejor. Tengo cerca el Zabar's. Me acercaré mañana a veros después de trabajar e iré con una cesta para llevar —se brindó con generosidad—. Ah, y no te olvides de nuestro partido de los Yankees. —Sería el día del cumpleaños de Blue. Ginny se preguntó si era tan detallista con todos sus clientes. Parecía sentir debilidad por Blue—. Hasta mañana por la noche —se despidió, después de haber charlado con ella un ratito más. Ginny le contó entonces a Blue que Andrew iría a cenar con ellos al día siguiente.

—Le gustas —dijo Blue con una sonrisa bobalicona.

—Le gustas tú —lo corrigió ella.

La noche siguiente, Andrew se presentó en el apartamento con un ramo de flores para ella y una cena opípara. Había varios tipos de pasta, pollo asado, ensaladas, diferentes quesos franceses de calidad, una botella de un vino francés excelente para él y Ginny, y una montaña de postres. Los tres lo repartieron todo por la mesa del comedor y disfrutaron de los manjares. Blue y él hablaron de béisbol y de música. Y cuando el chico se fue a dormir, los mayores se quedaron charlando, de los viajes de Ginny y de los recuerdos de él de Roma, a la que tanto había querido.

—Es la ciudad más romántica del mundo —dijo con nostalgia. Viniendo de un exsacerdote, el comentario resultaba algo extraño y Andrew, consciente de ello, sonrió—. Me di cuenta después de dejar la Iglesia. Algún día me encantaría volver. Fue alucinante estar en el Vaticano, pero trabajaba quince horas al día. Cuando terminaba, solía dar largos paseos nocturnos. Es una ciudad exquisita. Deberías llevar a Blue alguna vez. —La trataba como a una amiga más que como a una mujer. Era agradable poder compartir con él sus preocupaciones en relación con Blue, y sus esperanzas.

—Hay muchos sitios a los que me gustaría viajar con él, pero no a los países en los que trabajo. A lo mejor puedo tomarme un descanso y viajar con él a Europa el año que viene.

—Me parece que te lo has ganado.

—Estaba pensando en llevármelo a algún sitio unos días antes de que empiecen las clases.

—Deberíais ir a Maine. Yo pasaba los veranos allí, de niño. —Entonces se le ocurrió una idea y la cara se le iluminó—. ¿Te gusta navegar?

—No navego desde hace años. Pero me gustaba mucho.

—Tengo un velero ridículamente pequeño en Chelsea Piers. Es mi niña bonita. Salgo con él los fines de semana cuando no estoy hasta arriba de trabajo. Deberíamos salir con Blue algún fin de semana.

Como le pasaba a Ginny, también él quería que Blue conociese alguna de las alegrías de este mundo. A ella le pareció que podía ser un plan divertido.

Siguieron hablando un rato, sobre los veranos de su infancia en Maine y los de ella en California, mientras apuraban el vino. Fue una velada agradable, relajante, con sabor familiar. Ginny le dio las gracias por la deliciosa cena. Antes de marcharse, Andrew le prometió que la llamaría para cerrar el plan de salir con el velero.

Al día siguiente, Ginny recibió noticias de Ellen Warberg, de SOS/HR. Le comunicaba que tenían un proyecto en la India al que estaban planteándose enviarla. Se trataba del refugio para mujeres jóvenes que habían sido sometidas como esclavas sexuales; los trabajadores de las organizaciones humanitarias estaban rescatándolas o comprándolas una a una para salvarlas. En el campamento había ya más de un centenar de chicas. A Ginny le pareció interesante, pero en esos momentos tenía demasiadas cosas entre manos en casa.

—¿Cuándo necesitáis que salga para allá? —preguntó. Su tono de voz denotaba preocupación.

—Nuestra cooperante principal, que ejerce de responsable del lugar ahora mismo, tiene que estar de vuelta en Estados Unidos el diez de septiembre, así que creo que, como muy tarde, podemos mandarte allí en torno al cinco, para que pueda ponerte al corriente de todo antes de irse. Al menos no viven en condiciones extremas y, para variar, no estarás expuesta a disparos.

Sin embargo, la fecha que le había mencionado era el día en que Blue empezaba en el instituto de LaGuardia Arts y no faltaban más que tres semanas. A Ginny no le hacía ninguna gracia que tuviese que estar en la residencia el primer día de clase de un instituto nuevo que tanto lo entusiasmaba. Quería estar con él, para apoyarlo. Sin embargo, no estaba segura de si su jefa en SOS lo entendería. Ellen no tenía hijos y nunca había estado casada; su interés por la infancia era más político que otra cosa y en una escala mucho más grande que un solo adolescente el primer día de instituto. Ginny se lo pensó rápidamente y contestó:

—Es la primera vez que te digo esto, pero, con el corazón

en la mano, no puedo estar allí en esa fecha. Tengo mucho lío aquí en estos momentos —dijo, pensando en la vista con el gran jurado, en que el padre Teddy posiblemente tendría que comparecer justo después, en que Blue empezaba en un nuevo centro educativo y en la investigación abierta para encontrar más víctimas. No veía factible viajar a la India a primeros de septiembre y no estar con Blue para apoyarlo en el arranque en el nuevo instituto y con las acciones penales inminentes.

—¿Cuándo crees que podrías ir? —preguntó Ellen con voz tensa. Tenía que cubrir el puesto con rapidez. Pero también era muy consciente de que Ginny había aceptado todas las misiones que le habían propuesto, por terribles que fueran, sin una sola queja, desde hacía más de tres años. Tenía derecho a rechazar una.

—Para mí lo ideal sería poder pasar aquí el mes de septiembre entero. A ver si puedes encajarlo así. Luego, a primeros de octubre ya podré ir a donde digáis. —De esa manera, dispondría de un mes y medio sin moverse del país, lo cual le parecía un margen suficiente de tiempo para dejar las cosas encarriladas y a Blue hecho a la nueva situación. Entonces podría marcharse sin mala conciencia a desempeñar su trabajo para la organización.

—Creo que no habrá problema. Mandaremos a otra persona a la India, ya sé a quién. No tiene tanta experiencia como tú, pero quiere ir y creo que lo hará bien. Y a ti te mandaremos a otro sitio en octubre, Ginny. No puedo prometerte un destino concreto, y si sales el uno de octubre, te mandaremos a casa en torno a la Navidad o justo después de las fiestas, para que estés tres meses en el sitio.

Lo iba organizando mentalmente a medida que lo pronunciaba en voz alta, y a Ginny se le vino el mundo abajo a medida que la oía. Iban a nombrarla tutora legal de Blue y era responsable de él; que la mandaran a casa «justo después de las fiestas» iba a ser un duro golpe para él. No quería verse obligada a dejarlo en un centro de menores por Navidad mientras ella pasaba las fiestas en un campamento de refugiados en la otra punta del planeta, sin siquiera poder comunicarse con él. Cada día que pasaba se le complicaba más la vida, sobre todo teniendo en cuenta que el pleito contra la Iglesia estaba a punto de subir de forma drástica de temperatura.

—Arreglado —sentenció Ellen alegremente—. Que disfrutes de esta temporada en casa. —Ella imaginaba que Ginny estaba de vacaciones, yendo al cine, a museos. No tenía ni idea de que ya hacía casi ocho meses que había acogido bajo su protección a un chaval de la calle.

Ginny seguía pensando en todo eso cuando Andrew la telefoneó para comunicarle que habían fijado un día de la semana siguiente para que el gran jurado viese el caso y que era posible que la citasen para entrevistarla. También le contó que había salido a la luz otra víctima en Chicago, otro monaguillo. Andrew se imaginaba la reacción de Cavaretti. Las cosas no pintaban bien para el clero. Se dio cuenta de que Ginny parecía tener la cabeza en otra parte, pues apenas había reaccionado a la noticia de que habían encontrado a otra víctima del padre Teddy en St. Anne.

—¿Ha pasado algo? —le preguntó.

Generalmente, cuando le contaba novedades sobre avances en el proceso, Ginny solía implicarse más. En ese momento, daba la sensación de tener un montón de cosas en la cabeza.

—Es que estaba negociando con mi jefa. Querían mandarme a la India dentro de un par de semanas, pero es mal momento para dejar solo a Blue. He conseguido que me permita pasar todo septiembre aquí, con la condición de que me vaya el uno de octubre. Pero eso quiere decir que lo más seguro es que no esté aquí para las Navidades. Estamos en paz. Lo que pasa es que siempre tiene que haber una pega en alguna parte.

Andrew no dijo lo que pensaba en voz alta, pero veía difícil que pudiera compaginar un trabajo como el suyo y la tutela de Blue, sobre todo si cada vez que viajaba estaba fuera varios meses, en total tres cuartas partes del año.

Ella también estaba dándose cuenta. Y le generaba mucha presión. La labor que hacía era importante para ella, pero Blue también lo era, y el chico la necesitaba.

—Todo era bastante fácil cuando no tenía a nadie en mi vida.

—Por eso mismo no me caso yo —dijo él riéndose, tratando de aliviar un poco la tensión de Ginny—, así me puedo ir a la India o a Afganistán en cualquier momento. —No entendía cómo se las ingeniaba ella para desempeñar ese trabajo y soportarlo durante largos períodos de tiempo, con Blue o sin él. Le parecía admirable y rayano en la santidad, aunque a veces también imprudente. Pero era como si a ella no le importasen ni los peligros ni las penurias, al menos hasta ese momento.

—Y añade Siria a la lista. En fin, ya veré cómo me las arreglo y adónde querrán mandarme cuando llegue el día. Por lo menos por ahora no me muevo de aquí.

—Me parece buena idea, al menos hasta después de la comparecencia y de que lo dejemos todo listo para la demanda civil. —Aún no iba a presentarla, pero había bastante que hacer—. Además, no se sabe lo que llegará a la prensa ni la dureza con que contraatacará la Iglesia. Lo mismo lanzan un par de bombas por encima de la tapia.

Le había asegurado a Blue que permanecería en el anonimato, cosa que en su caso estaba garantizada por ser menor de edad, pero no se sabía lo que podrían contar sobre Ginny o sobre los motivos por los que se había involucrado.

Y a medida que las cosas se caldeaban, Andrew empezó a temer que la archidiócesis no jugara «limpio». Por eso le parecía que lo mejor era que Ginny se quedara un tiempo en el país para apoyar a Blue. Con todo, podía imaginarse la presión que le estaba generando, en un trabajo en el que prácticamente pasaba fuera la mayor parte del tiempo y en el que rara vez tenía acceso a buenas comunicaciones. No tenía la vida montada para dar cabida a un adolescente. Ni a ningún otro tipo de relación de apego. Lo cual hasta entonces le había resultado perfecto.

—¿Cómo te lo planteas a la larga? —le preguntó.

Ella también se lo preguntaba. Si Blue se quedaba a vivir con ella, posiblemente tendría que tomar algunas decisiones difíciles.

—Pues ni siquiera soy capaz de planteármelo aún —respondió con cautela—. De momento voy a tratar de pasar el mes de septiembre aquí, luego a concentrarme en el siguiente viaje y a partir de ahí ya veré. Hasta ahora, estos últimos años, lo único que tenía que hacer era sostener una palangana de andrajos sanguinolentos en un quirófano móvil sin desmayarme, subir alguna que otra montaña y procurar que no me alcanzaran las balas de algún francotirador. Nadie me esperaba a la vuelta, nadie se preocupaba de saber dónde estaba, las más de las veces, salvo mi hermana de vez en cuando, pero ella tiene su vida y una familia de la que ocuparse. Ahora, de repente, tengo todas estas cosas en marcha aquí. No contaba con esto. —En ningún momento se lo había imaginado, ni por lo más remoto, cuando en Nochebuena, hacía casi ocho meses, dejó que Blue durmiera en su sofá.

—Yo creo que la vida funciona precisamente así. Que justo cuando crees que lo tienes todo organizado y atado a la perfección, alguien estornuda, o Dios sopla por encima, y todo el montaje de bloques de construcción se viene abajo.

Desde luego, era lo que le había pasado a Ginny hacía casi cuatro años cuando Mark, Chris y ella salieron de aquella fiesta dos días antes de la Navidad. Y en la actualidad, cuando al fin tenía una vida que encajaba por completo con su situación, todo se ponía patas arriba de pronto otra vez y le tocaba volver a ordenar las cosas. Pero, por lo que a ella respectaba, Blue era un problema estupendo del que ocuparse. Solo tenía que hallar la manera. De momento no deseaba tener que renunciar a nada, ni a su trabajo, que la apasionaba, ni a él. Y ya como tutora de Blue, se sentía aún más comprometida con él. Para ella se trataba de mucho más que un mero trámite.

—Avísame si crees que puedo echarte una mano de alguna manera. Puedo ocuparme de ver cómo está cuando estés de viaje, si quieres; ir a verlo al albergue otra vez.

No obstante, ambos sabían que Blue necesitaba algo más. Necesitaba la vida doméstica que no había tenido hasta que ella apareció en su vida, y Ginny era consciente de que ejercer de madre no era un trabajo a tiempo parcial.

—Supongo que tendré que ir viéndolo sobre la marcha.

Andrew pensó que no sería mala idea que limitase su exposición frecuente a peligros. Pero la veía muy comprometida con su trabajo. Y de todas maneras, el tiempo que le dedicase a Blue, mucho o poco, beneficiaría al chico, como ya había ocurrido.

—Por cierto, este fin de semana no tengo que trabajar —dijo, como cayendo de pronto en la cuenta—. Podría llevaros a dar un paseo en el velero el domingo.

A Ginny le encantó la idea. De pronto se preguntó si Blue se mareaba en los barcos y se dio cuenta de que seguramente nunca había tenido ocasión de averiguarlo.

Esa noche, durante la cena, le habló de la invitación de Andrew y Blue respondió entusiasmado. El sábado irían a ver el partido de los Yankees y a lo mejor el domingo a navegar. Estuvieron un rato hablando de eso, y luego Ginny le dijo que habían puesto fecha para la vista con el gran jurado. También le contó que había hablado con SOS y que no tendría que volver a viajar hasta al cabo de seis semanas. Él se alegró aún más de esto último. A Ginny su mirada de alivio le llegó a alma.

—Tenía miedo de que no estuvieses aquí cuando empezase el instituto —dijo en voz baja.

—Yo también. No podía irme antes de eso —respondió ella, también bajando la voz, pues notaba el peso de su responsabilidad hacia él.

—Ojalá no te mandasen lejos tanto tiempo —añadió Blue con tono melancólico—. Te he echado de menos cuando has estado fuera —reconoció.

Ginny asintió.

—Y yo a ti. A lo mejor pueden asignarme misiones más cortas. —Sabía, sin embargo, que esa no era la naturaleza de su trabajo y que una de las ventajas que ella representaba para SOS era que, hasta la fecha, no había tenido ataduras de ningún tipo. De pronto sentía remordimientos por tener que dejarlo durante meses en el centro de menores. El paisaje de su vida estaba cambiando a pasos agigantados.

La noche que fueron a ver el partido de los Yankees con Andrew por el cumpleaños de Blue fue uno de los mejores momentos de su vida. Andrew los recogió con el Range Rover que conducía los fines de semana. Blue estuvo hablando por los codos, emocionado, durante todo el trayecto hasta el estadio, con la gorra de los Yankees puesta. Andrew tenía varias sorpresas preparadas para él. Antes de que diera comienzo el partido, se lo llevó al campo y le presentó a unas cuantas estrellas más que ya estaban en la caseta del banquillo; felicitaron a Blue por su cumpleaños y le firmaron otras dos pelotas, que él, cuando volvieron con Ginny a las gradas, le rogó que guardase en su bolso y las protegiera con su vida. Andrew compró perritos calientes para los tres y, justo antes de que comenzase el encuentro, aparecieron las palabras «Feliz cumpleaños, Blue» con letras luminosas en el marcador. Al verlo, a Ginny casi se le saltan las lágrimas y Blue dejó escapar un grito de felicidad. No podía dejar de sonreír. Ginny y Andrew se miraban por encima de su cabeza y, cuando tomaron asiento, tanto ella como Blue le dieron las gracias.

El partido en sí también fue emocionante. Estuvo empatado hasta que los Yankees ganaron en la duodécima entrada, con jugadores en todas las bases. Blue se puso a dar saltos mientras los jugadores corrían para marcar el tanto de la victoria. De nuevo, cuando ya se iban, apareció su nombre en el marcador. Ese regalo de cumpleaños era el sueño de cualquier chico de su edad. Ginny también lo pasó en grande.

Andrew fue con ellos al apartamento para tomar la tarta que ella había mantenido escondida.

—Nunca había tenido un cumpleaños como este —declaró Blue solemnemente después de soplar las velas, mirándolos—. Sois mis mejores amigos.

Entonces se acordó de las dos pelotas autografiadas que estaban en el bolso de Ginny. Las sacó y las colocó muy orgulloso en la estantería de su cuarto, junto a las que había conseguido con Andrew la vez anterior.

—Le has hecho vivir un cumpleaños increíble —dijo Ginny a Andrew al tiempo que le servía una porción de la tarta. Se sentaron a la mesa de la cocina, tan pequeña que apenas cabían los tres.

—Es un placer poder hacerlo feliz —respondió Andrew con una tenue sonrisa—. No cuesta mucho.

Blue regresó entonces a la cocina y se sentó a comerse su trozo de tarta. Había sido una noche perfecta.

—Es la primera vez en mi vida que tengo tarta de cumpleaños —dijo con gesto meditabundo cuando se hubo tomado dos trozos.

Los dos adultos se quedaron atónitos. Esa sola frase ponía en perspectiva cómo había vivido Blue en el pasado, una vida tan diferente de la de Andrew y de la de Ginny, con familias estables y hogares tradicionales.

Andrew les contó que tenía dos hermanos mayores que le habían hecho la vida imposible. Uno era abogado y trabajaba en un bufete de Boston, y el otro era catedrático en Vermont. Los dos habían pensado que estaba loco cuando se hizo cura.

—Y tengo un sobrino de tu edad —añadió, sonriendo a Blue—. Quiere jugar al fútbol en el instituto y a su madre le va a dar algo. —Esta vez sonrió a Ginny.

Ella advirtió entonces que los dos tenían sobrinos pero no hijos. Cuando terminaron la tarta y fueron al salón, Andrew observó las fotos de Mark y de Chris.

—Era un niño precioso —le dijo a Ginny amablemente.

Ella asintió, sin poder pronunciar palabra. De vez en cuando, seguía formándosele un nudo en la garganta. Andrew lo percibió y, por eso, se puso a hablar con Blue del partido. Los dos estaban de acuerdo en que los Yankees habían desplegado un juego magistral. Andrew le prometió que si llegaban a la Serie Mundial, le llevaría a verlos. Al oírlo, Ginny se dio cuenta de que en esas fechas estaría fuera. De pronto le pareció duro tener que perderse cosas que eran importantes para Blue. Pero también sentía un deber para con su trabajo.

Antes de irse, Andrew volvió a felicitar a Blue por su cumpleaños y quedó en verlos a la mañana siguiente en los Chelsea Piers.

Fue otro día inolvidable para el chico. Andrew le enseñó a navegar con su precioso velerito, un viejo barco de madera que había restaurado él mismo. Ginny lo ayudó a manejar los cabos al alejarse del muelle. Hacía el típico día soleado del mes de agosto, espectacular y con una brisa perfecta. Luego lo ayudó con las velas, y Andrew le enseñó a Blue lo que tenía que hacer. Enseguida le cogió el tranquillo. Estuvieron surcando el mar a buena velocidad durante un rato. Luego atracaron en un pequeño puerto, donde Andrew echó el ancla. Almorzaron y se quedaron tumbados en cubierta, tomando el sol. El velero era ideal para los tres.

—Normalmente salgo yo solo —explicó Andrew a Ginny mientras observaban a Blue, en la proa. Ginny se volvió hacia él y percibió que era un hombre solitario, como suele ser la gente de mar—. Es un placer tener gente a bordo —añadió con una sonrisa—. El verano pasado fui con el velero hasta

Maine. Mi familia sigue teniendo una casa allí, y yo intento pasar una o dos semanas al año para estar con los hijos de mis hermanos. Soy el tío raro que fue cura. —No parecía importarle ser diferente o estar solo. Era una soledad muy semejante a la de Ginny en ese momento, o hasta que Blue había aparecido, en realidad.

—Yo creo que empieza a gustarme ser rara —dijo ella sonriendo de oreja a oreja—. Mi hermana también cree que soy rara. Ya no tengo claro qué es lo normal.

En su día, lo normal había sido casarse y tener un hijo. En la actualidad, era vagar por el mundo como un alma perdida, alojándose en campamentos de refugiados. Y, para él, ayudar a chicos que habían sufrido abusos por parte de sacerdotes. Lo normal en su caso era la vida tal como la vivían, completamente diferente de la que habían imaginado y planeado. Consistía en disfrutar de los buenos momentos cuando llegaban, como aquella jornada juntos en el velero.

Hacia el final del día, el abogado había hecho un marinero de Blue. Andrew maniobró hasta los Chelsea Piers y, una vez allí, encendió el motor para entrar en el embarcadero. Ginny y Blue, por su parte, ayudaron a amarrar bien el barco. Después Blue echó una mano a Andrew para limpiarlo con agua. Los tres dijeron que había sido un día genial, se habían relajado, habían conversado y, cuando Andrew los llevó a casa, le dieron las gracias por todas esas horas maravillosas. Ginny lo invitó a subir a comer algo, pero él se disculpó diciendo que tenía trabajo que hacer. Sin saber muy bien por qué, ella notó que él se refugiaba en su trabajo para mantener la distancia con el resto del mundo. Era donde podía esconderse, como había hecho cuando era sacerdote.

—Ojalá tuviésemos un barco —comentó Blue con chiribitas en los ojos cuando subían en el ascensor.

Ginny se rio.

—No te me pongas estupendo, Blue Williams —bromeó, y él sonrió enseñando los dientes.

—Algún día seré un compositor famoso, ganaré un montón de pasta y te compraré un barco —dijo, entrando detrás de ella en el apartamento.

Ella se volvió para mirarlo y pensó que sería capaz de hacerlo. Las posibilidades eran infinitas. Ya nada era imposible para él.

17

A Blue no lo entusiasmaba la idea de ir a ver a una terapeuta, pero había accedido porque sabía que era importante para el caso. Y tanto él como Ginny se llevaron una sorpresa agradable al conocerla el lunes, el día después de haber estado con Andrew en el velero. Se llamaba Sasha Halovich y era una mujer menuda y arrugada como una pasa; parecía tan mayor que podría haber pasado por la abuela de Ginny. Pero era muy inteligente, y estuvo dos horas a solas con Blue en su despacho. Luego salió para tener unas palabras con ella, con permiso del chico. Le dijo que tenía la seguridad de que no había ocurrido nada más que lo que él contaba, cosa que ya de por sí era horrible y muy traumática para él; pero le parecía que estaba llevándolo bien, en gran medida gracias a Ginny. Halovich consideraba que era un muchacho estable y sano que había tenido una vida dura, pero que había capeado los problemas notablemente bien. No consideraba necesario someterlo a hipnosis y dijo que redactaría un informe y que estaría dispuesta a testificar ante el juez. Además, le parecía buena idea verlo de vez en cuando para ayudarlo a afrontar los meses que tenía por delante. Ginny estuvo conforme.

Andrew la telefoneó al día siguiente para comentarlo, dado que ella había firmado la autorización para que la psicóloga hablase con él.

—Al parecer está bastante bien, gracias a ti. —Él concedía

todo el mérito a Ginny, cosa que ella rechazó con humildad.

—Gracias a él mismo y con un poco de ayuda de sus amigos —lo corrigió—. Es un chico estupendo. Confío plenamente en él y creo a pies juntillas todo lo que ha dicho.

—Así es como debe ser. Si hubiese más padres con tu mentalidad, habría gente mejor en el mundo.

—Yo lo único que deseo es que Blue tenga una vida alucinante —respondió ella con rotundidad—. Y creo que lo conseguirá.

En opinión de Andrew, lo que Ginny había hecho para que entrara en LaGuardia Arts era poco menos que un milagro. Era el tipo de persona con el don de cambiar la vida a los demás, no solo en Siria o en Afganistán, trabajando en defensa de los derechos humanos, sino también en su día a día, en su país natal. Prueba de ello eran las acciones legales que él había iniciado en su nombre. También la psicóloga se había quedado impresionada; le había dicho a Andrew que Blue estaba adaptándose muy bien a su nueva vida, pese al estrés del inminente proceso judicial. Además, la doctora Halovich le había asegurado que Ginny era exactamente lo que el chico necesitaba y que había sido un milagro que los dos se hubiesen encontrado. Hasta donde Andrew sabía, no podía estar más de acuerdo. Después de hablar sobre la terapeuta, Ginny le agradeció de nuevo el fabuloso día en el barco y la invitación al partido de los Yankees.

El siguiente paso importante del proceso fue la presentación ante el gran jurado por parte de la policía de todas las pruebas recabadas, que eran muchísimas: entrevistas a otras víctimas, a sus familiares, entrevistas a testigos que habían salido a la luz, personas que habían visto cosas que, al refrescárseles la memoria, encontraron sospechosas. Había declaraciones de padres furiosos y de niños traumatizados. El «padre Teddy» había sodomizado a los de más edad, los cuales eran sus monaguillos, y había tenido sexo oral con los más pequeños, como había hecho con Blue, además de someter a tocamientos a gran cantidad de niños, a los que siempre acusaba de hacerlo caer en la tentación y a los que amenazaba con llevarlos a la cárcel o incluso con castigos físicos si se lo contaban a alguien, de modo que, además del sentimiento de culpa, acarreaban el peso del secretismo. El informe era demoledor. Cuando llegó a manos del gran jurado, tenían conocimiento de once víctimas en Nueva York y seis en Chicago. El Departamento de Policía de Nueva York había informado a su homólogo de Chicago, y también allí se había abierto una investigación. Andrew y Jane Sanders estaban seguros de que acabarían apareciendo más víctimas.

Con el trauma de las víctimas contrastaba vivamente la indignación de los feligreses que seguían convencidos de la inocencia de su cura predilecto y que insistían en que los niños mentían. Andrew nunca había logrado entender cómo podía aferrarse la gente a su lealtad hacia alguien a pesar de las pruebas innegables en su contra. Pero su amor por el padre Teddy era incondicional, y su creencia en la pureza de la Iglesia estaba muy arraigada. Olvidaban que, como toda organización, estaba formada por individuos, y que en todas partes había personas enfermas, en todos los ámbitos de la vida. Uno de ellos era Ted Graham. Y el segundo peor delito que se había cometido era el encubrimiento por parte de la archidiócesis. Ya no cabía duda al respecto, pese a que aún había que demostrarlo. No obstante, en la parroquia de St. Francis de Nueva York habían dado un paso al frente dos sacerdotes jóvenes, diciendo que habían visto cosas que no les gustaron y que habían denunciado a Ted Graham a un eclesiástico de la archidiócesis, pero que no se había hecho nada para apartarlo de su puesto. Y cuando informaron sobre él por segunda vez, los reprendieron.

Seis semanas después de esa queja, Graham había sido trasladado a Chicago, donde también hizo lo que se le antojó. Uno de esos dos jóvenes sacerdotes que lo denunciaron a sus superiores había abandonado la Iglesia precisamente por eso, y el otro se estaba planteando dejar los hábitos también, pero todavía no se había decidido. Cuando Jane Sanders lo entrevistó, le dijo que la Iglesia lo había defraudado por completo y que casi seguro que se marcharía. Había deseado ser sacerdote desde que tenía uso de razón, pero ya no lo deseaba. Le contó que su abuela estaba muy afectada y decepcionada por su decisión. Era una señora con una mentalidad anticuada y dos de sus propios hijos se habían ordenado sacerdotes.

Al leer el informe de la oficial Sanders para el gran jurado, resultaba pasmosa la cantidad de vidas que se habían visto afectadas por la perfidia de Ted Graham. Había perjudicado a muchas criaturas, con toda probabilidad de forma irreparable; había dañado físicamente a aquellos a los que había sodomizado a tan corta edad; había dejado a padres devastados, a familias rotas; había defraudado a sus compañeros y hecho que se tambalearan los cimientos de su fe, y había puesto en peligro a sus superiores por querer protegerlo. Y respondería por todo ello. Antes de su traslado a Chicago, un joven prelado le había preguntado si las alegaciones y sospechas eran ciertas, y el padre Teddy lo había negado y le había ofrecido una profusa explicación creíble sobre por qué la gente le tenía envidia. Se pintó a sí mismo como la víctima, cuando lo cierto era lo contrario. Aquel prelado al que engañó estaba en ese momento en un serio apuro por haberlo trasladado a Chicago. Pecó de ingenuo. Pero sus superiores sabían lo que hacían cuando corrieron un tupido velo sobre el problema y trataron de darle solución poniendo tierra de por medio, lo cual no había hecho sino dejarlo campar a sus anchas entre más inocentes. Era una desgracia para todos los involucrados, incluido el propio Ted Graham, si bien él negaba eso también y sostenía que era un mártir de la Iglesia.

El gran jurado deliberó sobre el caso y votó a favor de procesar al padre Teddy. Ninguno de los integrantes albergó la menor duda de que era culpable, al igual que la Iglesia por ocultar que tenía conocimiento de sus crímenes.

Días después de que el gran jurado votase a favor del procesamiento penal, el padre Ted Graham fue extraditado a Nueva York para comparecer ante el juez. Los tribunales de Chicago lo citarían más adelante. Viajó en avión en compañía de dos ayudantes del sheriff y entró en el Tribunal Supremo de Nueva York junto a su abogado y dos sacerdotes, para declararse inocente de once cargos de abuso sexual a menores, entre ellos sodomía, felación y abuso de confianza. Entró en la sala sonriendo y se dirigió al juez con tono respetuoso. El tribunal decretó prisión preventiva, con una fianza de un millón de dólares, y acto seguido dos ayudantes del sheriff se lo llevaron esposado, mientras él hablaba con ellos de manera afable. Se lo veía totalmente tranquilo, sin muestras de sentirse culpable o asustado. Ginny no acudió a la comparecencia, pero Andrew sí, y observó con suma atención todo lo que sucedía para contárselo después. Al oír cómo se había comportado Ted en la sala, Ginny sintió asco. Pensaba interpretar el papel del gran tipo y del mártir cristiano hasta el final.

—¿Y ahora qué? —preguntó a Andrew cuando la llamó por teléfono—. ¿Se queda en la cárcel hasta el juicio?

—Es poco probable —respondió Andrew con cinismo—. La Iglesia depositará la fianza discretamente dentro de un par de días, cuando no llame demasiado la atención. Su letrado pedirá que lo pongan en libertad bajo su responsabilidad, alegando que no hay riesgo de fuga, pero el juez se lo denegará. Para sacarlo tendrán que pagar cien mil dólares y constituir el resto de la fianza a continuación. Eso a la Iglesia se le da bien, de modo que conseguirán que salga. Después tendrán que repetir toda la operación en Chicago cuando lo acusen allí.

Los acontecimientos se habían enlazado de manera extraordinaria: Blue había tenido la valentía de hablar, ella lo había creído, habían acudido a las autoridades competentes y

Andrew se había hecho cargo del caso. Aún no había acabado todo, ni mucho menos. La investigación avanzaría a lo largo de los meses siguientes, se prepararía el sumario con sumo cuidado y el juicio se celebraría al cabo de aproximadamente un año, salvo que antes Graham se declarase culpable y le ahorrase al estado los gastos inherentes de procesarlo. Después tendría que enfrentarse al juicio en el estado de Illinois por los cargos presentados allí. Pero sin duda acabaría en la cárcel, donde Blue, Ginny y Andrew estaban convencidos de que era donde debía estar.

Con todo lo que estaba pasando en relación con el caso, Ginny no tuvo tiempo de planificar unas vacaciones para ella y Blue. Pero sí fueron varias veces a la playa de Long Island a pasar el día y asistieron a otro concierto en el parque. Andrew los llevó a un musical de Broadway, el primero que veía Blue. Era *El fantasma de la Ópera*, y le encantó. Y también volvieron a navegar, el fin de semana del día del Trabajo.

Cuando las cosas empezaban a calmarse poco a poco, Blue comenzó las clases en LaGuardia Arts. Era la semana siguiente al día del Trabajo. El primer día lo llevó Ginny, como le había prometido. Lo acompañó hasta el acceso de la avenida Amsterdam, pero no entró con él. Tenía que valerse por sí mismo, pues ya estaba secundaria. Con suerte, se disponía a iniciar una carrera en la música. Eso le trajo el recuerdo del primer día de Chris en la guardería y volvió llorando todo el camino en metro hasta casa. Pensó en llamar a Andrew, pero no quería comportarse como una sensiblera y además sabía que él estaba ocupado. No obstante, Blue había formado un fuerte vínculo entre ellos.

Se le hizo extraño volver al apartamento después de dejar a Blue en el instituto. Esa mañana Becky la llamó por teléfono por primera vez en meses y Ginny le contó que el chico había empezado las clases ese mismo día.

—No me puedo creer que hayas hecho esto por él —dijo Becky, esta vez en tono admirativo y menos crítico de lo habitual.

Sus hijos habían iniciado el curso la semana anterior y le dijo que era una gozada volver a tener tiempo para ella. El verano se le había hecho eterno, con la muerte de su padre y los chicos en casa durante tres meses. Ginny le mencionó también la comparecencia ante el juez y que había dieciséis víctimas del sacerdote, aparte de Blue. Becky la escuchó horrorizada.

—Cuesta creer que un cura cometa semejante aberración, aunque ya había leído algo. ¿Crees que se declarará culpable?

De pronto parecía sentir más interés por el caso, pese a que antes no había creído ni a Blue ni a su hermana. Pero dado que lo acusaban más personas, le resultaba creíble. Ni siquiera ella podía creer que mintiesen diecisiete chicos, algunos ya hombres hechos y derechos que se contaban entre sus primeras víctimas. Estuvieron hablando un rato más y se despidieron. Las dos tenían cosas que hacer.

Kevin Callaghan también telefoneó a Ginny esa semana. Había leído que se acusaba a un cura de delitos sexuales en Nueva York y sospechaba que se trataba del caso de Ginny, por el que lo había llamado hacía unos meses para pedirle consejo.

—¿Es ese el tío? —Tenía curiosidad y hacía tiempo que no hablaban.

—Sí, es él. Hay otras dieciséis víctimas y es probable que aparezcan más antes de que todo termine.

—¿Y qué tal lo lleva tu chico? —Kevin la admiraba por haberse erigido en adalid de Blue cuando nadie más creía en él.

—Pues increíblemente bien —dijo muy orgullosa.

Blue era una fuente constante de alegría para ella. Le contó que había empezado en un instituto especial de estudios artísticos. En diciembre daría su primer recital. Se alegraba de que tuviera un año de paz antes de que se celebrase el juicio del padre Teddy. Necesitaba ese tiempo para reponerse.

—¿Y tú? ¿Cuándo vuelves a la carretera? —le preguntó Kevin.

—En octubre —respondió, y se sintió culpable al decirlo—. Estoy esperando que me digan adónde me mandan.

A Kevin también eso le inspiraba admiración, y le daba pena que no tuviese más tiempo para ver a los viejos amigos, para hacer vida social o incluso emparejarse, pero con todo lo que estaba haciendo, con Blue y el juicio a la vista, comprendía que le resultaba imposible. Tenía demasiadas cosas de las que ocuparse. Ginny le prometió que lo llamaría antes de salir de viaje de nuevo.

El resto del mes transcurrió apaciblemente. Blue iba aclimatándose al instituto mientras Ginny se ocupaba de las tareas de la casa, leía informes del Departamento de Estado y esperaba noticias sobre su destino siguiente, que estaban al caer. También se organizaron para invitar a Andrew a cenar con ellos otra vez. Blue le habló del instituto y le enseñó sus trabajos, que lo impresionaron. Estaba componiendo música y le encantaba el nuevo centro educativo. Saltaba a la vista que estaba cada día mejor.

Andrew y Ginny se sentaron a conversar después de la cena mientras Blue se metía en su cuarto a ver la tele. Últimamente casi no habían tenido tiempo para hablar. Andrew le dijo que estaba hasta arriba de trabajo, ocupándose de expedientes nuevos. Y le comunicó que en octubre habría una reunión trascendental en la archidiócesis en la que se debatiría una posible indemnización a Blue que podría servir para evitar la demanda civil. Y si se condenaba a Ted Graham a pagar una indemnización en el procedimiento civil, se declararía culpable de las acusaciones penales. Los prelados, obispos y arzobispos estaban empezando a comprender que no había escapatoria en el caso de Ted Graham y querían sondear a Andrew para ver qué cantidad estaba planteándose reclamar. Todavía no habían acordado nada, pero era un primer indicio de movimientos dentro de la Iglesia y de que deseaban zanjar el asunto. Además, tendrían que negociar con las otras víctimas.

—Creo que deberías estar presente —sugirió quedamente a Ginny mientras esta lo miraba con cara de pánico.

—No puedo... Me marcho antes. Aún no sé adónde, pero acepté salir el uno de octubre. ¿Cómo voy a poder estar en la reunión?

—No lo sé. Pero si no puedes, no hay más vueltas que darle. —Se le notaba desilusionado pero comprensivo—. Sería mucho más efectivo si pudieses hablar en su nombre. Y tu testimonio tendrá más peso que el que tendría el de unos padres biológicos, ya que tú acabas de entrar a formar parte de su vida y de alguna manera sigues siendo una persona objetiva con respecto a él. Si no puedes ir, me encargaré yo, pero si hubiera alguna probabilidad de que estuvieras, creo que deberías hacerlo.

Nunca antes la había presionado. Y lo que le estaba diciendo era importante para ella. Pero no podía volver a retrasar su partida. También con SOS había contraído una obligación.

Esa noche, en la cama, tenía el cuerpo revuelto. No paraba de pensar en la reunión a la que Andrew quería que asistiese en octubre. Le parecía imposible por completo estar presente.

Dos días después, recibió una llamada de Ellen en la que le comunicaba que SOS/HR había decidido cuál sería su siguiente misión. La enviaban a una región de la India que no era la que le habían propuesto en un primer momento. El trabajo sería un poquito más duro: estaría destinada en un campamento de refugiados enorme de Tamil Nadu, en el sudeste del país. Y querían que fuese allá en un plazo de diez días, a primeros de octubre, tal como se había comprometido a hacer en septiembre.

Estuvo tres días dándole vueltas sin parar, torturándose con la idea, hasta que finalmente fue a las oficinas de la organización para hablar con Ellen en persona. Cada día surgía algo diferente, siempre relacionado con Blue, pero a Ginny le encantaba que formase parte de su vida. Si bien no sabía qué hacer, le parecía que no podía marcharse antes de que se celebrase aquella reunión de la archidiócesis. No quería perjudicar el caso de Blue contra el padre Teddy, y Andrew opinaba que eso sería lo que sucedería si no estaba presente. Lo había telefoneado para volver a hablar del asunto y él había sido muy sincero. Le dijo que la necesitaba en la reunión, si era posible.

Se sentó delante de Ellen y suspiró.

—Te veo agobiada —le dijo Ellen, al tiempo que le tendía el fajo de documentos con toda la información que debía leer antes de la misión.

—Es increíble lo estresante que puede ser estar en casa. Es mucho más simple preocuparse de la disentería y los francotiradores.

Ellen se rio con su comentario. A veces ella también se sentía así. Había trabajado sobre el terreno como Ginny durante años y todavía lo añoraba. Pero había sufrido algunos reveses de salud como consecuencia de haber pasado años contrayendo enfermedades durante sus períodos de trabajo humanitario, donde no había recibido los cuidados médicos adecuados, y finalmente había decidido que era hora de trabajar desde un despacho en lugar de sobre el terreno. Ella creía que a Ginny aún le quedaba unos años antes de tomar esa decisión.

—¿Tienes ganas de volver a viajar? —preguntó con una cálida sonrisa.

Ginny estuvo a punto de echarse a llorar. No tenía ningunas ganas; la indecisión la estaba destrozando. Sin embargo, en el fondo de su corazón, sabía que no tenía elección. Necesitaba quedarse con Blue. Él jamás se lo habría pedido, pero Ginny sabía lo importante que sería para él y tal vez era un sacrificio que debía hacer.

—Ni siquiera sé cómo decirte esto, Ellen, pero creo que tengo que quedarme aquí hasta finales de año. No quiero fastidiar mi trabajo, y me apasiona lo que hago, pero acaban de concederme la tutela legal de un chico de catorce años. Estamos en medio de un pleito y él es la víctima de un procedimiento abierto. Acaba de empezar la secundaria en un instituto nuevo. Y creo que debo quedarme. —Lo dijo todo con cara de verdadera lástima.

Ellen la miró estupefacta. Se daba cuenta de que Ginny estaba hecha un mar de dudas. Era una de sus mejores cooperantes y no les convenía prescindir de ella para las misiones humanitarias. Sería una pérdida tremenda para ellos.

—Lo siento muchísimo, Ginny. ¿Puedo ayudarte de alguna manera? —Era una mujer compasiva y le gustaba echar una mano si era posible.

—Sí, cuida de él mientras estoy fuera. —Nunca había pasado tanto tiempo en Estados Unidos desde hacía tres años y medio, y por momentos se le hacía raro. Pero sería infinitamente peor dejar a Blue tres meses y regresar pasadas las Navidades.

—¿Crees que ya no querrás volver a trabajar en misiones fuera? —le preguntó Ellen con cara de preocupación.

—Espero que sí. Si te soy sincera, no lo sé. Tengo que ver cómo va la cosa... Todo es tan nuevo aún... Yo misma estoy tratando de adaptarme a tener en casa a un adolescente.

—¿Tienes pensado adoptarlo? —Era una pregunta razonable, teniendo en cuenta lo que había dicho.

—No lo sé —respondió Ginny pensativa—. Ya voy a ser su tutora legal y no estoy segura de que necesitemos más. Pero lo que no necesita y lo que yo no deseo hacerle en este preciso momento es dejarlo solo tres meses, cuando están pasando tantas cosas en nuestra vida. —Y para él sería desastroso si la mataban durante una misión humanitaria. También lo había pensado, pero eso no se lo dijo a Ellen. No estaba preparada para dejar SOS/HR, solo necesitaba tomarse un tiempo mientras trataba de averiguar qué hacer. Y estaba segura de que a finales de año lo tendría claro—. ¿Puedes darme una excedencia hasta que acabe el año? —preguntó Ginny con gesto angustiado.

—Sí, puedo hacer eso —respondió Ellen sin juzgarla—, si de verdad consideras que es lo que debes hacer.

La miró detenidamente con cierta tristeza, temiendo que no volviese nunca con ellos. A Ginny también le daba miedo. Le agradeció su comprensión, firmó un formulario para solicitar la excedencia y dejó el fajo de documentos relativos a la India encima de la mesa de Ellen. Luego regresó a casa para esperar a que Blue volviese del instituto. Se sentó a esperarlo en el salón, sintiéndose como si se le hubiese muerto alguien. No se sentía ni liberada ni aliviada por no tener que viajar fuera. Solo sentía que había hecho lo que le dictaba la conciencia, por Blue. No tenía ninguna certeza de que la decisión fuese buena para ella, pero sí sabía que echaría de menos el trabajo que había ido desempeñando hasta entonces.

Mientras meditaba sobre todo ello, sonó el teléfono. Era Andrew, quien detectó al instante que algo no iba bien.

—No te noto demasiado contenta —le dijo—. ¿Ha pasado algo?

—No estoy segura —respondió Ginny con sinceridad. Aunque le parecía que era la decisión acertada, no se sentía muy feliz al respecto—. Acabo de ampliar la excedencia hasta finales de año. No me parecía bien dejar a Blue. Pero tampoco me siento preparada para renunciar al trabajo humanitario. La verdad es que lo echo de menos. Ahora no hago más que hacer la compra y jugar a las cartas con Blue. Necesito algo más en la vida —le confesó, derrumbada—. Y tampoco quería estar ausente de tu reunión con la archidiócesis del mes que viene. —Quería estar en dos sitios a la vez y sabía que era imposible.

—¿Por qué no te mimas un poco una temporadita? A lo mejor te viene bien quedarte en casa estos meses. Todos los padecimientos del mundo y las personas necesitadas no habrán desaparecido para enero, y entonces podrás retomar tu trabajo. A lo mejor puedes pedir que te manden fuera para períodos más cortos o trabajar en resolución de problemas, en lugar de estar tres meses desplazada. —No era mala idea. Hasta entonces no se le había ocurrido trabajar en el ámbito de la resolución de problemas. Mientras lo escuchaba, fue animándose—: No me cabe duda de que Blue estará encantado, igual que yo —añadió eufórico—. ¿Te parece bien cenar conmigo la semana que viene para celebrar que estarás aquí?

Era encantador de su parte, aunque a ella le resultó también un tanto extraño. Le caía bien y lo admiraba, pero era el abogado de Blue, no un amigo de ella. Y estaba segura de que él también lo veía así.

—¿Para hablar del caso? —le preguntó.

—No —respondió él claramente, con calma, y sonriendo aunque ella no pudiera verlo—. Porque me gustas. Creo que eres una persona increíble y acabo de acordarme de que ya no soy sacerdote. ¿Te resulta inapropiado?

Ginny reflexionó un largo momento y a continuación, con una sonrisa, respondió:

—No, para nada.

—Pues yo también tengo buenas noticias para vosotros. El juzgado de familia tiene un hueco la semana que viene. Van a citarnos para la vista sobre la tutela. Os necesito a Blue y a ti, y a Charlene, si está dispuesta a ir también. —Era una noticia buenísima—. ¿Y si quedamos para cenar después, para tener algo por lo que brindar?

—¿Con Blue?

—No, solo nosotros dos —respondió Andrew sin vacilar.

Y cuando esa noche le contó a Blue que se quedaba hasta enero y que estaría con él durante las fiestas navideñas, el chico soltó un grito que debió de oírse hasta en Central Park. Su decisión de quedarse con él en lugar de pasar tres meses en la India había sido recibida con vítores por parte de sus fans y estaba encantada. De pronto, su decisión de no viajar cobraba sentido y le gustó la sensación. Supo que era lo que tenía que hacer.

La vista para el cambio de tutela fue un trámite tan sencillo como le había anticipado Andrew. El juez entendió perfectamente a Blue y estaba al tanto de la inminente decisión judicial. La labor humanitaria de Ginny le mereció un profundo respeto, así como todo lo que había hecho por el muchacho. Charlene sí que se presentó en los juzgados, era la primera vez que Blue y ella se veían desde hacía un año, y para ella fue un momento agridulce. Pero no había estado a su lado, al contrario que Ginny a pesar de sus viajes de trabajo. Ya había modificado su vida de un modo inconmensurable. El juez no tuvo ningún problema a la hora de concederle la tutela a Ginny. Después, Andrew y Ginny se llevaron a Blue a comer. Charlene se excusó diciendo que tenía cosas que hacer y se marchó a toda prisa en cuanto salieron de la sala.

Así pues, Ginny se convirtió oficialmente en tutora legal de Blue. Fue un paso enorme para ambos, además de un compromiso mutuo. Si Ginny se hubiese ido a la India, no habría podido asistir a la vista, de modo que su pálpito de quedarse había sido atinado. Tenía la sensación de que había en todo ello un elemento mágico: en lo que había pasado, en las personas que habían entrado a formar parte de su vida, el instituto nuevo, que Ted Graham fuese a responder ante el juez. La mano del destino los había tocado a todos ellos. Y había sido por Blue.

18

La reunión de octubre en la archidiócesis fue frustrante y confusa. Ginny acudió con Andrew. Él perdió los estribos más de una vez, tuvo varios encontronazos con monseñor Cavaretti y se lanzaron amenazas veladas a diestro y siniestro como si fuesen pelotas de tenis y aquello fuese un torneo... Y también las hubo no tan veladas. En esta ocasión estuvieron presentes en el despacho seis prelados, y hasta un obispo en un momento dado. Andrew tan pronto mantenía una actitud diplomática como les pagaba con la misma moneda y les devolvía las amenazas. Por su parte, los prelados alternaban las insinuaciones de llegar a un acuerdo sobre la indemnización con las de rechazarlo de plano, principalmente para poner a prueba a Andrew, imaginó Ginny. Andrew sabía que lo que pretendían era sondear las aguas, ver qué pedía para su representado. Pero resultaba imposible tratar con esa gente; pese al hecho de que diecisiete hombres y niños habían declarado ante la policía, con todo lujo de detalles, haber sido víctimas de abusos sexuales por parte del padre Teddy cuando eran menores de edad, los sacerdotes seguían dando a entender que era inocente y que los demás mentían.

—¿Diecisiete niños y hombres respetables mienten? —les preguntó Andrew indignado—. ¿Cómo llegan a esa conclusión? Su hombre es un sociópata, un pedófilo que se mofa de todo lo que representa el sacerdocio. Yo ya no soy cura, pero me indigna la sola idea de que él se atribuya tal nombre. ¿Cómo pueden defenderlo? Y sabiendo lo que sabían, ¿cómo es posible que lo protegieran mandándolo a otra ciudad, donde podría reincidir? Sus manos están manchadas de sangre por destruir la vida de esos niños. Son ustedes tan responsables como él. Y no entiendo por qué no lo fuerzan a que admita su culpabilidad. Un tribunal lo declarará culpable y lo mandará a la cárcel. Están haciendo perder el tiempo a todo el mundo —les recriminó.

La reunión duró tres horas, durante las cuales los ánimos fueron caldeándose cada vez más. Al final, admitiendo que así no iban a llegar a nada, monseñor Cavaretti suspendió el encuentro. Dijo que la cuestión no estaba zanjada y que tendrían que volver a reunirse.

Andrew salió de allí echando chispas. Cuando se iban, Ginny, a su vera, le dijo que estaba de acuerdo punto por punto con todo lo que había dicho.

—¿Qué sentido tiene defender a un hombre que todos sabemos que es culpable? Lo único que pretendían averiguar hoy era si íbamos a ablandarnos. Pero Cavaretti me conoce. Pienso irme al otro barrio con la certeza de que se detiene al padre Teddy y se lo declara culpable, y pelearé por conseguir la mejor indemnización posible para Blue.

Andrew sentía que se lo debían. Ginny compartía su parecer. Ninguno de los dos tenía la menor intención de tirar la toalla. Eso les había quedado claro a Cavaretti y al resto de su equipo. Y además tendrían que vérselas con las demás víctimas. El caso iba a salir caro a la Iglesia, sobre todo por haber ocultado los pecados de Ted Graham y por no haber movido un dedo para pararlo; simplemente habían cerrado los ojos y lo habían cambiado de ciudad. Ese era uno de los peores aspectos del caso. Ellos habían tenido potestad para proteger a todos aquellos niños y no lo habían hecho, lo cual habría destrozado la vida de muchas personas si esos niños no se recuperaban del trauma. Algunos de los que ya eran hombres adultos no lo habían superado.

Después de la inútil reunión, las aguas, aparentemente, se calmaron durante un tiempo. A lo largo de las dos semanas siguientes Andrew estuvo ocupado con otros casos y Ginny no tuvo noticias suyas. Sí consiguieron quedar para cenar y pasaron una velada muy agradable en un restaurante italiano; disfrutaron de la compañía mutua, conversaron de forma distendida y, para variar, no hablaron del caso. Lo habían acordado antes y lo cumplieron. Disfrutaron mucho. Pero desde esa noche ella no volvió a saber de él.

Cada tarde se sentaba a ayudar a Blue con los deberes. Era un lince en todo lo relacionado con la música y estaba componiendo sus propias piezas para concierto, pero con las asignaturas académicas necesitaba que le echara una mano. Ella le ayudaba con lengua e historia, pero la química no era su fuerte, así que tenía que concentrarse mucho para hurgar en el baúl de los recuerdos y resolver sus dudas.

Una tarde, volviendo del gimnasio al que había empezado a ir para hacer ejercicio, se detuvo a comprar unas revistas y se vio en una fotografía que publicaba *The New York Post* y en otra del *National Enquirer*. Las dos publicaciones habían tirado de fotos antiguas de su época como periodista televisiva, por lo que tendrían unos cinco años. Aún no había leído la prensa del día, de modo que los compró inmediatamente y los leyó en cuanto llegó a casa. El artículo de *The New York Post* era más fiel a la verdad, pero contenía una serie de implicaciones desagradables que no le hicieron ninguna gracia. Venía a decir que Ginny era una de las partes en un caso de abusos sexuales en el que estaba implicado un cura que había abusado de diecisiete niños en total en los estados de Nueva York e Illinois. Que el cura había quedado en libertad pagando una fianza de un millón de dólares. Hasta ahí era cierto y todos esos datos ya eran públicos. Asimismo, el artículo enumeraba con precisión todos los cargos de que se lo acusaba. A continuación, sostenía que la implicación de Ginny en todo eso estaba relacionada con un chaval de la calle al que había acogido en su casa y que resultaba ser una de las víctimas. No citaba su nombre porque la identidad de las víctimas quedaba salvaguardada y no se había dado a conocer.

Pero entonces el artículo contaba que Virginia Carter prácticamente había desaparecido de la esfera pública y de los informativos de la televisión a raíz de que, cuatro años atrás, ella y su marido sufrieran un accidente de tráfico después de haber bebido más de la cuenta, un accidente que causó la muerte tanto de su marido, quien se había puesto al volante estando ebrio, como de su hijo de tres años. Y añadía que ella se había retirado del mundo desde entonces. No lo decía directamente, pero sí insinuaba que tenía problemas psiquiátricos, que también ella había estado bajo los efectos del alcohol aquella noche y que nadie había vuelto a verla desde el accidente. Daban a entender que había pasado los últimos cuatro años alcoholizada.

A continuación el artículo preguntaba qué hacía ella con un niño de la calle y cómo había acabado enredada en el último escándalo de la Iglesia católica. Pasaba a describir entonces una serie de casos similares de curas pedófilos que habían sido declarados culpables. Y concluía afirmando que el acusado del procedimiento en el que se hallaba incomprensiblemente involucrada la señora Carter sería juzgado en algún momento del año siguiente. Ningún portavoz de la Iglesia había querido hacer comentarios, el abogado oficial del pupilo de la señora Carter era Andrew O'Connor, exsacerdote jesuita, y la propia señora Carter continuaba sin aparecer por ninguna parte. El artículo se cerraba con la frase «Continuará... No cambien de canal. Sigan pendientes de la última hora», que era el mensaje con el que se despedía de los telespectadores cuando presentaba los informativos.

Se quedó mirando perpleja la noticia. Los hechos se ceñían a la realidad, pero el resto daba a entender que su marido y ella eran dos alcohólicos, que él había matado a su hijo por conducir borracho y que ella había desaparecido del mapa inmediatamente después de la tragedia, lo que insinuaba que su salud mental había quedado perjudicada. Ginny no había vuelto a aparecer en la prensa desde la muerte de Mark. Alguien había hablado con los medios; no sabía quién, pero no le gustó nada. El periodista podía obtener la lista de cargos de los autos del juzgado, pero todos esos detalles se los había facilitado un particular. Le dio rabia volver a hallarse bajo los focos, o arrastrar a Blue con ella a ese circo, aunque no se mencionase su nombre, solo porque tiempo atrás fuera un personaje público. Y sintió rabia por el regusto sensacionalista del artículo y por aparecer en las noticias de nuevo.

El *Enquirer* iba directo a la yugular, como siempre. Publicaba una foto antigua suya en portada junto a una pregunta con letras enormes que rezaba «¿Vuelve de la tumba con un novio adolescente sin hogar?». Y se las ingeniaba para presentar el proceso judicial como si hubiese algo sórdido en el hecho de que ella estuviese relacionada con el asunto. Todo lo que decían la sacó de sus casillas. En cuanto terminó de leer el artículo, telefoneó a Andrew.

—¿Has visto el *Post* y el *Enquirer* de hoy? —preguntó con tensión en la voz tan pronto como él respondió la llamada.

Andrew se rio.

—No. No suelen estar en mi lista de lecturas obligadas. Yo leo *The New York Times*, *The Wall Street Journal* y el *Financial Times* de Londres cuando tengo tiempo. ¿Por qué? ¿Qué cuentan esos otros dos?

—Salgo en las portadas. Y el *Enquirer* se lleva la palma. Preguntan si he vuelto de la tumba con un novio de catorce años sin hogar. Y el *Post* parece saber muchos detalles del caso. Cuenta que mi marido conducía borracho la noche que él y mi hijo murieron en el accidente. Dan a entender que he estado encerrada en un psiquiátrico desde entonces, y en mi vida he pisado uno, y preguntan qué pinto yo con un chaval de la calle, implicada en un escándalo sexual de la Iglesia. ¿Quién crees que se ha ido de la lengua?

—Una pregunta interesante —respondió pensativo—. Tú sabes más que yo. No creo que a Cavaretti se le ocurriera colar semejantes disparates en la prensa. Nos lo está poniendo difícil, pero es un hombre responsable. A lo mejor la tía de Blue le contó algo a alguien, luego dieron con ella y el resto lo encontraron seguramente al descubrir que se trataba de ti. Debe de estar en alguna parte en internet, de cuando falleció tu marido. —Entonces bajó la voz—: Lo siento, Ginny. Debe de ser doloroso para ti, seguro. Pero no es más que basura sensacionalista, nadie lee esas cosas.

—Te equivocas. Tú no lo leerás, pero mucha gente lo hace. Cómo se les ocurre decir que Blue es mi novio adolescente de la calle. Por el amor de Dios, ¿están mal de la cabeza? Me avergüenza haber formado parte del gremio de la prensa.

—Así me siento yo con Ted Graham, habiendo sido sacerdote —respondió él en voz queda.

—¿Y si llega a manos de Blue o si les da por seguirnos? Pueden hacernos la vida imposible. No quiero que asocien el nombre de Blue con el caso contra Ted Graham. Tiene derecho a la intimidad, no es más que un crío.

—Será mejor que se lo cuentes —contestó Andrew con seriedad—, porque si no, otra persona lo hará. Deberías reducir las probabilidades de que la cosa salte por los aires.

—No soporto tener que enseñarle este tipo de bazofia —replicó muy contrariada.

No obstante, hizo lo que le había recomendado Andrew y se lo contó a Blue cuando volvió a casa. Le dijo que no era más que una sarta de estupideces. Y hablaron de la noche en que murió Mark. Ella reconoció que no se había dado cuenta de que su marido había bebido tanto, pero que no era obvio que estuviera ebrio; de lo contrario no le habría dejado ponerse al volante. Aunque luego quedó claro que su nivel de alcohol en sangre superaba ampliamente el límite.

—Tuvo que ser horrible para ti —respondió Blue poniéndose en su lugar y, para ser totalmente sincera con él, ella respondió que desde entonces se había sentido culpable por haberle dejado conducir esa noche. Llorando, le dijo que quizá si no le hubiese dejado, aún estarían vivos. Blue se sintió muy triste por ella. Nunca la había visto así. No supo qué decir. Por eso trató de levantarle el ánimo—. ¿Creen que soy tu novio? —Se le quebró la voz, y los dos se echaron a reír.

—Aborrezco este tipo de cosas —dijo Ginny cuando se sentaron los dos juntos en el sofá, con la mirada clavada en los periódicos, encima del baúl—. No sé quién habrá hablado con ellos, pero no me gusta. Nunca me gustó. Tras la muerte de Mark, se pasaron meses rondándome para ver qué hacía. Y lo único que hacía era llorar. ¿Crees que tu tía ha tenido algo que ver con esto? —Ginny lo preguntó pensativa, aunque le parecía poco probable.

—Podría ser. Ella no iría al periódico, pero a lo mejor se lo largó todo a alguien y esa persona lo contó. Le encanta hablar por los codos y chismorrear. A lo mejor quería devolvértela por haber acusado al padre Teddy. Jamás te lo perdonará. Para ella sigue siendo un santo. No se me ocurre nadie más. No sabía que fueras tan famosa —añadió, un tanto admirado.

—Lo era. Y Mark. Pero a nadie le importa lo que hago ahora. —Y le gustaba que así fuera. Por otro lado, sabía por experiencia que nunca se descubría al chivato. Los tabloides recogían retazos y con ellos componían una historia, daba igual si era cierta o no. Esta vez, sin embargo, tenían muchos datos correctos.

—Lo siento. Si no hubieses intentado ayudarme, no estarían escribiendo esa basura sobre ti. Es culpa mía —dijo Blue apenado.

—No seas tonto, Blue. Es culpa de Mark por haber conducido borracho, haberse matado y haber matado a Chris.

Y culpa mía por haber desaparecido durante cuatro años. Y culpa tuya por tener el valor de hablar del padre Teddy, cosa que era lo que había que hacer y sobre eso no hay vuelta de hoja. Todo lo que sucede es siempre culpa de alguien, ¿y qué? Ninguna de estas memeces tiene importancia. Es culpa del padre Teddy por abusar de un puñado de niños inocentes y culpa de la Iglesia por haberlo protegido. Todos los días nos pasan cosas buenas y cosas malas. Lo que cuenta es lo que hacemos con ellas y cómo las manejamos. No podemos dejar que nos mine. Hay que seguir luchando. Y con sentimiento de culpa y con arrepentimiento no se llega ninguna parte. —Le sonrió, se levantó y metió los dos periódicos en el cubo de la basura. Pero él estaba consternado porque ella hubiese pasado tanta vergüenza por él—. Esa basura estará mañana en la jaula del hámster de alguien.

Él asintió, pero no pareció creérselo.

El colmo del día fue cuando Becky la telefoneó después de cenar.

—¡Por el amor de Dios, Ginny! ¡Ninguno de nosotros necesita volver a pasar por el martirio de que te saquen en la prensa amarilla! Bastante tuvimos después del accidente, cuando os pintaban como a un par borrachos. La gente no paraba de preguntarme si Mark y tú erais alcohólicos. —Sus palabras le dolieron mucho más que lo que había leído en los tabloides y se estremeció mientras la escuchaba—. Tú no sabes lo duro que es para mí, para mis hijos y para Alan verte en la portada del *Enquirer* mientras hablan de tu novio de catorce años.

—Yo no tengo un novio de catorce años —la corrigió Ginny. Pero Becky se lanzó rápidamente a culparla y atacarla por todo lo que hacía—. ¿Tienes la impresión de que les he concedido una entrevista? —le espetó.

—No hace ninguna falta. Tu vida es un culebrón. Siempre aparecías en las revistas sensacionalistas cuando Mark y tú trabajabais en las noticias. Luego él se emborrachó y mató a

Chris, y tú estabas con él. Ahora acoges en tu casa a un niño de la calle y te pones a perseguir a un párroco como si fuese una especie de cruzada en la que, además, a ti no se te ha perdido nada. Y de pronto apareces en la portada del *Enquirer* con un supuesto novio de catorce años. No tienes ni idea de la vergüenza que nos haces pasar a los demás. ¿Te imaginas a cuántas personas me va a tocar dar explicaciones? Y el pobre Alan, en la oficina. Nosotros llevamos una vida discreta, respetable, pero no sé cómo lo haces tú que siempre tienes que pegarte el resbalón con la piel del plátano, caer de culo y salir en los periódicos. Ojalá dejaras de dar la nota, demonios.

—Ojalá, sí —respondió Ginny, súbitamente furiosa con su hermana, que se comportaba sin la menor conmiseración o bondad, por decirlo de forma suave. Blue la oía hablar por teléfono con cara de angustia, pero Ginny no lo veía—. Y, ¿sabes?, ojalá uno de estos días madures de una vez y te des cuenta de que el mundo es más grande que la caja de cerillas en la que vives. Mientras yo me dejo la piel salvando la vida de niños en Afganistán, tú vas en coche a Pasadena al súper y la tintorería y piensas que no hay nada más en la vida. Nada más que tu casa y tu piscina y tus niños y tu marido. Puede que yo quede en ridículo de vez en cuando, pero al menos estoy viva. Yo también tuve un marido y un hijo, pero no tuve la suerte que tienes tú, y por eso ahora trato de contribuir a mejorar la vida de otras personas, en lugar de quedarme en casa a llorarlos. Y lo único que haces tú es criticar y criticar lo que hago y decirme que no es «normal».

»Y para serte sincera, me importa un bledo lo que opines de mi batalla contra la Iglesia católica al lado de Blue. Siempre me miras por encima del hombro. Pues perdona que te lo diga, pero ese chico tiene más huevos que todos nosotros. ¿Te imaginas lo que supuso para él hablar y contar lo que pasó? ¿Denunciar a un sacerdote? ¡por el amor de Dios! ¡Y tú me hablas de lo inmoral que es perseguir a un sacerdote que ha abusado de diecisiete niños! ¿Y a santo de qué tienes que censurar siempre todo lo que hago? Bueno, pues deja que te diga que estoy harta. ¿Quién te crees que eres?

Blue la estaba mirando sin pestañear cuando finalmente terminó su perorata, y a Becky casi le da algo. Pero la retahíla de Ginny venía de lejos y hacía tiempo que tendría que haberla soltado. Estaba harta de que su hermana la criticase por todo lo que hacía.

—Se acabó —sentenció Ginny, y se sintió mejor después de decirlo.

—Por mi parte también —repuso Becky con la voz temblorosa por la rabia—. Se acabó que sigas avergonzándome, se acabó el dar explicaciones a la gente o pedir disculpas por ti porque piensen que eres un bicho raro. Y a mí no me arrastras a este lío. A lo mejor a ti te da igual salir en la prensa amarilla, pero a mí no. ¡Déjame en paz! —exclamó, y colgó de golpe.

—¿De verdad está cabreada contigo? —preguntó Blue con una mirada contrita, convencido de que todo era culpa suya, dijera lo que dijese Ginny.

—Siempre está cabreada conmigo por algo —respondió Ginny sonriéndole—. Ya se le pasará.

—Es todo culpa mía —concluyó hecho polvo.

Luego, cuando se fue a dormir, Ginny volvió a tranquilizarlo y le dio un beso de buenas noches.

—Si no hubiera sido por mí, tú no estarías en los periódicos y no habrían dicho esas cosas de Chris y de Mark —dijo el chico, ya acostado, mirándola desde la cama.

—No pasa nada. Digan lo que digan, ellos ya no están. Tú no has hecho nada malo. De hecho, lo has hecho todo bien desde que llegaste a mi vida. Ahora deja de preocuparte y duérmete. —Le sonrió y volvió a darle un beso.

También ella trató de no pensarlo más esa noche, ni de pensar en la bronca con su hermana. Algunas cosas que se habían dicho no eran desatinadas. Al final, después de reproducirla mentalmente varias veces, se quedó dormida.

Cuando se despertó a la mañana siguiente se preparó una taza de café y leyó la edición digital de *The New York Times*. Aunque no publicaban nada referente a ella, sí contenía un artículo de opinión muy bueno sobre abusos de curas a niños y sobre la necesidad de llevarlos a todos ante la justicia y que la Iglesia dejara de ocultarlos. Le hubiese encantado enviárselo a su hermana, pero no quería reavivar la pelea. Ya se habían dicho bastante.

Esperó a que Blue se levantara para hacerle el desayuno y de pronto se dio cuenta de que iba a llegar tarde a clase; no había oído su alarma, así que entró en su cuarto y subió la persiana. Al darse la vuelta, con una sonrisa, se lo encontró hecho un ovillo debajo de las sábanas. Lo empujó suavemente en el hombro con un dedo y le dijo que era hora de levantarse. Pero lo que tocó no era su hombro, sino un almohadón. Retiró con delicadeza la ropa de cama y vio que había preparado el bulto para que sirviera de relleno. Y le había dejado una nota encima de la almohada. Al leerla, casi se le parte el corazón.

«Querida Ginny: No hago más que darte disgustos. Siento mucho lo de los periódicos y lo que decían, ha sido todo por mi culpa y por el padre Ted. Y también me da mucha pena que te hayas peleado con Becky y que ella se haya enfadado tanto contigo por mi culpa. No es necesario que sigas siendo mi tutora si ya no quieres. Gracias por todo lo que has hecho por mí. Nunca lo olvidaré. Te quiero, Blue.»

Habían empezado a rodarle lágrimas por las mejillas mientras la leía. Entonces revisó el cuarto y el armario del chico. Se había llevado la maletita pequeña de ruedas, un par de chaquetas, unas cuantas camisas, calcetines y ropa interior, además de las Converse y unas zapatillas de deporte. El cepillo de dientes y la pasta también habían volado, así como el peine y el cepillo. Todos los libros del instituto estaban apilados encima de la mesa. Entonces vio que se había llevado el portátil y el móvil; al menos podría comunicarse con él. Lo llamó inmediatamente, pero él no contestó. Le dejó un mensaje de voz y a continuación le mandó uno de texto. «¿Dónde estás? Tú no tienes la culpa de nada. Vuelve. Te quiero, Ginny.» Aunque tampoco respondió a eso. Luego le mandó un correo electrónico diciéndole lo mismo y al final, con mano temblorosa, llamó a Andrew. No sabía qué más hacer.

—Se ha escapado —le dijo muy alterada y disgustada.

—¿Quién? —Andrew estaba ocupado, con la atención en otra parte.

—Blue.

—¿Cuándo?

—Esta noche, no sé a qué hora. Acabo de encontrarme su cama llena de almohadones. Y me ha dejado una nota.

—¿Y qué dice?

—Se disculpa. Se siente fatal por lo que publicaban ayer los periódicos. Además, anoche Becky y yo tuvimos una bronca por teléfono, por eso justamente, y nos oyó. Becky me dijo que la avergüenzo. Blue se culpa de todo. —Estaba a punto de llorar otra vez.

—¿Has probado a llamarlo? —Andrew también parecía preocupado. Blue y Ginny habían estado sometidos a mucha presión durante meses, con el proceso penal y todo lo demás.

—Lo he llamado, le he enviado mensajes y también un e-mail. Aún no ha respondido.

Andrew reflexionó unos segundos. A sus catorce años, Blue conocía la vida de la calle mejor que ellos. Nueva York era una ciudad inmensa.

—¿Por qué no esperas a ver qué hace hoy? Puede que se tranquilice y regrese a casa por la tarde.

—No va a volver. Según él, me está fastidiando la vida. Y no es cierto, es lo mejor que me ha pasado en los cuatro últimos años.

—Estate tranquila —dijo Andrew con suavidad—. Aunque pase fuera uno o dos días, volverá. Te quiere, Ginny.

—Eso dice en su nota —respondió ella con lágrimas en los ojos y un nudo en la garganta.

—Procura calmarte, ya verás como vuelve. Son cosas de chicos. Y tiene la cabeza como una olla a presión. —Pese a que Andrew no tenía respuestas para ella, oírlo la tranquilizaba.

—No sé por dónde empezar a buscarlo.

—De momento no tienes por qué hacerlo. Es de día. Me pasaré a verte después de trabajar y podemos buscarlo entre los dos —se ofreció—. Llámame si aparece.

Ginny pasó el día esperando noticias de Blue, llamándolo a su móvil cada poco tiempo y escribiéndole algún que otro mensaje más, además de un segundo correo electrónico. Pero él no contestó a nada. Cuando llegó Andrew, a las seis en punto, ella se sentía como si hubiese estado todo el día dando vueltas en círculos. No había comido nada, pero a cambio se había tomado cuatro cafés. Estaba hecha un manojo de nervios.

—¿Y si no regresa nunca? Él es todo lo que tengo. —Volvieron a saltársele las lágrimas.

Por puro instinto, Andrew la rodeó con los brazos y la estrechó. Notó en el pecho el corazón acelerado de ella.

—Vamos a comer algo y luego salgamos a echar un vistazo —respondió con calma. También él escribió un mensaje a Blue con el móvil, pero el chico no le respondió. Y cuando quiso llamarlo, saltó directamente el buzón de voz.

Andrew preparó sendos sándwiches para él y para Ginny con lo que encontró en la nevera. Había pasado por su casa para ponerse unos vaqueros y coger una chaqueta con capucha, un jersey azul oscuro y unas zapatillas de deporte. Tenía la sensación de que esa noche les iba a tocar patearse la ciudad para recorrer todos los sitios en los que Ginny pensase que pudiera estar.

Empezaron por el McDonald's en el que habían cenado la noche en que se conocieron. Luego en su pizzería favorita. En un par de hamburgueserías más. En la bolera del centro. Estuvieron un rato esperando en la puerta de unos multicines, pero no lo vieron. A las once de la noche, bajaron a Penn Station y cruzaron las vías para adentrarse en el túnel en el que había estado viviendo la vez que se escapó de Houston Street. Encontraron a media docena de chavales, de los que solo uno dijo conocerlo, pero les explicó que hacía meses que no se dejaba caer por allí. Ginny llamó a Houston Street, pero tampoco ellos lo habían visto; dijeron que avisarían a su grupo de intervención en las calles para que estuvieran atentos por si lo veían. No aparecía por ninguna parte. Ginny no se tomó la molestia de llamar a la tía de Blue, puesto que tenía la certeza de que el chico no acudiría a ella. A medianoche estaban sentados en un banco de Penn Station, Ginny con la cabeza entre las manos y Andrew con un brazo por sus hombros.

—¿Qué voy a hacer? —dijo ella, mirándolo con tristeza.

—Lo único que puedes hacer es esperar. Volverá.

Entonces Ginny pensó en Lizzie, su sobrina de California. Aún era buena hora para llamar. Lizzie respondió la llamada, pero le dijo que no había sabido nada de él en todo el día y que suponía que estaba liado con el instituto.

—¿Pasa algo? —preguntó a su tía.

Ginny no quería contarle nada.

—Si te llama, dile que estoy buscándolo y que venga a casa.

—Vale. —Lizzie colgó, sin olerse nada, y Ginny miró a Andrew.

—Gracias por hacer esto conmigo.

—No te preocupes. Tampoco es que te haya ayudado mucho.

—Es agradable tener compañía —dijo ella con cara de agotamiento. Lo único que deseaba era encontrar a Blue y llevarlo a casa—. Supongo que podemos irnos ya.

Recorrieron lentamente los pasillos de la estación de metro, subieron las escaleras y Andrew paró un taxi. En el trayecto a casa, Ginny se apoyó en él. Era un consuelo tenerlo a su lado. Cuando llegaron a su portal, ella sugirió dar un paseo por el río, para ver si se había tumbado a dormir en algún banco. Estaban en octubre y las noches eran frías, a pesar de las agradables temperaturas diurnas. Mientras paseaban a la vera del río, mirando sus aguas oscuras, le vino a la mente la primera vez que vio a Blue. Se sentaron en un banco y Andrew la atrajo hacia sí. Veía perfectamente la tristeza y la sensación de derrota en sus ojos.

—El pobre niño siente que todo es culpa suya —dijo Ginny con pena—. Toda la sarta de gilipolleces de los tabloides de ayer, la bronca con mi hermana, que me llamase «bicho raro» y dijese que la avergonzaba. —Sonriendo, levantó la cara hacia Andrew—. Supongo que estos cuatro años he sido una especie de bicho raro, yendo por esos mundos para que me mataran. Me siento culpable por haber dejado que Mark condujese aquella noche y por no haberme dado cuenta de que había bebido demasiado. La vida de mi hermana viene a ser del tamaño de una taza de té y no lo entiende. A ella jamás le ha pasado nada parecido.

—Blue y tú tenéis mucho en común —dijo él con ternura—. Tú te sientes culpable por lo que les pasó a tu marido y a tu hijo. Blue aún tiene la voz del padre Teddy en la cabeza diciéndole que él le hizo caer en la tentación, que todo fue culpa suya. Ahora se ha dado cuenta de que no es así, pero le costará mucho tiempo apartar esa voz de su cabeza. Lo mejor que has hecho por él es demostrarle, no solo con palabras, sino también con hechos, que se merece todo lo que has hecho por él, que estás a su lado y que no tiene la culpa de nada. Cuando te conocí me dijiste que querías que Blue tuviese una vida «alucinante»; no solo que fuese feliz. Bueno, pues ahora la tiene, gracias a ti. Y algún día, también gracias a ti, esa voz acusadora que tiene dentro de la cabeza desaparecerá, porque tu voz diciéndole que es un chaval estupendo, a pesar de todo, será más fuerte que la del padre Teddy.

Lo que le dijo Andrew la conmovió profundamente. Ella levantó la mirada hacia él como queriendo entender.

—¿Cómo sabes tú todo eso?

Él vaciló unos segundos antes de responder, con la vista en algún punto fijo a lo lejos:

—A mí me pasó lo mismo cuando era un niño. Tenía once años. El padre John... era un hombre enorme, gordo, divertido y alegre. Tenía una colección increíble de tebeos y me prometió que me dejaría leerlos. También quería enseñarme unos cromos de béisbol. Total, que fui a su casa. Y me hizo más o menos lo mismo que el padre Teddy a todos esos niños. Luego me dijo que era culpa mía por haberlo tentado y que el demonio me mataría en el acto si se lo contaba a alguien. Tardé meses, pero al final se lo conté a mis padres.

»No me creyeron. En la parroquia todo el mundo quería mucho al padre John y digamos que yo siempre había sido un niño travieso. Nunca volvimos a sacar el tema. Yo sabía que ese hombre era una mala persona y me sentía culpable por lo que me hizo. Por eso decidí que algún día me ordenaría sacerdote, pero para ser un sacerdote bueno de verdad y así compensar al Señor por lo que yo creía que había hecho al "tentarlo". Nada más terminar el instituto, ingresé en el seminario. Y me convertí en un cura muy muy muy bueno, tal como le había prometido a Dios.

»Aunque me sentía fatal. No tenía la vocación que pensaba que tenía. Quería salir con mujeres y formar una familia. —Sonrió a Ginny al decirlo—. Pero de nuevo me invadió el sentimiento de culpa, esta vez por abandonar el sacerdocio. Entonces comenzaron a salir a la luz estos incidentes. La gente empezaba a hablar de curas como el padre John y el padre Teddy. Al padre John nunca le hicieron nada, debió de abusar de cientos de niños a lo largo de los años y acabó sus días en paz. Pero cuando la gente empezó a hablar de ello abiertamente, solo deseaba colgar los hábitos y ejercer de abogado para defender a esos niños a los que antes nadie daba crédito, como me pasó a mí. Sabía que, si trataba de hacerlo desde dentro de la Iglesia, me presionarían para que defendiera a los agresores o los encubriera, incluso.

»Por eso acabé marchándome y dejé de sentirme culpable. A veces echo de menos el sacerdocio, había cosas que me gustaban. Pero soy mucho más feliz ayudando a chicos como Blue a mandar a la cárcel a curas perversos. Y ni siquiera tengo que ser cura para hacerlo. Lo curioso —añadió— es que creo que todavía me quedaba un resto de culpabilidad que venía de mi niñez. Y cuando vi cómo tú creías en Blue, cómo seguías a su lado y cómo lo defendías, creo que dentro de mí algo sanó también. Ginny, eres una mujer muy sanadora y das mucho amor a los demás. Quizá eso baste para deshacer el daño causado a personas como Blue y como yo, o por lo menos para poner en marcha el proceso. Para mí es un poco tarde, pero espero que ocurra.

»Y no tienes que sentirte culpable de nada. Tu marido hizo lo que hizo esa noche. Tú no podrías haberlo impedido. No lo sabías. Y Blue no habría podido impedirle nada al padre Teddy, del mismo modo que tampoco yo habría podido impedir lo que hizo el padre John. Lo que hicieron ellos es responsabilidad suya, no nuestra. Lo que tenemos que hacer nosotros es lo que has estado diciéndole tú a Blue. Es nuestra obligación hacia nosotros mismos permitir que se cierre la herida y seguir adelante. Hasta mi vida va a ser mejor de ahora en adelante gracias a ti. Todos tenemos algo por lo que flagelarnos, pero no merece la pena que dediquemos nuestras energías a eso.

Dicho esto, los dos se quedaron en silencio un buen rato, sentados en el banco. Entonces él la atrajo hacia sí y ella lo miró a los ojos y sonrió.

—Siento mucho lo que te pasó —le dijo.

—Y yo, pero ahora estoy bien. Y Blue también lo estará.

Nosotros dos estamos entre los afortunados. Es lo que me has enseñado. He aprendido mucho viéndote a ti con Blue.

Ella asintió, pensando en Blue con la esperanza de que regresase pronto a casa. Entonces volvió a mirar a Andrew y él se inclinó, la rodeó con los brazos y la besó. Llevaba deseando besarla desde el día en que se conocieron. Recordaba lo guapa que era cuando la veía por televisión, y en ese momento lo era aún más. Jamás hubiera imaginado que un día la conocería y se enamoraría de ella. Ella lo besó a su vez y se quedaron juntos en el banco largo rato, junto al East River. Luego se levantaron y empezaron a andar despacio en dirección al apartamento de ella. De pronto a ella se le ocurrió una idea y se dio la vuelta.

—Espera un momento —le dijo en voz baja.

Se acercó a la caseta en la que había visto a Blue por primera vez, que no estaba lejos de allí. La miró unos instantes y se fijó en que tenía el candado quitado. Le llegó el sonido de alguien moviéndose en el interior. Andrew se acercó hasta allí y ella abrió lentamente la puerta y vio a Blue sentado dentro, con su maletita de ruedas a un lado y gesto reconcentrado ante el portátil. Levantó la cara con sorpresa y soltó lo primero que se le pasó por la cabeza.

—¿No sabes llamar?

—Ya no vives aquí —replicó ella sonriéndole—. Anda, venga, vámonos a casa.

Blue vaciló unos segundos. Los miró a los dos y, a continuación, salió de la caseta y recogió su maleta. No preguntó qué hacía Andrew allí, pero se dio perfecta cuenta de que ambos se alegraban mucho de verlo. Mientras caminaban en dirección al apartamento, Ginny rodeó a Blue por la cintura con un brazo y, cuando pasaban por delante de la barandilla del río, se detuvo y lo condujo hasta ella.

—Ven, quiero enseñarte una cosa —le dijo con dulzura—. Mira, aquí estaba yo la noche que te vi. ¿Sabes lo que hacía? Estaba a punto de tirarme al agua porque mi vida no valía nada y no quería vivir ni un minuto más. Solo quería morirme en este río, la víspera del aniversario de la muerte de Mark y de Chris, para no tener que pasar por ello otra vez. Entonces, con el rabillo de ojo, te vi escabullirte hasta el interior de la caseta y al poco rato nos íbamos a cenar al McDonald's. El resto ya lo conoces.

»Blue, no tienes por qué sentirte culpable. No tienes la culpa de nada. Esa noche me salvaste la vida. Llevo cuatro años cumpliendo con mi deber en cada campamento de refugiados en el que he podido estar. Y tú me has salvado la vida. Si no hubieses estado aquí esa noche, ahora mismo estaría muerta. —Entonces miró a Andrew—. Y mira la cantidad de vidas que has cambiado tú a mejor y la cantidad de niños a los que has salvado con tu trabajo. Yo creo que somos tres personas con suerte que ya tienen una vida alucinante. —Entonces sonrió de oreja a oreja a Blue—. Y como vuelvas a escaparte, te voy a dar una patada en el culo, ¿queda claro?

Blue sonrió al oírla. Sabía que no sería capaz.

—¿De verdad pensabas quitarte la vida esa noche? —le preguntó él muy serio otra vez.

Y ella asintió con la cabeza igual de seria. Andrew sintió deseos de abrazarla al ver su respuesta, pero se contuvo porque no quería hacerlo delante de Blue. Al menos no de momento.

Los tres siguieron andando tranquilamente en dirección al apartamento de Ginny.

—¿Qué te parece si lo hacemos oficial? —preguntó ella volviéndose hacia el chico.

—¿Que hagamos oficial el qué? —dijo Blue sin entender.

—¿Te gustaría que te adoptase?

Blue se quedó clavado en el sitio, mirándola sin pestañear.

—¿Va en serio?

—Pues claro. ¿Te lo habría dicho si no fuese en serio?

—Sí, me gustaría muchísimo —respondió él. Volvió a iluminársele la cara. Miró a Ginny y luego a Andrew, a quien preguntó—: ¿Puede adoptarme?

—No es automático, pero sí, claro que puede, si es lo que queréis los dos.

—Yo quiero —dijo Ginny sin vacilar.

—Y yo también —añadió Blue.

Andrew los acompañó hasta el apartamento y luego se marchó. Antes, mientras Blue se iba a su cuarto a guardar todas sus cosas, se quedó unos segundos para despedirse de Ginny.

—Gracias por estar a mi lado esta noche... y por todo lo que me has dicho —dijo Ginny agradecida.

—Lo he dicho de corazón, hasta la última palabra. Eres una mujer muy especial. Espero que podamos pasar tiempo juntos antes de tu próximo viaje. —Al decirlo, se le empañaron los ojos—. No soporto imaginarte en esos lugares, en peligro todo el tiempo.

Ella asintió. También estaba empezando a preocuparse por eso, pero era un tema para otra conversación. Esa noche ya se habían contado muchas cosas. Andrew se inclinó para darle un beso en la frente y se marchó. Blue fue a la cocina a cenar algo. Estaba muerto de hambre. Ginny entró y le sonrió.

—Bienvenido a casa, Blue —le dijo sin elevar la voz, y él se volvió para sonreírle con un gesto de niño grande y feliz, una felicidad que era fiel reflejo de la de ella.

19

Dos semanas después de que Blue se escapara, monseñor Cavaretti convocó a Andrew y a Ginny a otra reunión. No avanzó ninguna explicación, y el caso seguía en el mismo punto desde hacía semanas; tampoco habían aparecido más víctimas. El padre Teddy había salido bajo fianza. Se había ido a vivir a un monasterio cerca de Rhinebeck, a orillas del Hudson. Y, para alivio de Ginny, los tabloides no habían vuelto a publicar nada más.

Andrew y Ginny quedaron delante de la archidiócesis para entrar a la vez. Habían cenado juntos la noche anterior, las cosas entre ellos avanzaban de forma favorable. Al penetrar en el edificio, Andrew la miró de arriba abajo con discreción. Unos minutos después, los condujeron al despacho privado de monseñor Cavaretti. Por un momento, a Andrew le recordó el tiempo que el prelado y él habían compartido en Roma y sus coloquios sobre derecho canónico. Pero esta vez, mirándolos mientras tomaban asiento, monseñor Cavaretti no sonreía.

—Hoy deseaba hablar con ustedes dos —anunció con tono sombrío—. Como podrán imaginar, toda esta situación ha afectado enormemente nuestros ánimos. No son historias alegres que digamos, y todos los implicados sufren, y también la Iglesia. —Entonces se volvió hacia Andrew—. Quería que supieran que Ted Graham se declarará culpable mañana. No tiene sentido alargarlo más. Creo que ninguno de nosotros tiene dudas sobre lo que ocurrió y nos sentimos profundamente apenados por los niños afectados. —El viejo sacerdote transmitía una profunda consternación. Andrew estaba impactado, nunca le había visto una actitud tan humilde—. Quiero discutir una indemnización con ustedes dos. Hemos consultado con el cardenal y con Roma. Quisiéramos ofrecer a Blue Williams una indemnización de un millón setecientos mil dólares, que se ingresarán en un fondo a su nombre y permanecerán en él hasta que alcance la edad de veintiún años. —Miró entonces a Ginny a los ojos—. ¿Lo consideraría usted aceptable? —Sentía una admiración inmensa por lo que había hecho por Blue y se le notó en la mirada.

Ella miró de inmediato a Andrew y de nuevo al prelado, y asintió con la cabeza, con cara de asombro. Era más de lo que había imaginado nunca. Ese dinero le cambiaría la vida para siempre. Su formación académica, su sensación de seguridad, las opciones que le daría más adelante. Ciertamente, se hacía justicia. Ginny asintió agradecida, incapaz de articular palabra.

—¿Le parece bien, abogado? —preguntó Cavaretti a Andrew.

Él le sonrió y los dos hombres, viejos amigos en el fondo, intercambiaron miradas de respeto y afecto. El resultado final era una bendición para todos. La Iglesia, tras la insistencia de Cavaretti, hacía lo correcto para el chico.

—Me parece muy bien, y me llena de orgullo haber formado parte de esta decisión colectiva; es lo que había que hacer. —Cavaretti se levantó—. Es todo lo que tenía que decir. Prepararemos los documentos y, por supuesto, se acompañarán de un acuerdo de confidencialidad. Creo que ninguno de nosotros sacará el menor provecho de hablar con los medios de comunicación.

Andrew y Ginny se mostraron de acuerdo por completo. Luego se estrecharon la mano unos con otros y poco después

Andrew y Ginny estaban de nuevo en la calle. Se alejaron a toda prisa antes de decir nada. Entonces él se volvió hacia ella con una sonrisa enorme.

—¡Increíble! ¡Lo hemos conseguido! Dios mío. ¡Tú lo has conseguido! Esto sí que va a permitir darle a Blue una vida alucinante. Podrías haber escuchado su historia y no haber hecho nada. Pero, no, tuviste las agallas de llegar hasta el final y le infundiste a él el valor para hacerlo. Y ahora esto marcará la tónica para el resto de los niños de los que abusó Ted Graham.

Era una de las victorias más dulces de su carrera como abogado, y gracias a ese caso él había conocido a Ginny. Ante ellos, ante los tres, se abría un mar de posibilidades. La Iglesia podía permitirse la indemnización que iba a pagar a Blue. Y Andrew jamás olvidaría la mano benévola de Cavaretti en el asunto.

Comieron juntos para celebrarlo. Esa noche Andrew fue a cenar con ellos y se lo contaron todo a Blue. Él se quedó en estado de shock. No podía concebir que un día todo ese dinero fuera a ser suyo.

—¡Dios mío, soy rico! —exclamó mirando a Ginny—. ¿Puedo comprarme un Ferrari cuando tenga dieciocho años? —Y sonrió de oreja a oreja.

Ella se rio.

—No, pero podrás pagarte una buena educación, que es mejor que eso —respondió con firmeza.

Los dos se alegraban por él. Había pagado un alto precio para obtener ese dinero, pero le ayudaría mucho el resto de su vida, con suerte, si se invertía con sensatez. A Ginny no le cupo duda de que así sería. Tenía toda la vida por delante y muchas cosas que asimilar.

Al día siguiente, llamó a Kevin Callaghan para contarle que habían llegado a un acuerdo. No precisó la suma de la indemnización, pero sí le agradeció efusivamente que la hubiera puesto sobre la pista de Andrew; no habría podido encontrar mejor abogado. También le contó que Ted Graham se declararía culpable ese mismo día.

—Excelente. —Se alegraba mucho. Y le recordó que fuese a verlo si viajaba a Los Ángeles. Ya había comprendido que siempre la llevaría en su corazón. Sabía que nunca obtendría nada, pero era bonito soñar.

En noviembre Ellen Warberg la llamó desde las oficinas de SOS/HR. Ginny había estado pensando mucho en su trabajo. Echaba de menos trabajar, y viajar para la organización, pero todo eso ya no era compatible con las responsabilidades que había adquirido hacia Blue ni con su relación con Andrew, que iba consolidándose día tras día y parecía encaminada a algo serio, cosa que los había pillado a ambos por sorpresa.

Ginny dio por sentado que Ellen la había convocado a su despacho para hablar de su siguiente misión y tenía claro que iba a tener que rechazarla.

—Quería decirte —empezó Ellen, muy seria, cuando se sentaron frente a frente en su despacho— que me jubilo. Quiero disponer de tiempo para llevar a cabo algunos proyectos y viajar por viajar. Pasé años haciendo lo que haces tú y luego, desde hace cinco, trabajando en esta mesa de despacho, y pienso que ha sido tiempo suficiente. Quería que fueses la primera en saberlo, porque me gustaría proponerte como sucesora en el cargo. Me parece que lo harías genial, y no creo que pasarte nueve meses al año en zonas de conflicto, en la otra punta del planeta, sea lo que quieres en estos momentos de tu vida. Total, que podría interesarte —dijo con tono esperanzado, pero segura de que tendría que convencerla para que aceptase.

A Ginny le entraron ganas de saltar y abrazar a Ellen. Era la solución perfecta para el problema que llevaba meses atormentándola. No quería dejar el trabajo, pero tampoco podía seguir haciendo esa labor. Sin embargo, lo que hacía Ellen sí podía hacerlo. Le iba a la perfección y además conocía muy bien tanto las necesidades como el estilo de SOS/HR.

—Estaré encantada —respondió Ginny sonriendo exultante, con una cara como si acabara de ganar la lotería.

Ellen rodeó la mesa de despacho para abrazarla y le anunció que se marchaba el uno de enero. Era perfecto, lo miraran por donde lo mirasen.

Andrew y Blue se llevarían la alegría de su vida cuando se lo contase esa noche. Sus días de nómada habían acabado. Dos semanas más tarde, confirmaron su nuevo cargo como directora de la sede central de SOS/HR en Nueva York. Era un puesto con prestigio y con un sueldo en consonancia. Ellen y ella almorzaron juntas para hablar del traspaso de poderes, y aquella le dio a Ginny muy buenos consejos.

Después del almuerzo, Ginny fue a escoger el regalo de Navidad que había pensado hacerle a Blue. Le compró un piano. Sabía que sería el regalo más emocionante del mundo para él, mejor que un Ferrari. Llevaba toda la vida soñando con tener su propio piano. Estaba sacando buenas notas en el instituto y preparando su primer recital para ese mismo mes.

Cuando volvía andando a casa, se puso a nevar. Eso le recordó la misma época de hacía casi un año, cuando acababa de regresar de África, la víspera de la fecha que tanto horror le causaba, y un niño llamado Blue le cambió la vida para siempre, como ella a él; y Andrew los había ayudado a ambos. En ese momento, todo aquello le parecía un milagro.

El decimoquinto cumpleaños de Blue fue el más importante de su vida. Era una celebración por partida doble. Becky, Alan y sus hijos habían llegado en avión desde Los Ángeles esa misma mañana. La familia al completo, junto con Andrew, acompañó a Blue a los juzgados, donde un juez del Tribunal de Familia preguntó a Blue Williams si deseaba que Virginia Anne Carter lo adoptase, a lo que Blue respondió solemnemente: «Sí», y a continuación el juez preguntó a Ginny si deseaba adoptar a Blue Williams, y ella dijo que sí. Y Andrew O'Connor actuó como el abogado designado por ellos. Fue casi como una boda, algo que Andrew y Ginny también estaban planteándose. Pero ese era el día de Blue.

Ginny lo besó cuando el juez los proclamó madre e hijo. Él había pensado en adoptar el apellido de ella, pero finalmente decidió que le gustaba el suyo, y a Ginny le pareció bien así. Después de la breve ceremonia, fueron todos a comer al 21. Por la noche cenaron en un japonés que a Blue le encantaba. Y después de cenar volvieron al apartamento, donde Blue tocó el piano y todos cantaron a coro. Lizzie y él estuvieron bromeando con que eran primos. Él tocó todas las piezas favoritas de ella. Andrew fue con Ginny a la cocina y la besó. Volvieron al salón para contemplar un momento a Blue. Estaba más feliz que nunca. Había terminado su primer curso en LaGuardia Arts, y con buenas notas, y estaba preparando otro recital para septiembre. Ginny iría a verlo, pues no estaría en África o Afganistán. Esa etapa había terminado.

Viejas historias habían tocado a su fin. Habían comenzado otras. Había empezado a atenuarse el dolor de recuerdos antiguos. Se habían formado vínculos nuevos. Y de las cenizas de vidas viejas habían surgido otras nuevas. La frase «belleza por cenizas» les iba que ni pintada a todos ellos. Y Ginny le recordaba a Blue casi a diario que «nada es imposible». Blue y Andrew la creían y habían descubierto que era verdad.

DANIELLE STEEL es sin duda una de las novelistas más populares de todo el mundo. Sus libros se han publicado en sesenta y nueve países, con ventas que superan los ochocientos millones de ejemplares. Cada uno de sus lanzamientos ha encabezado las listas de best sellers de *The New York Times*, y muchos de ellos se han mantenido en esta posición durante meses.

www.daniellesteel.com
www.daniellesteel.net
DanielleSteelSpanish